KB189123

리어왕

The RSC Shakespeare

Edited by Jonathan Bate and Eric Rasmussen
Chief Associate Editor: Héloïse Sénéchal
Associate Editors: Trey Jansen, Eleanor Lowe, Lucy Munro,
Dee Anna Phares, Jan Sewell

King Lear

Introduction and Shakespeare's Career in the Theater: Jonathan Bate
Scene-by-Scene Analysis: Esme Miskimmin
In Performance: Karin Brown(RSC stagings), Jan Sewell(overview),
Jonathan Bate(captions)
The Director's Cut(interviews by Jonathan Bate and Kevin Wright):
Adrian Noble, Deborah Warner, Trevor Nunn

Korean Translation Copyright © 2012 Sigongsa Co., Ltd.
Published by arrangement with Modern Library, an imprint of the Random House
Publishing Group, a division of Random House, Inc.

King Lear
리어 왕

윌리엄 셰익스피어
이희원 옮김

시공사

일러두기

1. 이 책은 1605~1606년경 집필된 윌리엄 셰익스피어(William Shakespeare)의 희곡 《리어 왕(King Lear)》을 우리말로 옮긴 것이다.
2. 번역은 '로열 셰익스피어 컴퍼니(The Royal Shakespeare Company)'가 편집한 '셰익스피어 전집(William Shakespeare: Complete Works)'의 《리어 왕》(랜덤하우스 모던라이브러리, 2009)을 대본으로 삼았다.
3. 본문의 주는 대본으로 삼은 원서의 주를 그대로 싣거나 경우에 따라 축약 정리해 실었다. 옮긴이가 새롭게 추가한 주에는 괄호 안에 '옮긴이'라고 표시해 밝혔다.
4. 꺾쇠의 쓰임은 다음과 같이 구분했다.
   겹꺾쇠(《 》): 판본으로서의 '리어 왕'
   홑꺾쇠(〈 〉): 연극으로서의 '리어 왕'

차례

2012년 런던 올림픽은 윌리엄 셰익스피어(William Shakespeare, 1564~1616)와 함께 시작되었다. 그의 마지막 작품인《템페스트》(1611)*의 등장인물 칼리반이 섬의 경이로운 아름다움에 대해 찬미한 대사에서 영감을 받은 "경이로운 섬"이라는 구절이 새겨진 27톤의 거대한 종이 울리면서 올림픽이 개막했던 것이다. 개막식의 총감독을 맡은 대니 보일은 이렇게 '경이로운 섬' 영국을 세계적인 대문호 셰익스피어를 배출한 오래된 문화 강국으로 알리고자 했을 것이다. 더 나아가 그는 셰익스피어 무대에서처럼 런던 올림픽 경기에서도 빈부, 귀천, 남녀, 노소의 차이를 넘어서 모든 사람들이 함께 관람의 기쁨을 만끽하기

---

*《템페스트》이후의 작품들《헨리 8세》(1613)와《두 귀족 친척》(1614)은 셰익스피어가 존 플레처(John Fletcher, 1570~1625)와 공동으로 집필한 극이다. 플레처는 셰익스피어의 뒤를 이은 '국왕 극단'의 상주 극작가였다.

를 원했을 것이다. 그러나 한때 '로열 셰익스피어 컴퍼니'(Royal Shakespeare Company, 이하 RSC)에서 셰익스피어의 작품을 연출했던 보일은 무엇보다 "수백 년 동안" 울려왔던 셰익스피어의 경이로운 종소리를 지금의 세대들도, 또 영국을 넘어 세계의 모든 사람들까지 모두 들을 수 있기를 소망했다.* 칼리반의 '경이로운 섬'만큼이나 셰익스피어의 작품 세계가 경이롭기 때문이리라.

1590년부터 1616년까지 37편의 드라마(10편의 비극, 17편의 희극, 10편의 역사극)와 2편의 장시와 시집《소네트》를 집필한 윌리엄 셰익스피어는 그 문학적 탁월함과 연극적 천재성—살아 숨 쉬는 유머와 말장난, 아름답고 신비로운 상징적 표현과 시적 향기, 맥박의 울림 같은 극적 전개, 무한한 상상력에 기반을 둔 무대 예술, 시공을 초월하여 모든 사람을 공감시키는 보편성, 거의 모든 삶의 영역에 대한 진지한 성찰, 세상사의 양면성을 객관적으로 바라보는 균형감 등—으로, 살아생전 인기를 누렸을 뿐만 아니라 오늘날까지 450여 년 동안 전 세계인의 사랑을 받아왔다. 특히 셰익스피어의 드라마는 그리스, 로마 고전 드라마와 함께 서양 드라마 역사의 거대한 양 축을 형성하며, "그는 한 시대가 아닌 모든 시대의 시인"이라는 벤 존슨(Ben Jonson, 1572~1637)의 평가를 입증이라도 하듯, 최근에도 세계 각지에서 새롭고 다양한 시각으로 재해석되어 지속적

---

*http://www.bbc.co.uk/news/uk-16747032

으로 무대에 오르고 있다.

4세기 반이 넘는 셰익스피어 극의 역사에 비출 때 1920년부터 소개되기 시작한 국내 셰익스피어 극의 역사는 길다고 할 수 없다. 하지만 1950년대 직업 극단들이 생기면서부터 꾸준히 셰익스피어 극이 무대에 오르기 시작했고 오늘날에 이르기까지 셰익스피어의 다양한 작품들은 줄곧 국내 연극인들과 관객에게 관심과 사랑의 대상이 되어왔다. 특히 1990년대부터 국내 연극계는 매년 10~20여 편의 셰익스피어 극을 공연할 정도로 셰익스피어에 몰입했고, 셰익스피어의 현대적 재해석과 한국적 수정 작업도 상당한 진척을 보이며 관객의 호응을 얻어냈다.

셰익스피어 탄생 400주년이었던 1964년 이후 한국에서 셰익스피어는 무대 위에서뿐 아니라 서가에서도 독자들의 큰 사랑을 받게 되었다. 같은 해 휘문출판사에서 김재남 역의 셰익스피어 전작 40편이 출판되고, 곧 19명의 영문학자들이 정음사에서 4권짜리 셰익스피어 전집을 발간하는 경사가 벌어졌던 것이다. 이후에도 오화섭, 여석기, 신정옥을 비롯한 여러 셰익스피어 학자들이 지속적으로 새로운 셰익스피어 번역서들을 출간해왔다.* 특히 최근 한국 사회에 세차게 불고 있는 인문학

---

*1920년대부터 1997년까지 한국의 셰익스피어 수용사에 대해선 신정옥의 《셰익스피어, 한국에 오다》(백산출판사, 1998)를 참조했다.

과 고전 열풍은 한국 젊은이들의 관심을 셰익스피어로 집중시켰고 이에 부응해 젊은 세대들이 쉽게 읽을 수 있는 현대어 셰익스피어 번역서들도 잇따라 출간되었다.

그렇다면 왜 또다시 셰익스피어인가? 그럴 만한 특별한 이유가 있다. 이번 번역본은 'RSC 셰익스피어 판본'을 소개한다는 점에서 기존 셰익스피어 번역본과는 차별성이 있다. 셰익스피어의 작품들이 셰익스피어 사후 서지학자들과 편집자들이 정리해 출간해온 텍스트라는 점을 감안한다면(그 과정에서 부분적으로 변형을 거치기도 했다), 셰익스피어의 작품을 읽는 데 판본의 선택은 매우 중요하고 까다로운 문제라고 할 수 있다. 1960년대 이후 국내에 소개된 셰익스피어 작품들이 어떤 판본을 참고로 번역했는지 밝히지 않거나, 영국과 미국에서 발간된 유수의 셰익스피어 편집본들(리버사이드, 아든, 뉴케임브리지 등)을 참조하면서 혼합해 번역했다면, 이번에 새롭게 소개하는 셰익스피어의 5대 비극(《햄릿》,《오셀로》,《리어 왕》,《맥베스》,《로미오와 줄리엣》)은 전적으로 RSC에서 편집한 RSC 셰익스피어 판본만을 기반으로 했다. RSC 판본이 1623년 셰익스피어 전집으로 처음 출간된 '제1이절판'을 기초로 만들어진 만큼 셰익스피어의 원형에 더 가까울 것이라는 판단에서이다.

사절판 텍스트와 이절판 텍스트*는 작품에 따라 상당한 차

---

*이절판(Folio)과 사절판(Quarto)은 종이를 등분한 횟수에 따라, 즉 이절판은 두 번, 사절판은 네 번 등분한 크기의 종이에 활자를 인쇄한 데서 유래한 용어이다.

이를 보이기도 하는데(《리어 왕》의 경우가 그렇다), 기존 편집본들은 이 두 판본 사이를 오가면서 필요한 부분을 선택적으로 고르고 혼합하여 결과적으로 셰익스피어가 쓰지 않았거나 셰익스피어 시대의 실제 공연과는 다른 판본을 만들어내기도 했다. 이에, RSC 셰익스피어 판본은 당시의 실제 극장 공연에 가장 가까운 텍스트를 제공하기 위해 수년 동안 노력을 아끼지 않았던 (셰익스피어의 친구이자 동료인) 존 헤밍스와 헨리 콘델 편집의 '제1이절판'을 토대로 'RSC 셰익스피어 전집'을 출간함으로써 가장 셰익스피어적인 판본을 제공했다는 평가를 받았다.

또한, 기존의 유수 편집본들이 공연사를 수록하긴 했지만 주로 셰익스피어 텍스트에 대한 문학적 이해의 틀을 제공하는 데 더 치중했다면, RSC 셰익스피어 판본은 문학적 이해를 바탕으로 무대 공연의 시각에서 각 작품을 이해할 수 있도록 풍부한 자료들을 제공한다. 셰익스피어의 극작품들이 애초부터 무대 공연을 목적으로 쓰였으며 거듭되는 공연을 통해 수정 과정을 거쳤음을 감안한다면, 무대적 측면에서 바라본 셰익스피어의 극작품 이해 역시 셰익스피어를 온전히 이해하는 데 필수적인 요소라 할 수 있다. RSC 판본에서는 각 작품에 대한 400년 동안의 공연 역사, RSC의 공연 역사, 그리고 RSC 출신으로 연극계에 획을 그은 주요 연출가들과의 대담을 제공함으로써 더욱 깊고 풍요로운 셰익스피어의 작품 세계를 드러내고, 상상의 가능성을 무한대로 열어둔 셰익스피어 극의 유연한 면모를 강조한다. 이러한 연극적 특징을 살리기 위해, RSC 판본은 기존의 셰익스피어 작품집에서는 볼 수 없던 상세한 지문을 추가했다. 우선, 일반적인 막과 장의 표시 외에 작은 글씨로 상단에 진행 중인 공연 장면을 '장면', '장면 계속' 등으로 구분해주었다. 또한 무대 동작과 방백, 청자의 표시 등 무대 위 인물들의 행동을 선명하게 하기 위한 상세한 지문들을 추가함으로써 무대 위의 살아 있는 공연용 텍스트를 제공하고자 노력했다.

이런 의미에서 이번에 새롭게 번역되는 다섯 편의 RSC 셰익스피어 판본은 실제 셰익스피어 극 공연에 가장 가까운 텍스트, 영국 엘리자베스 시대의 영국 대중이 감동을 얻었던 바로 그 텍스트를 처음으로 소개한다는 점에서, 또 셰익스피어 대사들을 무대에서 생동감 있게 들려줄 수 있는 공연 중심의 입체적인 셰익스피어 텍스트를 마련한다는 점에서 의의가 있다.

'RSC 셰익스피어 전집'을 출간한 RSC는 어떤 곳인가? 셰익스피어가 문학과 드라마의 대명사로 자리 잡은 것처럼, RSC는 연극 공연의 대명사로 자리 잡고 있다. 영국인들은 셰익스피어 하면 자연스럽게 RSC를 떠올린다. 국내 독자들에게 RSC가 아직 생소할 수 있겠으나, 우리가 익히 잘 알고 있는 연기파 배우들, 예를 들면 주디 덴치나 제러미 아이언스, 케네스 브래너, 존 길구드, 로렌스 올리비에 등 많은 이들이 RSC 출신이다.

'셰익스피어 공장'으로 비유되는 셰익스피어 관련 연구와 출판에서, RSC는 하나의 거대한 '사업체'이자 '학교'로서 중요한 역할을 하고 있다. RSC가 매년 공연하기로 하는 작품들은 새로이 학계의 조명을 받고 분석의 대상이 되며, RSC가 올리는 셰익스피어 공연은 셰익스피어의 개별 작품처럼 비평가들의 연구와 분석 대상으로 주목받는다. 세계적으로 저명한 셰익스피어 학술지 《셰익스피어 서베이(Shakespeare Survey)》의 상당한 논문들이 RSC의 연출과 배우들의 연기를 연구한 것임도 그 단적인 예라 하겠다.

RSC의 역사는 1875년 '셰익스피어 기념 극장'과 더불어 시작되는 것으로 알려졌지만, 오늘날의 형태로 셰익스피어 작품을 지속적으로 공연하는 상임 극장과 극단의 형태를 취한 것은 반백 년 정도 된다. '셰익스피어 기념 극장'이 현재의 이름인 '로열 셰익스피어 극장(Royal Shakespeare Theatre)'으로 그리고 극단이 '로열 셰익스피어 컴퍼니'로 공식적으로 왕가에 의해 선포되며 출범을 시작한 것은 1961년 3월이다. RSC는 셰익스피어의 고향인 스트랫퍼드어폰에이번을 활동 거점으로 삼고, 대표적 극장인 로열 셰익스피어 극장과 스완 극장, 런던의 글로브 극장 등을 중심으로 정기적으로 공연하고 있다. 최근에는 보다 많은 관객에게 다가가기 위해 옥스퍼드에서도 공연을 하는 등 영국 전역과 세계를 돌며 순회공연을 하기도 한다. 약 700명의 제작진들이 RSC에 소속되어 있으며 1년에 20편 정도의 공연을 무대에 올리고 있다. 또한 RSC는 공연만이 아니라 연극 교육을 위한 다양한 프로그램도 운영하고 있는데, 이 중에는 젊은이들에게 셰익스피어에 대한 관심을 불러일으키기 위해 일선 교사들과 작업하는 프로그램도 있다. RSC는 정통 셰익스피어 극단이라는 권위를 지닌 존재이기도 하지만, 이들의 공연은 온갖 다양한 자유로운 해석과 틀을 벗어난 예술적인 시도를 담고 있다.

"버나드 쇼의 작품을 잘못 번역하면 용서할 수 없는 일이지만, 셰익스피어 작품의 오역은 용서가 된다"는 말이 있다.* 이는 셰익스피어 작품을 번역한다는 일이 그만큼 난해하다는 뜻인데, 때로 번역이 난해한 정도를 넘어 아예 불가능한 경우도 있다. 이번 번역 작업을 하면서도 역자들 역시 이런 경우에 종종 봉착했고 그 대안을 찾아야만 했다. 즉 생략을 포함하여 여러 가지 수정 작업을 거쳐야만 했다. 수정 작업 중 중요한 것들을 언급하자면 아래와 같다.

먼저 셰익스피어의 다섯 박자 약강오보격 리듬의 운문은 강세와 억양이 없는 우리말과 영어의 구조적 차이로 인해 완벽하게 옮길 수 없었음을 미리 일러두고자 한다. 그러나 셰익스피어가 운문으로 쓴 대사의 경우 영어의 리듬감을 그대로 옮겨 오지는 못해도, 그 대사의 의미와 한국어의 리듬을 살릴 수 있는 한도에서 영어 원문의 행수와 우리말 번역문의 행수를 일치시키고자 했다. 또 셰익스피어 언어의 광채와 울림을 우리말로 그대로 담을 수는 없을지라도 그 시적 정신만은 표현하고자 애

*앞의 책, 신정옥, 95쪽.

썼다.

둘째로, 영어 문장에서는 빈번하게 사용되나 우리말에서는 의미를 갖지 못하는 구두점 '콜론(:)'과 '세미콜론(;)'은 그대로 반영하지 않는 대신, 그 의미를 살려 한국어 문법에 맞게 우리말로 풀어 옮겼다. '줄표(—)'의 사용 또한 광범위하게 쓰였는데, 이미 말한 내용을 부연 설명하거나 보충하는 줄표의 기본 쓰임 외에 한 대사 안에서 듣는 이가 바뀔 때에도 줄표를 사용했다. 그 경우, 앞 문장의 마침표 뒤에 한 칸 띄어쓰기를 한 후 줄표를 넣어 청자가 바뀌었음을 표시했다.

셋째로, 'RSC 셰익스피어 전집'이 제공하는 하단 설명 주석을 모두 다 번역하지 않았음을 밝혀두고자 한다. 한국 독자들이 작품을 깊이 있게 이해하는 데 필요하다고 판단되는 경우에만 번역을 했는데, 그중에는 내용을 간추린 것도 있고 일부만 반영하여 번역한 것이 있다. 셰익스피어 시대 고어의 뜻을 설명하는 원서의 주석은 따로 밝히는 대신 본문에 그 내용을 반영하여 우리말에 맞게 번역했다. 그 외 한국 독자들에게 따로 설명이 필요하다고 판단될 경우에는 번역자가 각주를 추가하고, 괄호 안에 '옮긴이'라고 표시했다. 또한 '제1이절판'을 기초로 한 RSC 판본은 이절판과 다른 사절판의 내용들을 별도로 정리해 각 작품의 말미에 부록으로 제시했으나, 한국어판에서는 해당 부분마다 각주 형식으로 본문에 넣어 이절판과 사절판의 차이를 밝혔다. 전문 연구가들이 아닌 일반 독자들에게는 이것이 작품을 이해하는 데 더 유용하다는 판단에서이다.

아무쪼록 이번에 번역 소개되는 RSC 셰익스피어 판본의 5대 비극이 셰익스피어 극작품에 대한 입체적 이해를 촉발시키는 데 공헌하기를 기대한다. 나아가 독서, 교육, 연구, 공연 각 분야에서 다양한 해석들 간의 즐거운 경합을 유도하게 되기를 희망한다. 끝으로 이 번역서들을 읽으면서 한국의 젊은이들이 '오늘, 여기'에서 직면하는 복합적인 문제들의 실타래를 풀고 인생을 배워나갈 수 있게 되기를 진심으로 바란다.

2012년 8월
시공 RSC 셰익스피어 선집
번역자 일동

작품 소개

무대를 비틀비틀 걸어 다니는 노인?

19세기 초기 낭만주의 시인 P. B. 셸리는 그의 《시의 옹호》에서 "《리어 왕》은 세상에 존재하는 극예술 중 가장 완벽한 극의 표본이라는 평을 받을 수 있을 것"이라고 말한 바 있다. 모든 낭만주의자들에게 《리어 왕》은 셰익스피어 작품 중 가장 "숭고하고" 가장 "보편적인" 극이다. 시인 존 키츠는 〈다시 한 번 《리어 왕》을 읽기 위해 자리에 앉아〉라는 소네트에서 이 극에 완전히 몰입하여 자신의 방식을 깨끗이 불태워버리고 나자, 어느 정도 순화되고 새로 태어난 것 같은 느낌을 갖게 되었다고 밝혔다. 키츠와 동시대를 살았던 찰스 램에게 이 극에 나타난 셰익스피어의 인간 조건 해부는 너무도 깊이 있고 격정적이었다. 그래서인지 그에게 이 극은 무대에 올리기에는 지나치게 광대한 극으로 보였다. 이것이 바로 〈무대 재현의 적절성과 관련하여 고려해본 셰익스피어 비극에 관하여〉라는 램의 글의 핵심 논의이다.

그래서 리어가 공연되는 것을 보는 일, 즉 비 오는 날 밤 딸들에 의
해 문밖으로 쫓겨나 지팡이를 짚고 무대를 비틀비틀 걸어 다니는
노인을 보는 일은 가슴 아프고 불쾌한 일 이외에 아무것도 아니다.
우리는 그를 안식처로 데리고 가서 그 아픔에서 벗어나게 해주고
싶어 한다. 이것이 바로 지금껏 리어 연기가 나에게 불러일으켰던
감정의 전부이다. 하지만 셰익스피어의 리어는 결코 공연될 수 없
다. 그가 집에서 쫓겨나 마주쳤던 폭풍우, 이를 모방하는 경멸스러
운 기계장치는 실제 자연 요소들의 끔찍함을 재현하는 데 적절치
못한데, 이보다 더 부적절한 것은 배우가 리어를 재현하는 일이다.
배우는 차라리 무대 위에서 존 밀턴의 사탄이나 미켈란젤로 작품
속의 끔찍한 형상들 중 하나를 재현하는 편이 더 쉬울 것이다. 리
어의 위대함은 손으로 만져지는 물질적인 차원에 있지 않다. 그것
은 지적인 차원에서 발견된다. 그의 열정 폭발은 화산처럼 격정적
이다. 폭풍이 휘몰아쳐 올라가다 바닥에 내팽개쳐질 때면 그 온갖
광대한 보물을 지닌 그의 내면세계가 바다처럼 펼쳐진다. 벌거벗
겨져 드러나는 것은 그의 정신세계이다. 그래서 육체와 피를 지닌
이 배우의 존재는 너무도 보잘것없는 것으로 여겨져 생각조차 할
수 없게 된다. 리어 자신조차 이 육체와 피의 현존을 무시한다. 무
대에서 우리는 육체가 얼마나 병약하고 허약한지, 격렬한 분노가
얼마나 무능한지를 보는 것 이외에 그 어느 것도 볼 수 없다. 우리
는 이 작품을 읽는 동안 리어를 보지 않는다. 대신 우리가 리어가

된다. 즉 우리가 그의 마음속으로 들어간다. 우리는 딸들의 악의와 폭풍우를 좌절시키는 어떤 위대함에 기대어 우리 자신을 지탱한다. 이성(理性)의 일탈 속에서 우리가 발견하는 것은, 평범한 삶의 목적에서 벗어난 이성 작용이 불규칙적이지만 강력한 힘을 발휘하는 것이다. 마치 바람이 마음대로 불어 인간의 부패와 오용에 강한 타격을 가하는 것처럼. 리어는 자식들의 불의를 묵인한 '신들 자신'을 꾸짖을 때 "당신 자신들도 늙었다"는 것을 상기시키는데, 이때 자신의 나이와 신들의 나이를 동일시하는 그 숭고함을 그 어떤 시각이나 음색이 재현해낼 수 있을까? 이것을 어떤 몸짓으로 표현해야 할까? 이와 같은 것들을 목소리나 시각으로 어떻게 재현해내야 할까?

램에게, 폭풍우를 만들어내는 무대 뒤 기계장치, 배우들의 다양한 동작들, 표정, 목소리 변화와 같은 극장의 기술적 필수품들은 이 극의 이성과 광기, 인간과 자연, 권력의 부패상과 오용에 대한 내면적이며 가차 없는 탐구에서 벗어난 외면적이고 표피적인 것에 불과하다. 극장을 사랑하는 사람들은 아마도 거의 램에게 동의를 표하지 못할 것이다. 하지만 리어의 역할이 셰익스피어 배우에게 던지는 각종 도전들 중에서 가장 큰 도전이라는 점을 부인할 사람은 아마 거의 없을 것이다. 극장에 떠도는 말들 중에 이런 말이 있다—이 역할을 맡으려면 그 역할을 할 만큼 늙을 때까지 기다려야 한다, 하지만 그때가 되면 너무 늙어서 그 역할을 할 수 없다.

낭만주의자들보다 한 세대 전 새뮤얼 존슨 박사*는 이 극을 읽는 일조차 몹시 힘들어 거의 참을 수 없을 정도였다며 이렇게 토로했다. "나는 수년 전 코딜리아의 죽음에 엄청난 충격을 받았다. 그래서 내가 편집자가 되어서 이 마지막 장면들을 수정하게 될 때까지 이 장면들을 참고 다시 읽어야 할지 말지 모르겠다." 존슨에게 그 충격은 감정적이면서 도덕적인 것이었다. 코딜리아의 죽음―이것은 셰익스피어가 자신이 빌려온 원전에 변형을 가한 것 중 가장 과감한 것이다. 모든 원전에서는 코딜리아가 살아남는다―은 존슨이 "시적 정의"라 부르는 원칙을 예외적으로 위반한 경우이다. 존슨에 따르면, 이 "시적 정의"에 의해서 "악한 사람이 성공하고 착한 사람이 잘못되는 극도 훌륭한 극일 수 있다는 것은 의심할 바 없다. 왜냐하면 그것은 인간사의 일상적 사건을 그대로 재현한 것뿐이기 때문이다. 그러나 이성을 지닌 모든 존재들은 본능적으로 정의를 사랑하기 때문에 나는 정의를 목격하는 일이 극의 악화를 초래한다는 말이나, 다른 부분들이 똑같이 뛰어날 경우, 고통 받은 미덕이 마지막 승리를 거둘 때 관객들이 언제나 더 기뻐하는 것은 아니라는 말을 쉽게 받아들일 수 없다." 1680년대 〈목동들이 양떼를 지키는 밤에〉라는 송가의 저자인 네이엄 테이트가, 코딜리아가 에드거와 결혼하게 되는 해피엔딩을 덧붙여 《리어 왕》

---

*영국의 시인이자 평론가. 17세기 이후 영국 시인 52명의 전기와 작품론을 정리한 10권의 《영국시인전》으로 유명하다.

을 다시 썼던 것은 바로 시적 정의를 이 극에 부과하려는 목적에서였다. 존슨은 이 수정된 해피엔딩에 어느 정도 심정적으로 동의했으며, 이 수정된 극은 150여 년 동안이나 무대에 올랐다. 그러나 램에게 이 네이엄 테이트의 수정 작품은 극장이란 장소가 보편적 절망에 관한 셰익스피어의 숭고한 비전을 재현할 수 있는 믿음직한 장소가 아니라는 또 한 가지 지표에 불과했다.

왕국의 분할

제임스 1세가 잉글랜드와 스코틀랜드를 통합한 직후에 쓰이고 화이트홀 궁에서 왕을 관객으로 두고 공연된 《리어 왕》은 통합된 왕국의 분할이 가져올 끔찍한 결과를 보여준다. 원칙적으로 볼 때, 연로한 리어가 자발적으로 은퇴를 결심한 것은 나쁜 일은 아닌 듯하다. 그는 국가의 중요 문제들에 대한 장악력을 잃고 있었고, 그의 딸들과 사위들이 보다 강한 통치의 활력을 보유한 "젊은 세력"으로 등장했다. 더 중요한 것은 이 분할이 경쟁 후계자들 사이에 벌어질 미래의 내란을 미연에 방지하려는 의도를 지녔다는 점이다. 전체 왕국을 자동적으로 이어받을 아들이 없는 상황에서 이 내전이 벌어지리라는 것은 확실한 가능성으로 점쳐지고 있었다. 그러나 하늘의 부름을 받은 성스러운 왕이 마음대로 자신의 왕위를 저버릴 수 있는 것일까? 만약 그가 그렇게 한다면, 그는 권력에 따르는 모든 과시적 혜택을 누릴 것이라고 기대해서는 안 된다. 고너릴과 리건이 리어에게서 백 명의 기사들이라는 소란스럽고 화려한 수행원들을 빼앗아 간 데는 그럴 만한 이유가 있는 것이다.

리어의 실수는 왕국의 분할을 애정의 공식적 표현과 연결시킨 점이다. 두 언니들은, 궁정에서 아부할 때 쓰는 "입에 발린 말에 기름 쳐내는 언변술"로 리어가 듣고자 하는 것을 능숙하게 전달한다. 하지만 코딜리아는 그럴 수 없다. 그녀는 이 극에서 진실을 말하는 자들 중 한 사람이지만, 자신의 사랑에 멋진 웅변술의 옷을 입히는 능력이나 경험을 결여했다. 리어는 코딜리아가 자신을 가장 사랑하는 것을 안다. 하지만 추정컨대, 이 순간까지 그녀는 항상 개인적 차원에서 이 사랑을 표현해왔을 것이다. 아직 결혼하지 않은 막내딸 코딜리아는 궁정에서 공식적으로 말해본 적이 없었을 것이다. 첫 장면에서 리어의 의도는 이 자리를 코딜리아의 정식 데뷔 자리가 되게 하려는 것이었다. 그녀는 그녀의 큰 사랑을 공식적으로 표현하게 되어 있었고 그 보답으로 왕국의 가장 풍요로운 부분과 가장 소중한 남편을 얻게 될 참이었다. 리어는 자신이 그녀에게 부여한 역할을 그녀가 수행하지 못할 것이라는 것을 예상하지 못한다. 켄트 백작과 프랑스 왕의 예에서 볼 수 있듯이 왕들과 백작들이라고 해서 반드시 진정으로 선한 행위에 눈이 멀어 있어야 하는 것은 아니다. 하지만 리어는 오랜 기간 자신만의 방식대로 살고 아첨꾼들의 말을 듣는 일에만 익숙해져 눈이 멀었다. 궁정의 멋진 옷과 고상한 말을 빼앗기고 나서야 비로소 그는 바보의 말과 (소위) '베들램 거지'라 칭하는 자의 말에 담긴 진실을 들을 수 있게 되었다. 그때야 비로소 그는 진정으로 인간적인 것이 무슨 의미인지를 알게 되었다.

《맥베스》와 《오셀로》가 단일 플롯에 초점을 맞춰 치밀하게 전개된다면, 《리어 왕》의 액션은 셰익스피어가 《햄릿》에서 실험했던 병렬 플롯 테크닉, 즉 레어티스와 포틴브라스가 주인공 햄릿의 상대역을 맡았던 방식을 크게 확장한다. 《리어 왕》에서 글로스터 가족 플롯은 지속적으로 극에 등장한다. 글로스터는 자식들의 진정한 본성을 알지 못한 (눈이 먼) 또 다른 아버지이다. 그 눈멂이 결국 그의 눈 뽑힘으로 이어지는데, 이는 셰익스피어의 은유가 문자 그대로 실현되는 것 중 가장 잔인한 경우이다. 에드먼드는 리어의 사악한 딸들과 동격이며, 이 극의 많은 편지들 중 여러 통이 에드먼드와 딸들 사이에서 오간다. 그가 두 딸들과 똑같이 약속된 결말을 맞이하는 것은 전적으로 적절해 보인다. 왕이 애지중지하는 딸 코딜리아와 마찬가지로 (왕을 대부로 두고 있는) 에드거도 부당하게 집에서 쫓겨나고 부모의 보호에서 배제된다. 이 극의 이절판이 에드거가 권력을 쥐기 위해 귀환하는 결말을 제시한 것은 이 쌍둥이 플롯의 병렬 구조에 딱 들어맞는다. 마치 아주 다르긴 하지만, 네이엄 테이트의 악명 높은 왕정복고 시기의 개정판에 타당한 논리가 있는 것처럼.

때가 무르익기를 기다리는 것이 가장 중요하지요?
셰익스피어는 어떤 문제의 한쪽만 취하지 않는다. 우리는 이 극의 시작 부분 대사에서 이전에 집에서 부당하게 쫓겨나 부모의 보호에서 배제되었던 자가 에드먼드였다는 사실을 알게 된다. 이 극에서 인물에 대해 최고의 판단력을 지녔다고 할 수 있는 켄트는 처음에 에드먼드를 "훌륭한" 사람으로 묘사한다. 에드먼드는 귀족의 자태를 지녔다. 하지만 그는 사생아라는 사실 때문에 사회의 모든 혜택을 빼앗겨왔다. 그의 첫 번째 독백은 장자상속제를 실행하고 서자를 낙인찍는 사회제도의 부당함을 잘 보여주는 좋은 예이다. 그래서 죽음을 앞둔 순간 "에드먼드는 사랑받았다"는 그의 발견이 묘하게도 우리의 가슴을 뭉클하게 만든다. 그렇다면 그는 무대 위에 선 명백한 "마키아벨리적 인간", 즉 아무 동기도 없는 악 그 자체의 현현은 아니다.

엘리자베스 시대에 점성학과 천문학은 동의어였다. 시대의 표식들은 하늘의 표식에서 읽힐 수 있었다. 《리어 왕》은 잘못된 시대를 극화한다. 나라는 통치자 없이 표류하고, 자녀는 부모에게 등을 돌리고, 전운이 감돌고, 왕과 왕 주변 모든 사람들이 나락에 빠질 듯 위기에 처해 비틀거린다. 바로 이러한 상황이 글로스터로 하여금 그 모든 것의 책임을 별자리에 돌리도록 한다. 글로스터는 "요사이 일어난 일식과 월식은 우리에게 좋지 않은 징조였다"고 말한다. 그러나 에드먼드는 "호색한이 자신의 음란한 기질을 모두 별의 탓으로 돌리다니, 참으로 훌륭한 책임 회피 아닌가!"라며 이 말을 반박한다. 그는 자주 "자연 질서"의 산물로 여겨졌던 것들이 실제로는 "관습"에 의해 형성된 것이라 논박한다. 그에게는 장자상속제와 적자중심주의가 이 관습의 범주에 속할 것이다. 여기서 설명된 입장은 16세기 프랑스 수필가 몽테뉴가 〈레몽 세봉을 위한 변명〉이라는 글에서 밝혔던 마지막 부분의 입장과 유사하다. 몽테뉴는 한 나라에서 혐오의 대상이거나 위법이 되는 관습이 다른 나라에서는 확실하게 칭송되거나 실행될 수 있다고 주장한다. 그러나 만약 관습 이외에 아무것도 없다면, 신의 힘으로 거룩하게 승인된 위계질서가 아예 없다면, 그럴 경우 우리는 우리의 가치 체계를 어디에서 가져와야 할까? 이에 대한 몽테뉴의 답변은 신에 대한 맹목적인 신앙이다. 이에 반해 에드먼드는 편지 앞에서 마치 토머스 홉스의 정치 철학을 옹호하는 양 "자연"을 생존과 자기 이익 추구의 원칙으로 삼고 이에 헌신한다.

한편 글로스터의 철학적 성향은 죽음의 적당한 때를 찾는 고전적 스토아학파 사상 쪽으로 기운다. 모의 자살 사건 이후, 그는 "이제부터 난 고통이란 놈이 / '이젠 됐어, 이젠 됐어' 하고 소리치며 지쳐 죽을 때까지 / 참아내겠다"고 말한다. 그러나 그는 이 입장을 고수할 수 없다. 리어와 코딜리아가 전쟁에서 패하자 바보 같은 "나쁜 생각을 또" 하게 되고, 이에 대한 에드거의 충고는 더욱더 스토아학파의 특징을 지닌다. "사람은 이 세상에 / 나올 때와 마찬가지로 떠날 때도 참아야 하는 거예요. / 때가 무르익기를 기다리는 것이 가장 중요하지요." 그러나 때가 무르익었다는 이 생각은 그저 생각일 뿐 현실에 적용되지 못한다. 잘못된 때에 글로스터에게 자신의 정체를 밝힘으로써 에드거는 아버지의 죽음을 재촉하고 만다.

그렇다면 스토아식 위로라는 이 극의 틀이 제대로 작동하지 않는 것이다. 4막이 시작되면서 에드거는 자신이 처한 상황에 대해 사색하고 최악의 상황이 더 이상 벌어지지 않을 것이라는 생각으로 용기를 얻는다. 그러나 그때 자신의 아버지가 눈이 먼 채 그의 앞에 나타나고 그는 곧바로 혼란에 빠진다. 상황이 이전보다 더 나빠졌던 것이다. 에드거의 경우가 스토아식 위로의 결함을 드러낸다면, 앨버니의 경우는 신성한 정의를 믿는 것이 얼마나 부적절한가를 증명한다. 그의 신조는 선한 자들은 "그 공로에 대해 상"을 받게 될 것이며 악한 자들은 "그 죄에 대해 처벌의 고배"를 마시게 된다는 것이다. 마지막 장면에서 앨버니는 사건을 지휘하고 혼돈에서 질서를 만들어내려고 애쓴다. 그러나 그의 해결 하나하나는 모두 새로운 재난을 맞이한다. 그는 예전의 지위를 되찾은 에드거를 맞이하지만, 곧 글로스터가 죽었다는 소식을 접하고, 곧이어 두 공작 부인의 사망 소식을 전해 듣는다. 그러자마자 켄트가 도착하는데, 그 또한 죽어간다. 이어서 곧 코딜리아가 처형될 것이란 소식을 듣고 앨버니는 "신들이시여, 코딜리아를 보호해주소서!"라고 기도한다. 그러나 그 기도의 응답으로 나타난 것은 이미 처형된 코딜리아를 두 팔에 안은 리어뿐이다. 신들은 그녀를 보호해주지 않았다. 그 후 앨버니가 권력을 리어에게 되돌려주고자 한다. 그런데 리어는 즉각 죽는다. 그래서 앨버니는 켄트와 에드거가 왕국을 나누어 통치하도록 설득하고자 하는데, 켄트가 곧 퇴장한다. 죽으러 가는 것이다.

이 극의 마지막 대사—사절판과 이절판에서 각기 다른 등장 인물에게 할당된 대사—는 스토아식 위로가 작동되지 않을 것이라는 교훈, 즉 해야만 하는 말은 그만하고 느끼는 대로 말해야 한다는 교훈을 이 극이 우리에게 전달했다는 것을 암시한다. 이절판은 이 대사를 에드거에게 맡겼는데, 이는 사절판에서 이 대사를 앨버니가 하는 것보다 훨씬 더 극적인 의미를 갖는다. 왜냐하면 3막에서 에드거가 옷을 벗고 알몸이 되었던 경험이, 가난한 사람들과 함께하고 가난한 자들을 향했던 리어의 느낌과 연결되면서, 그로 하여금 느끼는 일에 더 가까이 다가서게 하기 때문이다. 바로 이 점 때문에 에드거라는 인물이 이러한 정서를 말로 표현해낼 준비가 더 잘된 인물이 된다.

바보들만 있는 이 거대한 무대

스토아 철학자는 열정보다는 이성의 지배를 받고자 노력한다. 그러나 《우신 예찬》을 썼던 위대한 16세기 인본주의자 에라스뮈스는 현명해지기 위해 감정을 억눌러야 한다는 개념에는 비인간성이 잠재되어 있다고 생각했다. 가장 중요한 것은 글로스터가 배워야 했던 것처럼 "느끼는" 것, 즉 세상을 합리적이 아니라 "뼈저리게 느껴"보는 것이다. 에라스뮈스의 의인화된 '우신(愚神)'은 우정이 가장 고귀한 인간적 가치 중 하나이며, 이 우정은 감정에 의존한다는 점을 지적한다. 리어에게 우정을 보여준 사람들(바보, 카이우스로 변장한 켄트, '불쌍한 톰'과 농부로 변장한 에드거)과 글로스터에게 우정을 보여준 사람들(시종들, 노인)은 현명하거나 부유한 사람들이 아니다.

우리는 열정과 몸의 지배를 받는다. 우리는 우리가 결코 통제할 수 없는 일련의 여러 역할들을 수행하면서 인생을 겪어나간다. "죽기 마련인 인간의 이 모든 삶, 이것이 한 편의 무대 연극이 아니면 무엇이겠는가?" 에라스뮈스의 '우신'은 이렇게 질문을 던진다. 리어도 이 정서를 반복해서 말한다. "이 세상에 태어날 때, 우린 바보들만 있는 / 이 거대한 무대에 나온 게 슬퍼서 우는 거야." 신들을 관객으로 삼은 세계라는 이 거대한 극장에서 우리는 무대에 선 바보들이다. '우신'의 관점에서 보면, 왕도 다른 사람과 다르지 않음을 우리는 알게 된다. 군주제에 따르는 모든 과시적인 것들은 그저 무대의상에 불과하다. 이것이 바로 '우신'은 물론 리어가 발견한 것이다.

에라스뮈스의 '우신'은 우리에게 두 가지 종류의 광기가 있다고 말한다. 그중 하나는 황금, 욕정, 권력에 대한 갈망이다. 이것은 리건, 콘월, 에드먼드와 나머지 사람들이 보여주는 광기이다. 이들의 광기는 리어가 거부하는 광기이다. 두 번째 광기가 바람직한 광기, 즉 우매한 상태로서, "어떤 유쾌한 발광 혹은 정신의 실수가 평소의 갖가지 신중함을 다 벗어던진 사람의 마음을 전달하는데, 새로운 기쁨으로 완전히 재탄생된 다양한 방식으로 이를 표현토록 한다"(《우신 예찬》, 16세기 토머스 챌러너 경의 영역본). 이 "정신의 실수"는 '우신'이 주는 특별한 선물이다. 그래서 리어는 정신이 자유로워질 때, 시골 축제에 온 어린아이처럼 광기 속에서 뛰어다닐 때 행복하다. "저것 봐, 생쥐 놈 좀 봐! 쉬, 쉬, 이 구운 치즈 조각이면 잡을 수 있을 거야." 이와 같은 구절은 특히 그곳에 실제로 쥐가 없기 때문에 우리의 얼굴에 미소를 던져준다. 리어는 그의 삶의 마지막에 "봐, 봐"를 반복한다. 코딜리아가 죽었지만 그는 자신을 속이며 그녀가 살아 있다고, 깃털이 움직이며, 그녀의 숨결이 거울을 흐릿하게 만든다고 믿는다. 코딜리아의 입술이 움직인다는 환상에 빠져 리어는 자신의 마지막 대사를 "이 애를 봐, 보라고, 이 애 입술을, / 여길 봐, 여길 봐!"라고 전한다. 쥐가 없는 것처럼, 그녀의 입술은 움직이지 않는다. 하지만 리어가 이 사실을 알지 못하는 것이 차라리 더 낫다. 속는다는 것은 불행한 일이라고 철학자들은 말한다. 이에 대해 '우신'은 "속지 않는 것"이 가장 불행하다고 답한다. 왜냐하면 인간의 행복이 실제 있는 그대로의 세계에 놓여 있다는 생각보다 진실로부터 더 멀리 떨어진 것은 없기 때문이다. 리어의 바보는 흔쾌히 "거짓말하는 법을" 배우고 싶다고 말한다. 거짓말은 이 극의 처음에 등장하는 고너릴, 리건, 에드먼드의 입을 통해 드러날 때는 파괴적이다. 하지만 바보와 특별한 연대를 맺고 있는 코딜리아는 거짓말하는 법을 배워야만 했다. 극의 초반에 그녀는 오직 진실만을 말할 수 있었다(그래서 추방되었다). 그러나 나중에 그녀는 아름답고 너그럽게 거짓말을 한다. 리어는 코딜리아가 자신에게 나쁘게 대할 이유가 있다고 말하자, 그녀는 "아무 이유 없어요. 아무 이유도요"라고 답한다.

에라스뮈스의 《우신 예찬》 마지막 부분은 기독교의 "광기"를 진지한 어조로 칭송한다. 구원의 신비는 현명한 자들에겐 숨어 있지만 단순한 사람들에겐 선사된다고 예수는 말한다. 예수는 단순한 사람들, 즉 어부들과 여자들에게서 기쁨을 찾는다. 그는 사자를 탈 수 있었을 때 당나귀를 선택했다. 이 우화의 언어는 백합들, 겨자씨들, 참새들과 같은 단순하고 자연스러운 것들, 즉 미친 리어가 말하는 언어들과 유사하다. 기독교의 근본적 우매함은, 가진 것을 모두 버리라는 요청이다. 리어는 1막에서 이렇게 하는 척하지만 실제로 "왕의 이름과 경칭들"을 간직하고자 했다. 그는 기사들, 옷, 그리고 온전한 정신을 다 잃게 되었을 때야 비로소 행복을 찾는다.

또한 그는 다정해진다. 작은 것들이 이 점을 알려준다. 1막에서 리어는 여전히 항상 명령을 내린다. 심지어는 폭풍우 속에서도 계속 요구한다. "어서 여기 단추를 풀어!" 그러나 결말에 이르면 그는 "제발"과 "고맙네"라고 말하는 법을 배운다. 그는 "제발, 이 단추 좀 끌러주게. 고맙네"라고 말한다. 그는 진정한 의미의 예의바른 행동을 궁정이 아니라, 아무것도 걸치지 않은 사람의 이미지이자 자신의 이미지인 불쌍한 톰에게서, 그가 보여준 사랑을 통해 배우기 시작했다. 리어는 "너도 네 딸들에게 다 줬니? 그래서 그렇게 된 거니?"라고 물으며 톰에게 다가갔다. 진정한 지혜는 글로스터나 에드거의 스토아식 위로의 말이나 신의 섭리에 대한 앨버니의 불행한 믿음이 아니라 광기와 사랑의 순간에 발견된다. 다음 대화는 이를 잘 보여준다.

에드거 신의 가호로 당신의 정신이 온전하시기를!

켄트 아, 가엾어라! 폐하, 그토록 자주 자랑하셨던

　폐하의 인내심은 어디다 두셨습니까?

인내는 스토아주의자의 자랑거리이다. 그것은 백 명의 기사들과 같은 보유물이다. 우리는 진정한 지혜를 얻으려면 인내를 내보내야만 한다. 온전한 정신, 즉 건전함마저도 가게 내버려 둬야 한다. 우리가 지켜내야 하는 것은 '동정'과 '축복'이다. 동정과 축복은 《리어 왕》의 핵심이다. 동정이란 낯선 이들에게 친절을 보여주는 것과 같은 특정 행위의 수행을 의미한다. 축복이란 수행적 언어 행위, 즉 누군가에게 말을 하는 행위 자체에 의해 행위를 촉발하는 언술이다. 일반적으로 축복은 작지만 강력한 '제스처'이다. 즉 그것은 셰익스피어 극장의 빈 무대 마루판에서 벌어지는 지극히 중요한 행위의 일종이다.

　이 극은 성경에서 예언된 세상의 종말, 천년왕국의 파멸을 암시하며 끝이 난다. 나팔 소리가 세 번 울리며 마지막 결전을 알린다. 그리고 리어가 죽은 사랑하는 딸을 안고 등장하자, 충신 켄트가 "이것이 예언되었던 세상의 종말인가?"라고 묻는다. 그는 세상의 종말을 생각하고 있다. 하지만 이 대사는 또한 셰익스피어의 작가로서의 역할에 대해서도 넌지시 언급한다. 리어 이야기를 다룬 이전의 모든 판(이 중에서 몇몇은 당시의 관객들에게 익숙했을 것이다)에서 코딜리아는 살아남고, 리어는 다시 왕좌로 복원된다. 코딜리아의 죽음은 그것이 이전 문학

전통과 연극 전통이 "예언했던" 결말이 아니기 때문에 더욱더 아프게 다가온다.

《리어 왕》은 질문으로 가득 찬 극이다. 거대한 질문들은 대답이 되지 않은 채 남아 있다. 이 모든 질문 중 가장 큰 질문은 리어의 "개나, 말이나, 쥐에게도 생명이 있는데, / 왜 너는 숨을 쉬지 않느냐?"이다. 이 세계에는 신의 정의를 전달하는 리듬도 이유도 양식도 없다. 이 부분에서 다시 한 번 셰익스피어는 원전인, 작자 미상의 옛날 극《레이어 왕(King Leir)》과 완전히 결별한다. 이 원전에서는 기독교의 섭리가 지배한다. 셰익스피어는 황량한 이교도 세계 안에 원재료를 넣어 다시 상상한다. 이교도의 세계 안에서 셰익스피어는 과거를 되돌아볼 뿐만 아니라 우리 시대인 미래, 즉 옛 종교적 위계질서와 도덕적 확실성이 완전히 벗겨 없어진 시대를 예고한다.

그러나 기이한 방식으로 한 가지 답이 켄트의 예고된 종말 대사에 대한 에드거의 응답에서 발견된다. 하나의 질문에 대한 답은 또 다른 질문이다. "아니면 그날의 공포를 형상화해 보여주는 것인가?" 이것은 세계의 종말을 '있는 그대로' 그린 것이 아니다. 이것은 종말의 '이미지'일 뿐이다. 햄릿은 말하길, 연기자는 자연에 거울을 비추어야 한다고 했다. 그러나《리어 왕》은 반복적으로 우리가 거울에서 보는 것은 이미지일 뿐 사물 그 자체가 아니라는 사실을 상기시킨다. 글로스터는 진짜로 절벽에서 뛰어내리지 않는다. 그것은 에드거가 그에게 교훈을 주기 위해 지어낸 아주 정교한 게임일 뿐이다. 불확실한 시대에 우리는 우리 세상을 이해하려는 여러 가지 방편으로 이미지, 게임, 실험을 필요로 한다. 우리는 연극을 필요로 한다. 이것이 바로 4세기가 지난 지금도 우리가 끊임없이 셰익스피어에게로, 그리고 모두가 다 연극배우인 셰익스피어의 찬란히 빛나는 거울의 세계로 되돌아가는 이유이다.

한편에서 보면, 종말의 이미지들, 미친 왕, 계략을 일삼는 흉측한 자매들, 바보, (미친 척하는) 베들램 거지와 함께하는 《리어 왕》의 세계는 우리의 '평범한 삶'으로부터 그리 멀리 떨어져 있지 않을 수 있다. 그러나 다른 편에서 보면, 이 세계는 평범한 것들의 이미지이며, 그것도 '극단의 상황'에서 본 이미지이다. 이것은 "입에 발린 말에 기름 쳐내는 언변술"인 궁정 언어보다 정원 물뿌리개, 굴뚝새, 구운 치즈와 같은 일상적인 것들을 지칭하는 언어에 더 많은 시간을 할애하는 극이다.

그렇다면 이 극 전체도 "도버의 절벽" 장면처럼 우리에게 교훈을 주기 위해 셰익스피어가 고안한 정교한 게임이 아닐까? 우리가 이 교훈을 고매한 판단의 차원이 아닌 느낌의 차원에서 본다면 말이다. 이 극에 진정으로 응답하기 위해서 우리는, 마지막 대사가 말해주듯이, "해야만 하는 말은 그만 말하고, 느끼는 대로 말해야" 한다. 인간적이 되는 것은 '뼈아프게 느끼면서 보는 것'이다. 그러나 이것은 손쉽게 도덕적 훈계의 세계, 즉 앨버니 같은 사람들의 특징인 "해야만 하는 말"의 세계로 물러나는 것이 아니다. 그리고 뼈아프게 느끼면서 보는 것은 무대와 세상이라는 거대한 극장 양측에서 우리에게 다가오는 이미지들에 동정적으로 응답하는 일과 연관된다. 리어는 한 가지 종류의 '이미지'(군주의 빛나는 과시적 장식들)에 대해 신경 쓰기를 멈추고 대신 또 다른 이미지, 즉 날것 그대로의 인간의 이미지, 바보와 베들램 거지의 이미지, 불쌍한 벌거벗은 가난뱅이들의 이미지와 직면할 때 인간적이 되었다. 이 극은 우리에게 말한다. 최후 심판의 나팔 소리가 울려 퍼지면, 우리는 사회에서 어느 정도 지위를 얻었느냐의 여부가 아니라 헐벗은 자들에게 동료애를 보여주었는지의 여부에 의해 심판받게 될 것이라고. 셰익스피어는 다른 여러 곳에서와 마찬가지로 이곳에서도 자신의 시대뿐 아니라 우리 시대를 위해 말하고 있다.

리어 누구든 내가 누군지 말해줄 수 있느냐?
바보 리어의 그림자.

로버트 아민은 윌 켐프가 1599년 체임벌린 극단을 떠나자 이 극단의 광대역을 양도받았다. 유머집의 저자일 뿐만 아니라 극작가였던 그는 켐프보다 더 지적인 형태의 희극을 공연했는데, 그의 희극은 재치 넘치는 화려한 언변술로 가득 찼다. 그의 스타일은 《리어 왕》의 바보, 《십이야》의 페스티, 《끝이 좋으면 다 좋다》의 신랄한 라바치와 같은 역할을 할 때 십분 발휘되었다.

셰익스피어는 역사를 거쳐서 지속된다. 그는 자신의 시대뿐 아니라 후대를 계몽한다. 그는 우리가 인간 조건을 이해하도록 돕는다. 그러나 자신의 극작품에 대한 좋은 텍스트 없이 그는 이런 일을 할 수 없다. 판본들이 없었더라면 셰익스피어도 없었을 것이다. 이것이 바로 지난 3세기에 걸쳐서 매 20여 년마다 그의 전집에 대한 주요한 새 판본이 발간되었던 이유이다. 편집의 한 측면은 텍스트를 시대에 맞도록 만드는 과정이다. 즉 철자, 구두점, 활판을 현대화하고(물론 이것은 실제 단어를 현대화하는 것은 아니다), 변화하는 교육 현장의 요구에 맞추어서 상세한 주석을 다는 것이다(한 세대 전에는 누구나 셰익스피어가 사용하는 고전과 성경에 대한 인유들을 대체로 이해하고 있다고 추정했지만 지금은 그렇지 않다).

그러나 셰익스피어가 자신의 극작품들의 출판을 직접 감독하지 않았기 때문에, 편집자들은 초기에 인쇄된 판본들이 어느 정도의 권위를 지니는지에 대해서 결정을 내려야만 한다. 셰익스피어의 전 작품 가운데 절반만이 그의 사후인 1623년 정교하게 만들어진 제1이절판으로 출판되었다. 이 최초의 "전집"은 누구보다도 셰익스피어의 극작품을 잘 알았던 동료 배우들에 의해서 준비된 것이다. 나머지 절반은 셰익스피어 생전에 보다 더 간결하고 값이 싼 사절판으로 출판되었는데, 이 중 일부는 상태가 좋은 텍스트로 재판되었던 반면에, 다른 것들은 정도의 차이는 있지만 윤색되고 곳곳에 잘못된 부분이 산재해 있는 텍스트로 나왔다. 한편 몇몇 작품의 경우에는 사절판과 이절판 사이에 수백 가지의 차이점들이 있는데, 이 중 일부는 결코 사소한 문제가 아니다.

《리어 왕》의 결말을 책임지는 사람은 누구인가? 엘리자베스 시대와 제임스 시대의 비극 관례에 따르면, 살아남은 자 중 나이 많은 인물이 마지막 대사를 맡는다. 이 마지막 대사는 그 말을 하는 자가 권력을 장악했다는 표시이다. 그래서 《햄릿》의 결말에 포틴브라스가 덴마크를 지배하고, 《오셀로》의 마지막 장면에서 로도비코가 베니스를 대변한다. 《맥베스》의 결말에는 맬컴이 스코틀랜드를 지배하며, 《안토니와 클레오파트라》의 결말에는 옥타비우스가 세계를 통치한다.

그렇다면 누가 브리튼을 지배하는가? 한동안 다음과 비슷한 답이 제시되곤 했다. 왕의 큰 사위로서 앨버니는 왕이 될 수 있는 명백한 후보자이다. 하지만 그는 그 왕 역을 양도받고 싶어

하지 않는 듯하다. 이 극 초반 리어의 왕국 분할이 초래한 혼돈을 생각하면 놀랄 정도로 우매한 태도로 앨버니는 극의 결말에 켄트와 에드거가 권력을 나누어야 한다며 왕국 분할을 제안한다. 언제나처럼 현명한 켄트는 이 제안의 우매함을 알아채고 품위 있게 물러나는데, 아마도 자살을 하거나 그가 이미 감지하고 있던 심장마비로 죽게 된다. 왕을 대부로 두고 있으며 이제는 글로스터 공작이 된 에드거가 왕권의 책임을 맡게 될 것이라는 암시가 있다. 우리가 가진 가장 권위 있는 텍스트인 이 절판에 그렇게 되어 있으며, 에드거가 마지막 대사를 말한다.

> 이 비통한 시간의 무게를 우리는 거역할 수 없습니다.
> 해야만 하는 말은 그만 말하고, 느끼는 대로 말합시다.
> 최고의 연장자가 가장 많이 견뎠습니다. 우리 젊은이들은
> 결코 그만큼 많이 보지도, 그만큼 오래 살지도 못할 것입니다.

우리가 아주 세심하다면, 우리는 이 문제에 약간의 불확실한 측면이 있다는 것을 추가적으로 말해야 할 것이다. 왜냐하면 사절판에서는 이 마지막 대사를 말하는 자가 앨버니이며, 이를 알렉산더 포프* 이래 많은 편집자들이 따라왔기 때문이다.

20세기 후반 텍스트 연구 성과에 힘입어, 다음과 비슷한 새로운 답이 도출되었다. 아, 이것은 셰익스피어 자신도 어느 정

---

*18세기 활동한 영국의 시인, 비평가.

도 불확실한 태도를 유지했던 것 같기에 생긴 문제이다. 이 극의 셰익스피어 원본에서는 앨버니가 마지막 대사를 말하고 이로써 그가 왕국을 지배한다. 그러나 이후 셰익스피어는 마음을 바꾸었다. 셰익스피어 자신의 수정본에서 에드거가 마지막 대사를 말하고 왕국을 지배하게 된다. 우리는 두 개의 아주 다른 무대화를 받아들여야 한다. 첫 번째 무대에서는 왕국 분할 통치에서 자신의 몫을 거절하는 켄트의 말에 에드거 역시 제안을 받아들이지 않는 어떤 거절의 동작이 추가될 수 있을 것이다. 두 번째 무대에서는, 에드거의 마지막 대사가 앨버니의 제안을 받아들이는 전조로서 보이도록 무대화될 수 있을 것이다.《리어왕》의 두 가지 판본에 나타난 이러한 결말 변경은 앨버니와 에드거의 역할에 대한 셰익스피어의 미묘하지만 주도면밀한 여러 수정 사항 중 가장 중요한 부분이다. 우리는 언제 수정이 이뤄졌는지 정확하게 알지 못한다. 하지만 이 수정 작업은 극장에서의 경험과 극단의 공동 작업의 결과였다고 추정하는 것이 적절할 것이다. 아마도 극작가와 공연자 둘 다 아니면 극작가나 공연자 중 한쪽이 이 두 역할 배역이 드러나는 방식에 불만을 가졌을 것이고, 그래서 여러 다양한 조정 작업을 거쳤을 것이다. 셰익스피어의 극작품들은 출판본 형식으로 다듬어지지 않았다. 극작품들은 극장에서 작업하기 위한 대본으로 고안되었다. 그것은 얼마든지 삭제되고, 추가되고 수정될 수 있었다.

최근까지도 편집자들은 이 사실을 인정하기를 상당히 꺼렸다. 18세기부터 1980년대에 이르기까지, 편집본들은 원래의 이상적인 통일된 텍스트를 만들고자, 즉 "셰익스피어가 썼던 것"에 되도록 가까이 가고자 노력했다. 신기하게도 셰익스피어가 하나의 본을 쓰고 난 후 이를 극장에서 시험하고 이후 다른 본을 썼다는 생각에 대한 저항이 있었다. 편집자들은 유일한 《리어 왕》이 존재했으므로 편집자의 임무는 이를 재구성하는 것이라고 추정했다. 수 세대에 걸쳐 편집자들은 텍스트에 대해 "고르기와 혼합하기" 접근법을 채택했다. 이들은 사절판과 이절판 사이를 왕래하면서, 미학적 혹은 서지학적 근거에서 여러 가지를 선택하여 셰익스피어가 실제로 쓰지 않았던 혼합 텍스트를 창조해냈던 것이다.

그렇다면 편집자들은 다음과 같은 곤란한 사실을 어떻게 다루었는가? 《리어 왕》은 사절판과 이절판이라는 두 개의 다른 텍스트 형식으로 존재한다. 사절판은 이절판에 없는 거의 300여 행에 이르는 대사를 포함한다. 이절판은 사절판에 없는 100여 행의 대사를 지닌다. 두 텍스트가 공유하는 부분에서도 800여 개 이상의 언어적 변형이 존재한다. 이러한 고충에 대한 편집자들의 일반적 반응은 사절판은 셰익스피어 자신의 대본(그의 "나쁜 텍스트들")이나 극장용 대본("프롬프트북")이 아니라 배우들의 기억에 의존해 재구성한 텍스트, 즉 일종의 "불량 사절판"이라는 주장이었다. 그러나 많은 부분에서 변질되긴 했지만 《리어 왕》의 사절판 텍스트는 기억에 의존해 재구축한 텍스트가 갖는 일반적 특징들, 즉 《햄릿》의 불량 사절판에 현저하게 드러나는 특징들을 보여주지 않는다. 《햄릿》에서 셰익스피어는 "찬송가 1절을 보면 더 자세히 알 수 있을 텐데"(《햄릿》, 2막 2장)라고 썼는데, 배우는 이 대사를 "경건한 발라드의 첫 번째 단락을 보면 모든 것을 알 수 있을 텐데"로 기억해낸다. 대사 한 행의 구조는 거의 정확하게 맞지만 실제 말해지는 단어들은 거의 다 틀리게 사용하는 이 현상은 기억에 의존한 텍스트의 전형적 특성이다. 사절판《리어 왕》에 나타난 텍스트상의 변칙은 이런 전형적 특성을 지니지 않는다.

1970년대 학자 피터 블레이니는 세심하고도 고도로 기술적인 서지학적 연구에 의거해 사절판《리어 왕》이 배우들의 기억에 의거한 불량 텍스트가 아니라 권위 있는 텍스트임을 거의 확실히 셰익스피어 자신의 필적을 근거로 밝혀냈다(《《리어 왕》텍스트들과 그 원전들: 1권. 니컬러스 오크스와 제1사절판》, 1982). 이 텍스트의 질이 형편없었던 것은 무대 드라마 인쇄에 익숙하지 않았던 인쇄공 탓이었다. 셰익스피어 시어의 많은 부분이 산문으로 바뀐 것은 인쇄소가 시로 쓰인 텍스트의 여백을 채우는 데 필요한 블록들을 갖지 못했기 때문이었다. 오크스의 인쇄소는 이 적절한 도구를 갖지 못했고 그래서 다른 대안이 없었던 조판공들이 산문으로 만들었던 것이다.

사절판과 이절판 텍스트 모두 확실히 셰익스피어가 쓴 것이지만, 상당히 다르다. 사절판이 이 극의 첫 번째 판이고 이절판이 두 번째 판이라는 것이 논리적 추정이다. 텍스트상의 변형들은 우리에게 극들을 실제 극장용 작업 대본들로 볼 수 있는 독특한 기회를 제공한다.

기존의 편집 관례에서, 앨버니와 콘월 사이의 분열에 대해 켄트가 신사에게 알려주는 3막 1장은 매우 곤혹스러운 순간 (3.1.13~23)이다. 대사 중간까지의 구문이 이해하기 어렵고 내용도 모순적이다. 귀족들의 집에 침투한 자들이 한낱 프랑스 첩자들이란 말인가? 실제로 도버에 프랑스 군대가 이미 도착했다는 말인가? 이런 혼란은 두 개의 다른 대본을 혼합했던 편집 자들 때문에 일어난다. 사절판에서는 프랑스 군대가 이미 도착했던 반면 이절판에선 프랑스에 보고하는 첩자들만이 있다.

이 변화는 프랑스와의 연관관계를 축소시키는 보다 큰 과정의 일부인 듯 보인다. 사절판에서 우리는 셰익스피어가, 왜 프랑스 왕이 자신의 군대를 이끌지 않았을까에 대해, 즉 프랑스 왕의 부재에 대해 설명해야 한다는 강박증을 느끼고 있는 장면을 보게 된다.

켄트 프랑스 왕이 왜 그렇게 갑자기 되돌아갔는지 이유를 아시오?
신사 본국에 무언가 해결치 못하고 온 일이 있었는데, 떠난 뒤에 갑자기 그 생각이 나셨고, 그냥 두면 그 일이 왕국에 큰 공포와 위험을 가져오지 않을까 우려되어 부득이하게 급히 귀국하셨소.

(사절판, 4막 2장)

아무리 좋게 말해도, 신사는 여기서 우물쭈물 해명하고 있는데, 이것이 바로 셰익스피어가 이절판에서 기존 편집 관례의 4막 3장 장면 전체를 삭제한 한 가지 이유인 것이다. 극장 관객은 극에서 언급된 대부분의 것들에 대해 생각하는 경향이 있다. 극작가는 왕의 부재에 관객의 관심을 끄는 기이한 방식으로 왕의 현존을 부각시킨다. 왕에 대해 그냥 침묵을 지키는 것이 나을 수도 있다. 이것이 이절판에서 일어난 일이다. 즉 이절판에서는 프랑스 왕이 언급되지 않기 때문에, 관객은 그를 잊는다.

그렇다면 누가 프랑스의 군대를 이끄는가? 사절판에서 신사는 프랑스 군의 라 파 장군이 책임을 맡게 되었다고 켄트에게 알려준다. 의문의 이 장면을 삭제함으로써 이절판은 라 파 장군을 없애고, 다음 장면 무대 변경으로 이를 보완한다(기존 편집 관례에 따르면 4막 4장, 본서 판본에 따르면 4막 3장). 사절판에서 이 장면은 "코딜리아, 의사, 다른 여러 사람들 등장"으로 시작되는 데 비해, 이절판에서는 "고수와 기수를 선두로 코딜리아, 신사, 병사들 등장"으로 시작한다. 사절판에서 코딜리아가 아버지에게 의료적 관심을 쏟는 딸이라면, 이절판에서 그녀는 군대를 이끄는 장군이다. 즉 코딜리아가 라 파 장군을 대신하게 되었다. 이러한 변화는 수정판에 드러난, 가족에서 국가로의 전반적 관심 변화의 일환이다. 이절판은 가족 사랑에 대한 심판을 덜 보여주고 분열 왕국 내의 균열된 정치를 더 보여준다. 이 후기 판본이 왕국 분할에 대한 보다 강력한 정치적 명분을 제공하는 중요한 몇 행을 첫 장면에 추가했던 것은 바로 이 때문이다.

짐은 이제 앞날의 분쟁을 막기 위해

딸들 각각의 지참금을 공표하기로
마음을 확고히 정하였다.(1.1.41~43)

더 나아가, 이절판은 소위 말해서 고너릴 규탄이라 일컬어지는
장면, 즉 첫 장면에 극화된 과시적 사랑의 시험에 대한 보상일
수 있는 오두막에서의 모의재판 장면을 삭제했다. 이것은 첫
장면을 더 정치적이고 덜 개인적으로 만드는 소급적 효과를 지
닌다.

이절판에서 삭제된 또 다른 부분은, 글로스터가 눈이 뽑힌
후 시종들이 그의 피 흐르는 눈에 삼베와 계란 흰자를 발라주
겠다고 약속하는 부분이다. 피터 브룩이 그의 유명한 1962년
RSC 공연에서 시종들이 도움을 주는 이 부분을 삭제했을 때,
비평가들은 브룩 자신의 잔혹극을 이 극에 강제 부과했다고 비
난했다. 그러나 이제 우리는 브룩의 삭제가 셰익스피어 자신의
극장에서 이뤄졌던 것임을 알게 되었다.

앨버니 역할에 적용된 일련의 삭제들은 이 극의 도덕적 황
량함을 더욱 강화시켰다. 4막 2장에서 그가 고너릴에게 비난을
쏟아붓는 장면이 대폭 잘려나갔는데, 이는 앨버니의 도덕적 위
력을 상당히 축소시킨다. 사절판의 앨버니는 왕국을 책임질 성
숙하고 성공한 공작으로 이 극의 마지막을 장식하는 충분히 다
듬어진 인물이다. 이절판에서 그는 약한 모습이다. 그는 부인
고너릴이 그 자신과 도덕 질서 둘 다를 좌지우지할 때 그저 방
관자로 곁에 서 있을 뿐이며 책임을 회피한다. 앨버니가 이렇게

궁극적으로 권력을 회피하므로 이 수정판은 이 장의 첫 부분에서 논의한 대로, 피로 물든 이 나라를 통치할 자로서 권력을 이양받는 수밖에 다른 선택이 없는 에드거와 함께 끝이 난다.

셰익스피어 시대 출판업자들의 안내서를 들여다본다면, 식자공들이 가능하면 필사본보다는 기존의 인쇄된 책들을 기준으로 조판하는 것이 좋다는 권고를 첫 번째 규칙 중 하나로 받았다는 사실을 바로 발견하게 될 것이다. 이 시대는 활자주식이 기계화되기 이전이어서, 식자공은 개개의 활자를 하나씩 손으로 식자통에서 집어서 식자용 스틱 위에 (위아래와 앞뒤를 거꾸로 하여) 꽂은 다음 인쇄기 위에 놓아야 했었다. 당시는 희미한 불빛 아래에서 서기가 손으로 텍스트를 쓴 시대였으며, 그 필체도 알아보기 힘든 수십 가지의 형태였다. 인쇄공들에게는 손으로 쓴 사본과 씨름하는 것보다는 현재 있는 책을 재판하는 것이 훨씬 더 편했다. 제1이절판을 가장 빨리 만드는 방법은 분명, 그냥 간단히 이미 사절판으로 나왔던 18개의 작품은 재판하고 나머지 18개의 작품은 텍스트를 보고 작업하는 길이었을 것이다.

하지만 실제로 그렇지는 않았다. 사절판이 사용될 때마다 극장용 대본 또한 참고하고 무대 지시문은 대본에서 베꼈다. 그리고 인쇄 상태가 상당히 양호한 사절판을 사용할 수 있는 몇몇 주요 작품들의 경우에(《리어 왕》은 이런 경우로 유명하다), 이절판 인쇄업자들은 하나의 대안인 극장에서 나온 텍스트를 보고 작업하도록 지시를 받았다. 이것은 최초로 셰익스피어 전집을 출판하는 전 과정이 실제 예상보다 몇 달, 심지어 몇 년이나 더 오래 걸렸다는 것을 의미했다. 하지만 이 작업을 관장한 사람들, 즉 셰익스피어의 유언으로 유산을 받았던 친구이자 동료 배우들인 존 헤밍스와 헨리 콘델에게 이러한 추가적인 노동과 비용은 극장에서 실제 공연되었던 극에 가까운 판본을 만들어내기 위해서는 가치 있는 수고였다. 그들은 독자에게 전하는 서문에 썼던 것처럼, 사람들이 "셰익스피어를 되풀이해서 읽을" 수 있도록 모든 작품이 출판되기를 원했다. 하지만 그들은 또한 "아주 다양한 독자들이" 셰익스피어가 원래 의도했었던 극장의 현실에 가까운 텍스트로부터 작업하기를 원했다. 이러한 이유로 RSC 셰익스피어는 《전집》과 개별 작품 모두, 가능한 한 이절판을 기본 텍스트로 사용했다.

다음은 편집 과정의 다양한 측면을 강조하고, 본 책의 편집 원칙을 설명하는 것이다.

등장인물 제1이절판의 경우 오직 여섯 작품에서만 나오며, 《리어 왕》은 여기에 포함되지 않는다. 그래서 극의 시작 부분에 수록된 등장인물 목록은 편집자들이 만든 것으로, 인물을 그룹별로 나누어 배열했다. 고딕체 굵은 글씨는 대본에서 대화 시작을 알리는 배역의 이름을 가리킨다.

장소 이절판의 경우 오직 두 작품에서만 제시된다. 정교한 사실주의적 무대장치 시대에 작업했던 18세기 편집자들이 상세한 장소를 명기한 최초의 사람들이었다. 셰익스피어가 아무런 장치도 없는 빈 무대를 생각하며 극을 썼고, 자주 장소에 대한 부정확한 감각을 지녔다는 전제 하에 하단 주석에 장소 표시를 했다. 그리고 가상의 장소가 바로 전 장면과 다를 경우 장소를 밝혔다. 이 책은 시대착오적으로 사실주의적 무대를 암시하는 종류의 상세한 설명보다는 넓은 의미의 지리적 배경을 강조한다. 그러므로 "왕궁의 다른 방"과 같은 세부적 묘사는 피했다.

막과 장의 구분 사절판들에서보다 이절판에서 훨씬 더 정교하게 나타나 있다. 그러나 때때로 막과 장의 표시가 잘못되거나 누락되어 있어서 편집 관례에 의해 수정 및 추가된 부분은 꺾쇠 괄호([ ]) 안에 넣어서 표시했다. 5막 구분은 고전적 모델에 기초한 것이며, 막과 막 사이의 휴식 시간은 국왕 극단(King's Men)이 1608년부터 사용해왔던 블랙프라이어스 실내극장에서 촛불을 교체하는 시간이었다. 그러나 셰익스피어는 극 구성을 반드시 5막 구조의 관점에서 생각한 것은 아니다. 이절판의 관례에 의하면 무대가 비는 경우 한 장면이 끝나는 것이다. 요즈음, 부분적으로는 영화의 영향으로, 우리는 상상 속의 장소 변화나 내러티브상의 중요한 시간 변화로 끝이 나는 장면을 하나의 극적 단위로 생각하는 경향이 있다. 셰익스피어 극의 구성의 유연성은 이러한 관례와 잘 어울린다. 그래서 막과 장의 숫자에 더해 이 책에서는 새로운 장면이 시작되는 부분마다 오른쪽 상단 여백에 '장면' 수를 표시했다. 일시적인 빈 무대로 인해 야기

되는 장면 단절의 경우, 장소가 변하거나 추가적인 시간의 흐름이 없을 때에는 '장면 계속'이라는 극적 관행을 썼다. 여기에는 어느 정도 편집상의 판단이 불가피하나, 이 체제는 극이 진행되는 속도를 나타내는 데 매우 유용하다.

화자의 이름 이절판에서는 일관성이 없는 경우가 많다. 이 책에서는 대사 시작 시의 화자 이름을 규칙적으로 통일시켰다. 그러나 이절판의 느낌을 살리기 위해서 등장 지문에 나타나는 의도적인 불일치 부분은 그대로 유지했다.

등장과 퇴장 이절판에서는 꽤 철저하게 표시되었다. 따라서 가능한 한 충실하게 이 표시를 따랐다. 등장인물이 삭제되거나 수정이 필요한 곳에서는 꺾쇠괄호로 표시했다(예, [그리고 수행원들]). '**퇴장**'은 때때로 필요에 따라 '**모두 퇴장**'으로 표준화했고, "남아 있다"의 라틴어 표기(Manet)는 영어로 바꾸었다.* 이 책은 다른 판본들보다 이절판에 쓰인 등장과 퇴장 위치 표시를 더 많이 따랐다.

편집상 무대 지문 무대 동작과 방백, 청자의 표시 그리고 등장인

---

*원서에서는 한 명 퇴장일 때는 'Exit'로, 두 명 이상의 퇴장을 뜻할 때는 라틴어로 'Exeunt'로 표기했는데, 이를 각각 '퇴장'과 '모두 퇴장'으로 번역했다. 또한 원서에서는 'Manet'와 같은 라틴어 대신 'remains'가 사용되었는데, 이를 '남아 있다'로 번역했다.

물의 이층 무대 위치 표시와 같은 것은 오직 이절판에서만 드물게 사용되었다. 다른 판본들은 이런 종류의 지문들과 원본 이절판과 원본 사절판 지문들을 혼합해서 사용하는데, 때로는 원본 이절판과 원본 사절판 지문들을 꺾쇠괄호로 표시해두기도 한다. 이 책에서는 이런 종류의 '연출상' 개입이라 일컬어지는 것을 이절판 양식의 지문(원본이건 혹은 이후에 만들어진 것이건)과 구별하려는 의도에서, 이를 가는 고딕체로 오른쪽 가장자리에 적어 넣었다. 어떤 지문이 어떤 종류의 것인지를 알아내는 데는 어느 정도 주관이 개입된다. 하지만 이런 과정은 독자와 배우에게 셰익스피어 무대 지문이 오로지 편집자의 추론 자체에만 의존될 뿐 영구적으로 고정되지 않았음을 상기시키기 위해서 의도된 것이다. 이 책에서는 또한 가끔 불확실한 것을 인정한다는 점에서 기존의 편집 관례를 벗어나 다음과 같은 표현을 쓰기도 했다. 이를테면 '방백?'(한 행이 방백인지, 배우가 관객에게 직접 말하는 대사인지 결정하기 어려울 정도로 양쪽 모두가 타당해 보이는 경우가 자주 있는데, 이를 판단하는 일은 각각의 공연이나 독해에 달려 있다), 또는 '퇴장일 수도 있다'가 바로 그것이다.

《리어 왕》에 관한 주요 사실들

주요 배역 (대사 행의 백분율/무대 등장 횟수) 리어(22%/10), 에드거(11%/10), 켄트 백작(11%/12), 글로스터 백작(10%/12), 에드먼드(9%/9), 바보(7%/6), 고너릴(6%/8), 리건(5%/8), 앨버니 공작(5%/5), 코딜리아(3%/4), 콘월 공작(3%/5), 오즈월드(2%/7).

언어 형식 운문 75%, 산문 25%.

연대 1605~6년. 1606년 12월 궁정에서 공연되었다. (1605년에 출판된) 옛날 극《레이어 왕》에 의거했다. 1605년 9월과 10월에 있었던 일식과 월식을 기록하고 있는 듯하다. 1603년 출판된 새뮤얼 하스넷과 존 플로리오의 책에서 빌려온 대목이 있다.

원전 1590년대 초 런던의 극장 레퍼토리 중 하나였던 작자 미상의 옛날 극인 《레이어 왕과 그의 세 딸들에 대한 진정한 역사극》에 기초하지만, 신의 섭리를 믿는 기독교 언어에서 이교도 언어로 변경하고 비극적 결말을 도입하는 등 많은 부분을 수정했다. 리어 이야기는 셰익스피어에게 익숙했던 다른 원전들, 예를 들면, 《통치자를 위한 거울》(1574), 홀린셰드의 《연대기》(1587), 에드먼드 스펜서의 서사시 《선녀 여왕》(1590)의 2권 열 번째 노래에서도 나타난다. 셰익스피어의 작품 이전에 있었던 리어 이야기의 모든 변형본들은 리어 왕이 딸 코딜리아와 재회하고 왕위로 복원하는 "낭만적" 결말로 끝난다. 글로스터의 이야기에 해당하는 서브플롯은 필립 시드니 경이 쓴 《펨브로크 공작 부인의 아르카디아》(1590) 2권 10장에 나오는 파프라고니안 왕의 이야기에서 유래했다. 눈먼 노인이 사생아 아들에게 배신당해 절벽 꼭대기에 이르러 자살을 생각하고, 착한 아들이 돌아와 기사도적 결투에서 나쁜 아들과 조우한다. 이 이야기는 "진정한 본성적 선함"과 "비참한 배은망덕" 양자를 예를 들어 보여주려는 의도로 고안되었는데, 몇 장 뒤에 시드니는 꼬임에 빠져 고결한 아들을 불신하게 된 또 다른 잘 속는 왕 이야기를 전한다. '불쌍한 톰'과 '바보'라는 인물은 전적으로 셰익스피어의 창작물이다. 하지만 변장한 에드거가 쓰던 악령에 사로잡힌 언어 중 일부는, 가톨릭의 음모와 가짜 악령 쫓기에 관한 선전용 소책자인 새뮤얼 하스넷의 《터무니없는 교황의 사기 행각 선언문》(1603)에서 빌려오긴 했다. 악령을 쫓는 신부들 중 한 사람인 로버트 데브데일이 스트랫퍼드 출신이기에 셰익스피어가 읽었을 것이라 추정되는 책이다. 이 극의 언어와 그 철학적 사상의 일부는 셰익스피어가 존 플로리오 번역의 《몽테뉴의 수상록》(1603)도 읽었다는 것을 알려준다.

텍스트 1608년 사절판으로 다음과 같은 제목의 텍스트가 출판되었다. 《윌리엄 셰익스피어 씨: 그가 쓴 리어 왕과 세 딸의 죽음과 삶을 그린 진정한 연대기 사극. 글로스터 백작의 아들이자 계승자인 에드거의 불쌍한 삶과 베들램의 톰이 연극으로 보여주는 음침한 유머가 덧붙여짐. 크리스마스 휴가 중 성 스테파노 순교자 축일 밤 화이트홀의 황제 폐하 앞에서 공연되었음. 뱅크사이드 글로브 극장에서 상시 공연하는 국왕 극단원들의 공연》. 이 텍스트의 인쇄 상태는 아주 나쁜데, 이는 인쇄공인 니컬러스 오크스가 연극 대본들을 조판하는 데 익숙하지 않았던 탓도 있고, 또 아주 읽기 어려웠을 것이라 추정되는 셰익스피어 자신의 필사본에서 이 텍스트가 유래했기 때문이기도 하다. 이 사절판에는 연극 공연용 대본에서 가져온 흔적이 분명한 "리어 왕의 비극"이라는 제목의 1623년도 이절판 텍스트에 포함되지 않은 300행이 포함되어 있다(하지만 이절판의 인쇄 또한 셰익스피어 모음집 발간을 위해 토머스 파비어가 출간했던 10편의 작품 중 하나로서 1619년에 나온 사절판 재판본의 영향을 받았기에 문제가 더 복잡해진다). 반대로 이절판에는 사절판에 나오지 않는 100행 정도가 포함되어 있고 단어나 구절의 변형이 거의 1000행에 육박한다. 그래서 두 개의 초기 텍스트는 이 극의 형성 과정에서 체계적으로 혹은 대사를 늘리려고 전반적인 수정을 가했던 두 개의 다른 무대를 대표한다. 수정한 부분에는, 침략하는 프랑스 군에게 부여했던 유명세를 축소한 것(아마도 정치적 이유에서일 것이다), 왕국 분할에 대한 리어의 동기를 명확하게 한 것, 앨버니 역할을 약화시킨 것(이 극의 마지막 대사를 앨버니에게서 에드거로 재배치한 것, 그리하여 암시적으로 브리튼을 지배할 권리를 그로부터 에드거에게로 이양한 것—이는 새로 권력을 쥐게 된 자가 언제나 마지막 대사를 말하는 것이 셰익스피어 비극의 관례였기 때문이다)이 포함되었다. 현저하게 축소한 부분으로는 오두막에서 벌어진 고너릴의 모의재판 장면과 충성 어린 시종들이 글로스터의 피 흐르는 눈에 일시적 처방제를 바르도록 하며 동정을 표하는 순간을 들 수 있다. 수 세기 동안, 편집자들은 사절판과 이절판 텍스트를 혼용해 쓰면서 셰익스피어가 한 번도 쓴 적이 없는 극을 만들어냈다. 우리는 1980년대 이후의 학술 연구를 믿고, 이절판과 사절판을 각기 다른 독립적 텍스트로 여기는 새로운 편집 관례를 지지한다. 우리는 좀 더 연극적인 특성을 지닌 이절판 텍스트를 기본으로 편집했지만 이절판이 지닌 실수들은 수정했다(이 실수들은 상당히 많은데, 그중 대부분이 아이작 재거드의 인쇄소에서 일했던 최악의 인쇄공인 견습생 '식자공 E'에 의해 조판되었다). 이러한 실수들을 수정하는 데에, 이절판에 영향을 준 사절판 사본이 큰 도움이 되었다. 때문

에 부득이하게 《리어 왕》 텍스트의 주석이 셰익스피어의 다른
작품의 텍스트 주석의 수보다 훨씬 많아졌다.

리어 왕의 비극

등장인물

리어 브리튼의 왕

고너릴 리어의 큰딸

리건 리어의 둘째딸

코딜리아 리어의 막내딸

앨버니 공작 고너릴의 남편

콘월 공작 리건의 남편

프랑스 왕 코딜리아의 구애자이자 코딜리아의 남편

버건디 공작 코딜리아의 구애자

켄트 백작 이후 카이우스로 변장

글로스터 백작

에드거 글로스터의 아들, 후에 불쌍한 톰으로 변장

에드먼드 글로스터의 서자

노인 글로스터의 소작인

커런 글로스터의 오랜 시종

바보 궁정에 고용된 리어의 어릿광대

오즈월드 고너릴의 집사

신사 리어의 기사

신사 코딜리아의 수행원

콘월의 시종

전령

부대장

리어의 수행 기사들, 그 밖의 수행원들, 전령들, 병사들, 시종들, 나팔 부는 사람들

켄트, 글로스터, 에드먼드 등장

켄트 왕께서 콘월 공작보다 앨버니 공작을 더 총애하시는 줄 알았습니다.

글로스터 우리한테는 늘 그렇게 보이셨지요. 하지만 왕국을 분할하시는 요사이 보아하니 어느 공작을 특별히 더 총애하는
5   것 같지는 않군요. 두 분의 몫이 저울에 단 것처럼 공평해서, 아무리 꼼꼼하게 들여다봐도 어느 몫이 더 나은지 골라낼 수 없겠습니다.

켄트 저 젊은이는 백작님 자제분이 아닙니까?

글로스터 글쎄, 저 녀석 양육비를 제가 다 댔지요. 그 앨 제 자

---

*장소: 브리튼의 왕궁.

식으로 인정하느라 워낙 자주 얼굴을 붉혔더니만 이젠 그 문
제에 대해선 철면피가 되고 말았습니다.

켄트 무슨 말씀을 하시는지 이해할 수 없습니다.

글로스터 저 녀석 어미는 그럴 수 있었습니다. 잠자리를 같이할
남편도 얻기 전에 배가 불러져서,* 요람에 재울 아들을 먼저
15 가진 겁니다. 잘못된 낌새를 눈치 채시겠습니까?

켄트 그 잘못의 결과가 이리도 훌륭하니, 그 잘못이 없었기를
바랄 수도 없겠습니다.

글로스터 그런데, 제겐 아들 녀석이 또 하나 있습니다. 합법적
으로 낳은 아들이고 저 애보다 한두 살 더 많지만, 그렇다고
20 더 예쁘게 생각하지는 않습니다. 저놈이 부르기도 전에 주제
넘게 이 세상에 먼저 오긴 했지만, 녀석 어미가 예쁘고 저 녀
석 만드느라 재미도 보았으니 사생아라 해도 인정 안 할 수가
없지요. ―에드먼드, 고결하신 이 어른이 누구신지 아느냐?

에드먼드 모릅니다, 아버님.

25 **글로스터** 켄트 백작님이시다. 이제부터는 이 어른을 네 아비의
존경하는 친구로 기억해라.

에드먼드 백작님을 잘 모시겠습니다.

켄트 자네를 아끼고, 더 가까이 지내도록 애쓰겠네.

에드먼드 저도 백작님의 기대에 부응하도록 노력하겠습니다.

---

*앞서 켄트가 말한 '이해하다(conceive)'를 글로스터는 '임신하다'의 의미로 받은
것이다. 셰익스피어는 'conceive'의 두 가지 의미로 말장난을 하고 있다.(옮긴이)

30 **글로스터** 저 앤 구 년간 외국에 나가 있었는데 곧 다시 나갈 계
   획입니다. 왕께서 오시는군요.

   나팔 소리. [작은 왕관*을 든 사람, 그리고] 리어 왕, 콘월, 앨버니, 고너릴,
   리건, 코딜리아와 시종들 등장

   리어 글로스터, 프랑스 왕과 버건디 공을 모셔오시오.

   글로스터 그리하겠습니다, 폐하.   **퇴장**

   리어 그사이 짐은 숨기고 있던 생각을 말하겠다.

35   지도를 이리 다오.   켄트 혹은 수행원이 리어에게 지도를 건넨다

                 짐이 이 왕국을 세 등분했음을 알아두라.

      그리고 모든 걱정거리와 업무를 짐의 노구에서

      털어내어 활력 넘치는 젊은이들에게 넘겨주고

      홀가분하게 죽음을 향해 가기로

      굳은 결심을 하였다. 나의 사위 콘월,

40   그리고 그에 못지않게 사랑하는 사위 앨버니,

      짐은 이제 앞날의 분쟁을 막기 위해

      딸들 각각의 지참금을 공표하기로

      마음을 확고히 정하였다.** 프랑스 왕과 버건디 공,

      짐의 막내딸의 사랑을 얻으려는 훌륭한 두 경쟁자 역시

45   이 궁정에 오랫동안 머물며 구애를 하였으니

      이 자리에서 대답을 들을 것이오. 말해보아라, 내 딸들아,

---

*반으로 부러질 수 있는 재질로 만든 왕관이어야만 한다.
**사절판에는 이 대사의 "짐은 이제"부터 여기까지 3행의 대사가 없다.

짐은 이제 통치권과 영토의 소유권,

국사의 근심을 벗어던지려 하니,

너희 중 짐을 가장 사랑하는 딸은 누구라 하겠느냐?

50   자연스러운 효성과 칭찬받을 만한 자격을 갖춘 딸에게

짐은 최고의 포상금을 내리겠다. 고너릴,

짐의 맏딸, 먼저 말해보아라.

고너릴 폐하, 말로는 표현 못 할 만큼 폐하를 사랑하옵니다.

제 시력과 공간과 자유보다 더 소중하게,

55   값비싸거나 희귀하다 여겨지는 것들 이상으로,

은총과 건강과 아름다움과 명예가 깃든 삶 못지않게

자식 된 자나 아비 된 자의 크나큰 사랑만큼

숨조차 비천하게 만들고 말로는 무력해질 사랑으로

모든 가능한 사랑의 표현 이상으로 폐하를 사랑하옵니다.

60 **코딜리아** 코딜리아는 뭐라고 하지? 사랑할 뿐 잠자코 있어야지.

방백

리어 이 모든 영토 중에서도 바로 이 줄에서 이 줄까지

손으로 지도를 가리키며

울창하게 그늘진 숲과 기름진 들,

풍부한 강과 드넓은 목초지를

내가 너에게 주마. 너와 앨버니의 자손들이

65   대대손손 이 땅을 누릴 것이다. ―짐의 둘째, 콘월 부인,

짐이 극진히 사랑하는 리건은 뭐라 말할 것이냐?

리건 전 언니와 같은 재질로 만들어졌으니

언니의 가치와 동일하게 저를 아껴주십시오. 제 진심 속에서

전 언니가 표현한 바로 그 사랑을 찾았습니다.

70 다만 언니가 조금 부족했을 뿐, 그래서 말씀드리는데,

저는 저의 가장 고귀한 감각들이 누리는

그 어떤 즐거움도 적으로 여기며,

오로지 폐하의 사랑 속에서만

행복을 느끼고 있습니다.

75 **코딜리아** 그렇다면 불쌍한 코딜리아!   방백

하지만 그렇지도 않지, 분명 내 사랑은

내 혀보다 무거우니까.

  리어 너와 네 자손에게 대대로 물려줄

이 훌륭한 영토의 광대한 삼분의 일을 하사하마.

80 넓이로나 가치로나 기쁨으로나

고너릴의 것에 손색없는 땅이다. ―자, 이제, 나의 즐거움,

                    코딜리아에게

짐의 막내로서 작지만, 그 어린 사랑을 차지하고자

포도의 나라 프랑스 왕과 목장이 넓은 버건디 공작이

경쟁하고 있구나. 언니들보다 비옥한 삼분의 일을 위해

85 너는 뭐라 말하겠느냐? 말해보라.

  코딜리아 없습니다, 폐하.

  리어 없어?

  코딜리아 없습니다.

  리어 없으면 얻는 것도 없으리라. 다시 말해보아라.

코딜리아 불행하게도, 저는 제 마음을 입으로까지
끌어올릴 줄 모릅니다. 전 폐하를 저의 도리에 따라
사랑할 뿐, 더도 덜도 아닙니다.

리어 뭐, 뭐라고, 코딜리아? 조금만 말을 고쳐서 해보아라.
그렇지 않으면 네 재산이 줄어들 것이다.

코딜리아 폐하, 폐하께서는
저를 나으시고, 기르시고, 사랑해주셨습니다.
저는 그에 합당한 보답을 하고자
폐하께 복종과 사랑과, 가장 큰 공경을 바치나이다.
언니들은 폐하만을 사랑한다고 말하는데,

그럼 왜 남편을 맞이한 것입니까? 만약 운이 닿아
제가 결혼하게 된다면 저와 혼인서약을 맺은 남편은
제 사랑과 보살핌과 의무의 절반을 가져갈 것입니다.
저는 결코 언니들처럼은 결혼하지 않을 것입니다.

리어 본심으로 하는 말이냐?

코딜리아 예, 폐하.

리어 그렇게 어린 것이 그렇게 모질더냐?

코딜리아 그렇게 어리지만, 마음은 진실하옵니다.

리어 그래라. 그렇다면 네 진실이 네 지참금이다.
성스럽게 빛나는 태양과
헤카테*의 신비로운 능력과 밤에 걸고,

---

*그리스 신화에 나오는 여신. 달, 대지, 지하 등 세 여신이 한 몸이 된 신이다.(옮긴이)

우리 모두 그 기운을 빌려 태어나고 죽는

저 모든 별들의 작용에 걸고 맹세코,

나는 아비로서의 모든 보살핌은 물론

너와의 근친 혈연을 이 자리에서 부인하고,

115 너를 영원히 나와 내 마음을 떠난

이방인으로서 대할 것이다. 스키타이 야만인*

아니면 허기를 채우기 위해

제 자식을 잡아먹는 놈조차도

한때 딸이었던 너보다 더 가깝게

120 내 가슴에서 동정과 위로를 얻으리라.

켄트 폐하…….

리어 조용히 하라, 켄트.

분노한 용의 일에 끼어들려 하지 마라.

나는 그 애를 가장 사랑했고, 그 애의 따뜻한 보살핌에

125 여생을 맡길까 했다. —저리 가라, 눈앞에서 사라져! 코딜리아에게

—이제 내가 아비의 정을 끊었으니 무덤만이

내 안식처로구나. 프랑스 왕을 불러라. 뭐 하느냐?

버건디 공작을 불러라. —콘월과 앨버니는 [수행원 퇴장]

두 딸의 지참금 외에 셋째의 것도 나눠 가지라.

130 코딜리아는 솔직함이라는 오만함과 결혼하게 하라.

*기원전 6세기에서 3세기경 남부 러시아의 초원지대에서 활약한 최초의 기마유목 민족. 그리스 지역까지 세력을 넓히던 이들은 그리스 역사가 헤로도토스에 의해 야만적인 유목민족으로 기록되었다.(옮긴이)

난 그대들에게 내 통치권과 최고의 지위는 물론

왕권에 따르는 모든 화려한 장식들까지

함께 주노라. 짐은 자네들이 부담할

백 명의 기사를 호위병으로 데리고, 한 달씩

135   교대로 자네들 거처에서 머무를 것이다.

짐은 단지 왕의 이름과 경칭만을 그대로 유지하고,

통치권, 국고 수입, 그 밖의 실권 행사는

사랑하는 사위들인 자네들 몫으로 줄 터이니,

이 사실을 증명하고자, 이 왕관을 둘로 쪼개

140   나누어 갖도록 하라.   그들에게 왕관을 반으로 쪼개서 준다

켄트 리어 왕이시여,

언제나 소신의 왕으로서 존경을 받으옵고,

소신이 어버이같이 사랑하며, 군주같이 따르는,

저의 기도 속에서 언제나 위대한 은인이신……

145 **리어** 활은 이미 휘어 당겨졌으니, 그대는 피하라.

켄트 차라리 쏘소서, 갈라진 화살촉이

저의 심장을 뚫는다 해도 좋습니다. 리어가 미쳤으니,

켄트도 무례하게 굴겠나이다. 어쩌려 그러오, 노인 양반?

권력자가 아첨에 굴복할 때 도리를 다해 충언하는 것을

150   신하 된 자가 두려워한다고 생각하시오? 임금의 위엄이

어리석음으로 추락할 때 직언은 명예로운 법.

보위를 지키소서. 신중히 생각하여 이 해괴한 처사를

중지하십시오. 목숨 걸고 판단하건대

막내 공주의 사랑이 가장 적은 것은 아니요,
155 낮은 목소리로 공허한 말을 않는다고
마음이 빈 것은 아닙니다.

리어 켄트, 네 목숨이 위험하니, 그만하라.

켄트 제 목숨은 폐하의 원수와 싸우기 위한 담보물일 뿐
그것을 잃는 것을 두려워한 적 없습니다,
160 또한 폐하의 안전이 걸린 문제라면.

리어 내 눈앞에서 사라져라!

켄트 똑바로 보십시오, 리어, 저를 곁에 두고
당신 눈의 참된 과녁으로 삼으소서.

리어 이제, 아폴로 신에 걸고 맹세코…….

165 **켄트** 이제, 아폴로 신에 걸고 맹세코, 왕이시여,
당신의 맹세 모두 헛되나이다.

리어 이 버릇없는 놈! 이런 천한 것이!

칼에 손을 갖다 댄다. 혹은 켄트를 공격한다

앨버니와 코딜리아 폐하, 참으소서.*

켄트 폐하께선 자신의 의사를 죽이고, 역겨운 병에다
170 진료비를 내시는군요. 상속을 거두십시오,
안 그러면 목청이 터지도록 외쳐대겠습니다,
당신이 악행을 저지르고 있다고.

리어 들어라, 이 반역자, 네게 충성심이 있거든 들어!

---

*사절판에서 앨버니는 이 대사를 말하지 않는다.

짐은 지금껏 약속을 깬 적이 없거늘

175   네가 감히 짐으로 하여금 약속을 깨게 하는구나.

오만방자하게 짐의 판결과 왕권에 간섭하려 들었으니

이는 짐의 성정이나 지위로는 도저히 참을 수 없는 일.

이제 짐의 권위로 네 죄에 합당한 선고를 내리노라.

너에게 닷새의 말미를 주겠다. 그동안

180   세상의 재앙으로부터 너를 보호할 준비를 하라.

그리고 여섯째 되는 날, 보기 싫은 너의 등을 돌려

짐의 왕국을 떠나라. 만약 다음 날

네 추방된 몸뚱이가 짐의 영토에서 발견된다면,

그 순간 너는 죽음을 맞으리라. 가라! 주피터 신에 맹세코

185   이 명령이 거두어지는 일은 없을 것이다.

켄트   안녕히 계십시오, 왕이시여. 당신의 뜻이 그렇다면,

자유는 멀리 사라지고 추방만이 이곳에 남으리니.

정당하게 생각하고 지극히 옳게 말씀하신 공주님,   코딜리아에게

신들이 그들의 안전한 처소로 공주님을 모셔가기를.

190   그리고 두 공주님의 화려한 말씀이 행동으로 입증되어,

고너릴과 리건에게

사랑한단 말로부터 좋은 결과가 생겨나길 빕니다.

자, 켄트는 이렇게 경들께 작별 인사를 드리고,

새로운 나라로 가서 예전에 살던 대로 살아볼까 합니다.   **퇴장**

나팔 소리. 프랑스 왕, 버건디 공작, 시종들과 함께 글로스터 등장

코딜리아   폐하, 프랑스 왕과 버건디 공작께서 오셨습니다.*

70

195 **리어** 친애하는 버건디 공작,

먼저 공작에게 묻겠소. 짐의 딸을 두고

프랑스 왕과 경쟁을 벌였는데, 최소한

지참금으로 얼마를 요구하겠소,

아니면 구애를 그만두겠소?

200 **버건디** 지극히 존경하는 폐하,

폐하께서 내리신 것 이상으로 바라지 않으며,

또한 그보다 적게 주시리라 생각지 않습니다.

리어 참으로 고귀한 버건디 공,

저 애가 짐에게 값진 존재였을 때는 그렇게 하려 했소.

205 하지만 이제 그 값어치는 떨어졌소. 경, 저기 저 애가 서 있소.

짐의 노기밖에는 붙어 있는 게 없는,

저 아예 꾸밀 줄 모르는 작은 애의 무엇 하나

혹은 그 전부가 마음에 들거든,

저기 서 있는 저 애는 당신 것이 될 것이오.

210 **버건디** 뭐라 답해야 할지 모르겠습니다.

리어 저 애는 결점이 많을 뿐 아니라,

편드는 사람도 없고, 새로이 짐의 미움까지 받았소.

지참금이라고는 짐의 저주뿐인 의절당한 저 아이를

그래도 데리고 가겠소, 아니면 그만두려오?

---

*몇몇 편집자들은 이 대사를 콘월이 말하는 것으로 확대하여 생각하기도 한다. 사절판에서는 글로스터의 대사이다.

215 **버건디** 국왕 폐하, 송구하오나

그런 조건이라면 선택할 수 없습니다.

리어 그렇다면 관두시오. 나를 만든 조물주에 맹세코 난

저 애 재산의 전부를 말했소. 그대, 위대한 왕이여, 프랑스 왕에게

내가 미워하는 딸과 그대를 짝지어주는 것은

220 그대의 호의를 저버리는 일이니, 간청하는데,

아비가 천륜을 거슬러 자신의 딸임을

거의 부끄러워하는 저런 보잘것없는 애보다는,

더욱 나은 신붓감에게로 당신의 사랑을 돌리시오.

프랑스 왕 정말 이상한 일이군요.

225 조금 전까지 폐하의 지극한 사랑의 대상이자,

칭찬의 중심이요, 노년의 위안이던,

가장 크고 가장 귀한 사랑을 받던 분께서

눈 깜짝할 사이에 끔찍한 죄를 범해, 폐하께서 주시는

겹겹의 총애를 잃게 되다니요. 이는 분명 공주의 죄가

230 천륜에 어긋나는 끔찍한 것이든가,

앞서 증언하셨던 공주에 대한 폐하의 애정에

무슨 변고가 생긴 것인데, 이런 사실을 믿는 것은,

저에게 기적 없이 단순한 이성만으로는

절대로 있을 수 없는 일입니다.

235 **코딜리아** 하지만 폐하께 간청드리오니,

제게 입에 발린 말에 기름 쳐내는 언변술이 없고

의도한 바는 말하기 전에 실천하는 성정인지라

72

일이 이렇게 되었습니다만, 이것만은 알아주소서.

폐하의 은총과 호의를 제게서 앗아간 건

240 사악한 오점도, 살인도, 추악함 때문도 아니고,

부정한 행실이나 천한 짓 때문도 아니라는 것을.

그것은 다만 없으므로 더욱 부자인

끊임없이 간청하는 눈빛과, 저 혓바닥,

제가 가지지 못해 폐하의 사랑을 잃었지만

245 갖지 않았기에 더 기쁜 혀라는 사실을요.

리어 나를 더 기쁘게 해주지 못하느니

차라리 네가 태어나지 않았더라면 좋았을 것이다.

프랑스 왕 고작 이것이 이유입니까? 천성이 느려서

뜻한 바를 말하지 않고 그대로 내버려두는 성품이

250 그 이유란 말입니까? 버건디 공작,

공주께 뭐라 말하시렵니까? 사랑이 본질에서 벗어난

이러저러한 부적절한 생각들과 섞이게 되면

그건 사랑이 아닙니다. 공작은 공주를 맞이하시겠소?

공주는 공주 자신이 지참금입니다.

255 **버건디** 국왕 폐하,   리어에게

약조하신 것만이라도 주옵소서.

그러면 이 자리에서 코딜리아 공주의 손을 잡고

버건디 공작 부인으로 삼겠습니다.

리어 아무것도 못 주오. 맹세를 한 만큼 내 뜻은 확고하오.

260 **버건디** 그렇다면, 유감이오나 공주께서는   코딜리아에게

아버님을 잃으셨기에 남편도 잃을 수밖에 없군요.

코딜리아 버건디 공작, 염려 마세요.

공작의 사랑이 지위와 물질임이 드러났으니,

저야말로 공작의 부인이 되는 걸 거절하겠습니다.

265 **프랑스 왕** 가장 아름다운 코딜리아, 가난하기에 제일 부유하고

버려졌기에 최고 선택을 받으며, 멸시받기에 가장 사랑받는 이,

그대와 그대의 미덕을 여기 내가 택하겠소.

버려진 것을 취함이니, 합법적이리라.   그녀의 손을 잡는다

아, 신들이시여! 저들의 차가운 멸시로부터

270 내 사랑이 뜨거운 존경으로 불타오르다니, 이상도 하지.

왕이여, 우연히 던져진 당신의 무일푼 공주는

내 아내요, 나의 백성과 아름다운 프랑스의 왕비입니다.

축축한 버건디 고장의 모든 공작들이 힘을 합쳐도

값 모를 귀중한 이 공주를 되사갈 수 없음이오.

275 코딜리아, 인정 없는 저들에게 작별 인사를 하시오.

그대는 이곳을 잃음으로써 더 나은 곳을 찾았소.

리어 저 애를 얻었소, 프랑스 왕. 그대 걸로 하시오. 이제

짐에게는 저런 딸 없고 저 애의 얼굴을 보는 일 또한

다시 없을 것이오. 그러니 어서 떠나시오.

280 더 이상 짐에게서 은총이나 사랑, 은혜는 없소.

자, 들어갑시다, 버건디 공.

나팔 소리. 모두 퇴장 [프랑스 왕과 자매들은 무대에 남아 있다]

프랑스 왕 언니들에게 작별 인사를 하시오.

코딜리아 아버님의 보석인 언니들, 눈물 젖은 코딜리아는

이제 떠납니다. 언니들이 어떤 사람인지 잘 알아요.

285   그래서 동생으로서 언니들의 결점을 말하기는

싫습니다. 아버지를 잘 부탁드려요.

언니들이 공언했던 그 사랑에 아버님을 맡깁니다.

그러나, 아, 아버님의 사랑을 잃지만 않았어도

아버님을 더 좋은 곳에 모실 수 있었을 것을.

290   그럼 두 언니들 모두 잘 있어요.

리건 우리 할 일을 네가 왈가왈부할 필요 없어.

고너릴 운명이 자선을 베풀어준 걸로 알고,

너를 받아준 남편이나 잘 섬기도록 해.

아버님에 대한 복종을 소홀히 한 너는

295   네가 원한 푸대접을 받는 게 마땅하지.

코딜리아 시간은 숨어 있는 흉계들을 한 겹씩 드러내고,

감춰주었던 잘못을 결국에는 창피 주며 비웃지요.

잘들 해보세요.

프랑스 왕 갑시다, 아름다운 나의 코딜리아.   **프랑스 왕과 코딜리아 퇴장**

300 **고너릴** 동생, 우리 둘과 직접 관련되는 일로 할 말이 적지 않아.

내 생각에 아버님께선 오늘 저녁 여기를 떠나실 거야.

리건 분명히 그러시겠죠. 언니네 집으로 가실 거예요. 다음 달

에는 저에게로 오시고.

고너릴 노인네가 얼마나 변덕이 심한지 봤지. 요즈음 지켜본 바

305   로는 이를 입증할 만한 것들이 적지 않아. 막내를 제일 예뻐

했는데, 그 앨 그렇게 가차 없이 내치시는 걸 보니 판단력이 흐려지신 게 분명해.

리건 노망이 드신 거지요. 하지만 전에도 아버진 자신에 관해 별로 잘 알지 못하셨어요.

310 **고너릴** 가장 상태가 좋고 건강했던 때도 아버진 성질이 급하셨지. 이제는 연로하시기까지 하니 오랫동안 몸에 밴 기질적 결점들에다, 최근 몇 년간 노쇠해지고 노여움을 타게 되면서 생긴 걷잡을 수 없는 변덕까지도 받아들여야 해.

리건 켄트 경을 내쫓을 때 보였던 그런 벼락같은 발작 증세를
315 우리에게도 보이겠네.

고너릴 프랑스 왕과 아버지 사이에 작별 인사 절차가 더 남아 있을 거야. 제발, 우리 함께 행동하자꾸나. 아버지가 지금과 같은 마음 상태로 위세를 부린다면, 이번에 작정하고 왕권을 넘겨준 것이 오히려 우리에게 해가 될 뿐이야.

320 **리건** 좀 더 생각해보기로 해요.

고너릴 뭔가 방법을 써야겠어, 가능한 한 빨리. **퇴장**

1막 2장*

서자 [에드먼드] 등장 편지를 가지고

에드먼드 자연이여, 그대는 나의 여신이니,
그대의 법칙을 따르겠다. 왜 내가
염병할 관습을 견디어내고, 내 권리를 까다로운 세상이
빼앗아 가게 놔두는 거지?
5 형보다 열두 달이나 열넉 달쯤 늦게 태어나서?
정실부인 자식 못지않은 잘빠진 체격에,
고귀한 기상과 아버지를 빼닮은 외모를 가졌는데도
왜 서자야? 왜 천한 거야?
왜 사람들이 우리에게 서자의 낙인을 찍는 거지?

*장소: 글로스터 백작의 저택.

리어 왕의 비극 _ 1막 2장 **77**

10　서자 같아서? 천하고, 천해서?

　　자연의 욕망을 못 이기고 은밀하게 생겨난 우리가

　　자는 건지 깨어 있는 건지도 모르는

　　재미없고 김빠진 따분한 잠자리에서 생겨난

　　멍청이 족속들보다 더 많은 창조력과

15　기운찬 정기를 취할 수 있었던 것은 아닐까?

　　그럼, 적자 에드거 형님, 내가 형님 땅을 가져야겠소.

　　아버님의 사랑은 서자 에드먼드나 적자에게나

　　똑같아야 할 것이니까. '적자'라, 참 좋은 말이다.*

　　자, 적자 형님, 이 편지대로 일이 성사되어

20　계획대로만 된다면, 서자 에드먼드는 적자가 될 것.

　　나는 성공하고, 번창한다.

　　신들이시여, 서자 편이 되어주소서!

　　글로스터 등장

글로스터　켄트가 추방되었다고? 프랑스 왕도 격분해 떠났고?

　　폐하도 오늘 밤 떠나셨다고? 왕권은 축소되었고,

25　용돈만 받게 되셨다고? 이 모든 일이 별안간

　　벌어졌다니? 에드먼드, 무슨 일이냐? 무슨 소식이냐?

에드먼드　아버님, 아무것도 아닙니다.　　　　　　편지를 숨긴다

글로스터　왜 그렇게 열심히 편지를 감추려 하는 것이냐?

에드먼드　아무 소식도 없습니다, 아버님.

*사절판에는 "적자라, 참 좋은 말이다"라는 대사가 없다.

30 **글로스터** 네가 읽고 있던 게 무슨 편지냐?

에드먼드 아무것도 아닙니다, 아버님.

글로스터 아무것도 아니라고? 그럼 뭣 때문에 그렇게 두려운 듯 서둘러 편지를 호주머니에다 넣는 것이냐? 아무것도 아니라면 감출 필요도 없는 법. 좀 보자. 자, 아무것도 아니라면 안
35 경을 쓸 필요도 없을 테지.

에드먼드 아버님, 용서해주십시오. 이건 형님한테서 온 편지인데, 아직 다 읽지 못했습니다. 제가 읽은 데까지만 보더라도, 아버님께서 읽으시면 안 될 것 같습니다.

글로스터 편지를 이리 다오.

40 **에드먼드** 편지를 안 드리나 드리나 역정을 내실 텐데, 제가 일부 읽어본 바로는 비난받을 만한 내용으로 꽉 차 있습니다.

글로스터 어디 보자, 어디 봐.   에드먼드가 편지를 건넨다

에드먼드 형님을 위해 말씀드린다면, 형님이 제 심성을 시험하거나 떠보려고 이 편지를 썼길 바랄 뿐입니다.

45 **글로스터** 읽는다 "노인을 존경하도록 하는 이 정책은 한창때인 우리 젊은이들에게는 가혹한 거야. 우리가 너무 늙어 재산이 있어도 즐기지 못하는 나이가 돼서야 유산을 물려받으니까. 난 늙은 폭군의 압제가 쓸데없고 어리석은 속박이라고 느끼기 시작했어. 그 노인네는 힘이 있어서가 아니라 우리가 받
50 아주니까 권력을 휘두르는 거야. 이 일에 대해 더 이야기해야겠으니 내게 와다오. 내가 깨울 때까지 아버지가 잠들어 있다면, 너는 아버지 재산의 반을 영원히 차지할 수 있으며, 네 형

의 사랑스러운 동생으로 살 수 있을 거다. 에드거."

　음! 음모다! "내가 깨울 때까지 아버지가 잠들어 있다면, 너는
55 　아버지 재산의 반을 차지할 수 있다"라니. 내 아들 에드거가!
　그놈이 제 손으로 이걸 썼을까? 이런 걸 꾸며낼 심장과 머리
　가 있었을까? 이 편지를 언제 받았느냐? 누가 가져왔느냐?

에드먼드　누가 가져온 게 아닙니다, 아버님. 그게 교활한 점이
　지요. 제 방 창 안으로 던져진 것을 제가 주웠습니다.

60 **글로스터**　네 형의 필체라는 걸 너도 알겠지?

에드먼드　내용이 좋았다면, 아버님, 당연히 형님의 필체라고 단
　언하겠지만, 내용이 그렇지 않으니 형님의 필체라고 생각하
　고 싶지 않습니다.

글로스터　네 형의 필체다.

65 **에드먼드**　형님의 필체가 맞습니다. 하지만 형님의 마음은 그 내
　용과는 다르길 바랍니다.

글로스터　이 문제로 네 형이 너를 떠본 적이 없었느냐?

에드먼드　한 번도 없었습니다, 아버님. 하지만 아들이 성년이
　되고 아버지가 노쇠하면 아버지가 아들의 보호를 받고 아들
70 　이 아버지의 재산을 관리하는 것이 옳다고 형님이 주장하는
　것을 여러 차례 들었습니다.

글로스터　세상에, 이런 악당이 있나! 이 편지에 쓰여 있는 게 바
　로 그놈 생각이렷다! 흉악한 악당! 천륜을 저버린, 고약한 짐
　승 같은 놈! 짐승만도 못한 놈! 애야, 가서 그놈을 찾아오너
75 　라. 그놈을 잡아야겠다. 끔찍한 악당 놈, 어디 있느냐?

에드먼드 잘 모르겠습니다, 아버님. 형님의 진짜 의도를 파악할 더 확실한 증거를 얻으실 때까지 형님에 대한 분노를 가라앉히신다면, 더 확실하게 조치를 취하실 수 있을 것입니다. 만약 형님의 뜻을 오해하여 과격하게 행동하신다면 아버님 명예에 큰 흠이 생길 뿐 아니라 형님의 복종심도 산산조각 나고 말 것입니다. 감히 제가 형님을 위해 목숨을 걸고 말씀드리는데, 형님은 아버님에 대한 제 효심을 떠보려고 이 편지를 쓴것이지, 다른 무슨 위험한 의도가 있는 것은 아닙니다.

글로스터 그렇게 생각하느냐?

에드먼드 만약 아버님께서 적절하다고 판단하신다면, 저희 형제가 이 문제에 대해 의논하는 장소로 아버님을 모시겠으니 직접 듣고 의문을 푸시지요. 더 지체할 것도 없이 오늘 저녁 그렇게 하겠습니다.*

글로스터 그 애가 그런 괴물 같은 놈일 수는 없어. 에드먼드, 어서 네 형을 찾아 그 속내를 남모르게 알아내다오. 네 재주껏 일을 꾸며봐라. 이 의혹을 풀기 위해서라면 내 지위와 재산도 내놓겠다.

에드먼드 즉시 형님을 찾아보겠습니다. 있는 수단을 모두 써서 일을 해낸 후 바로 알려드리겠습니다.

*사절판에는 이 행 다음에 에드먼드와 글로스터의 추가적인 짧은 대사 몇 행이 있다. 또한 이절판에 근거한 이 번역본에서 다음 행에 글로스터가 "그런 괴물 같은 놈일 수는 없어"라고 말했다면, 사절판에서는 "그렇게도 진심으로 사랑하는 제 아비에게! 하늘이여 땅이여!"라고 말한다.

글로스터   요사이 일어난 일식과 월식은 우리에게 좋지 않은 징
95 조였다. 자연에 대한 지식은 이 현상을 이러쿵저러쿵 이성적
으로 설명하지만, 그 여파로 자연의 일부인 우리 인간은 고통
을 받거든. 애정은 식고, 우정은 박해지고, 형제가 갈라서고,
도시엔 폭동이 일고, 지방엔 불화가 생기고, 궁중에는 역모가
100 일어나고, 부자간의 의는 끊어져버려. 내 악당 자식 놈도 이
예언에 따라 그리 된 게야, 아비를 거역하는 자식이 생기나
니. 폐하가 자연의 경로를 벗어난 것도 이 징조 때문이고, 자
식에게 등 돌리는 아비가 생기나니. 세상은 말세가 되어, 음
모, 거짓, 배반, 그 밖의 모든 망할 것들이 무덤까지 우리를 쫓
105 아다니며 우리 마음을 어지럽게 하는구나.* 에드먼드, 이 악
당 놈을 찾아오너라. 네가 아무 피해도 입지 않게 하마. 조심
해라. 그런데 고귀하고 진실된 켄트 백작이 추방을 당했다고!
그 죄가 정직이라니! 그것 정말 이상하구나.   **퇴장**

에드먼드   세상에 이처럼 어리석은 일이 또 있을까. 우리가 불운
110 에 빠진 게—그건 우리 자신의 행동이 과해서 그리 된 것인데
도—해와 달과 별 때문에 재앙을 만난 것처럼 그것들을·비난
하는구나. 마치 우리가 어쩔 수 없이 악당이 되고 천체의 압
박 때문에 바보가 되고, 특별한 별의 힘에 의해 불한당, 도둑
놈, 역적이 되고, 그 별의 세력에 강제로 굴복당해서 술주정

---

*사절판에는 이 글로스터의 대사 중 "내 악당 자식 놈도"부터 여기까지의 대사가
빠졌다.

115　꾼, 거짓말쟁이, 간통범이 되는 것처럼, 그렇게 우리의 온갖

악행이 모두 하늘의 강요로 그렇게 된 것인 양 여긴단 말이

야. 호색한이 자신의 음란한 기질을 모두 별의 탓으로 돌리다

니, 참으로 훌륭한 책임 회피 아닌가! 내 아버지는 용꼬리 자

리 아래에서 내 어머니와 합궁하고 큰곰자리 아래에서 나를

120　낳았다지. 그러니 난 당연히 거칠고 음탕하다 하더군. 하지만

이 사생아가 태어날 때 가장 순결한 별이 하늘에서 반짝이고

있었다 하더라도 나는 지금의 나였을걸.

에드거 등장

옛 희극의 기다리던 결말처럼, 때맞춰 형이 나오는군. 나에게

배정된 역은 지독하게 우울한 표정을 짓고 베들램의 톰*처럼

125　한숨짓는 거다. —아, 이번 월식과 일식은 그 모든 불화의 징

조였던 거야! 파, 솔, 라, 미.**

에드거　내 동생, 에드먼드, 무슨 생각을 그렇게 골똘히 하고 있

는 거냐?

에드먼드　형님, 지금 저는 일식과 월식 뒤에 일어날 일에 대해

130　서 일전에 읽은 예언을 생각하고 있어요.

에드거　너, 그런 것에 마음을 쓰니?

에드먼드　장담컨대, 예언가는 좋지 않은 일이 계속된다고 썼던

---

*정신병자 수용소였던 런던 베들램 병원의 광인을 일컫는다. 셰익스피어의 극에서
'베들램의 톰'은 광인이나 거지를 의미한다. 여기선 에드먼드가 베들램의 톰 역할
을 하지만 후에는 에드거가 이 역할을 한다.(옮긴이)
**사절판에는 이 "파, 솔, 라, 미" 대사가 없다.

것 같아요.* 아버님을 언제 마지막으로 뵈었어요?

에드거 어젯밤에.

135 **에드먼드** 말씀을 나눴어요?

에드거 그럼, 두 시간 동안이나.

에드먼드 기분 좋게 헤어졌어요? 말씀이나 안색으로 보아 아버
님이 화내신 것 같지는 않았고요?

에드거 조금도 그렇지 않으셨는데.

140 **에드먼드** 혹시 아버님 기분을 상하게 해드린 일이 없는지 잘 생
각해봐요. 그리고 형님을 위해 하는 말인데, 아버님의 화가
식을 때까지 잠시 아버님 눈에 안 띄는 게 좋겠어요. 지금 화
가 많이 나 계신데, 형님이 나타나면 그 화를 진정시키지 못
하실 거예요.

145 **에드거** 어떤 악한이 나를 음해했구나.

에드먼드 나도 그게 걱정이에요. 제발 아버님의 격노가 진정될
때까지 꾹 참고, 아버님 가까이 가지 마세요. 우선 내 처소에
가 있어요. 그럼 적절한 때에 내가 형님에게 아버님 말씀을
들을 수 있도록 하지요. 어서 가요.   열쇠를 건넨다

150 이게 내 열쇠예요. 혹시 밖에 나온다면, 무장을 하시고요.

에드거 무장을 하라니, 동생?

에드먼드 형님, 진정으로 형님을 위해서 드리는 말이에요. 상황

---

*사절판에는 이 구절과 "아버님을 언제 마지막으로 뵈었어요?" 대사 사이에 에드
먼드가 예언서의 내용을 예를 들어 자세하게 설명하는 부분과, 에드거가 언제부터
점성술을 연구했느냐고 묻는 말이 삽입되어 있다.

이 형님에게 호의적이라고 말한다면 난 정직한 사람이 아니
에요. 내가 보고 들은 것은 다 말했지만, 그저 막연하게 말했
155   을 뿐이고 실상은 더 끔찍해요. 어서 가지요.

에드거 곧 소식을 줄 거지?   **퇴장**

에드먼드 이번 일에 난 형님 편이에요.

　　―남을 쉽게 믿는 아버지에 고결한 성품의 형,

　　그의 천성이 남을 해칠 줄 모르니

160   누구도 의심하지 않는구나. 어리석은 정직함이라.

　　수월하게 달리는 내 음모의 마차. 할 일이 분명해졌다.

　　출생으로 안 된다면, 지략으로 땅을 차지하자.

　　내 목적에 맞는다면, 무슨 일이건 상관없다.   **퇴장**

1막 3장*

고너릴과 집사 [오즈월드]** 등장

고너릴 아버지의 바보를 나무랐다고, 아버지께서 우리 신사를
때리셨느냐?

오즈월드 마님, 그렇습니다.

고너릴 밤낮으로 나를 괴롭히시고, 시시각각

5   기괴한 일들을 순식간에 저질러놓으시니

우리 모두 편할 날이 없구나. 더는 못 참아.

아버지의 기사들은 점점 난폭해지고, 아버지도

사사건건 우릴 나무라지. 사냥에서 돌아오시더라도

---

*장소: 고너릴과 앨버니 공작의 저택.
**사절판에는 집사 오즈월드가 아니라 신사가 등장하며 신사가 고너릴과 대화를
나눈다.

난 아버지와 말하지 않을 거야. 내가 아프다고 전해.

10 네가 이전보다 소홀하게 대접해드리는 것도 괜찮겠지.

네 잘못에 대한 책임은 내가 지마.

오즈월드 오십니다, 마님. 소리가 들려요.　　　안에서 뿔 나팔 소리

고너릴 자, 이제 마음대로 끔찍한 태만을 부려라,

너와 다른 하인들 모두. 그게 문젯거리가 되도록 말이야.

15 만약 그게 못마땅하면, 동생한테 가시라지.

하지만 난 알아, 그 애 마음과 내 마음이 같다는 걸.

내가 말한 것을 잊지 마라.*

오즈월드 예, 마님.

고너릴 그리고 아버님의 기사들한테도 더 차갑게 대하도록 해

20 라. 그로 인해 무슨 일이 일어나도 상관없어. 다른 하인들한

테도 그렇게 전하고. 나는 동생한테 곧장 편지를 써서 나와

같은 태도를 취하라고 할 것이다. 저녁을 준비해.　　　모두 **퇴장**

---

*사절판에는 이후 계속해서 고너릴이 아버지에 대해 5행 정도 더 이야기한다. 그
내용 중에는 '늙으면 갓난애가 된다'는 이야기도 포함되어 있다.

켄트 등장

켄트 내가 의도한 대로 다른 사람의 억양을 빌려서
　　내 말투를 감출 수만 있다면, 내 진짜 모습을
　　감춘 나의 좋은 의도를 충분한 성과가 있도록
　　완벽하게 살릴 수 있을 거야. 자, 추방당한 켄트야,
5　　네가 추방의 벌을 받은 곳에서 섬길 수만 있다면,
　　너의 사랑하는 주인님께서 언젠가는 너의
　　크나큰 노고를 알아줄 날이 올 것이다.

안에서 뿔 나팔 소리. 리어와 수행원들 [그의 기사들] 등장

리어 저녁 식사가 조금도 지체되지 않도록 하라. 어서 가서 준
비해.

[기사 한 명 퇴장]

　　아니, 너는 누구냐?

켄트에게

10 **켄트** 사람입니다, 나리.

리어 뭐 하는 놈이냐? 짐에게 무슨 볼일이라도 있는 게냐?

켄트 겉으로 보이는 그대로입니다. 저를 믿어주는 분을 충실히 모시고, 정직하신 분을 좋아하고, 현명하고 말 수 없는 분과 어울리고, 심판을 두려워하고, 달리 선택이 없을 때에는 싸움

15 을 피하지 않고, 그리고 생선을 먹지 않는 놈입니다.*

리어 넌 그래 누구냐?

켄트 지극히 정직한 놈이자 왕만큼이나 가난한 놈입니다.

리어 왕이 왕치고 가난한 것만큼 네가 백성으로서 가난하다면, 너는 진짜 가난한 것이로구나. 그래 원하는 게 뭐냐?

20 **켄트** 모시고 싶습니다.

리어 누구를 모시고 싶은 게냐?

켄트 나리요.

리어 네놈이 나를 아느냐?

켄트 모릅니다, 하지만 나리의 얼굴에는 제가 기꺼이 주인어른

25 으로 부르고 싶게 만드는 면이 있습니다.

리어 그게 뭐냐?

켄트 위엄입니다.

리어 그래 너는 나를 위해 뭘 할 수 있느냐?

켄트 지조 있게 비밀을 지킬 수 있고, 말을 타고 달릴 수 있으

---

*'생선을 먹지 않는다'는 말은 다음 세 가지 의미로 해석된다. 1) 고기만을 먹는다. 2) 가톨릭 신자처럼 금요일에는 생선을 먹지 않는다. 3) 창녀들과 성관계를 맺지 않는다.

며, 복잡하게 꾸민 이야기는 망쳐놓을 수 있지만, 단순한 말
은 솔직하게 전할 수 있습니다. 보통사람에게 적당한 일이라
면 저도 할 수 있습지요. 저의 가장 큰 장점은 근면입니다.

리어 나이는 몇이나 먹었느냐?

켄트 노래를 잘한다는 이유만으로 여자를 사랑할 만큼 젊지는
않지만, 여자라면 아무 짓이나 해도 사족을 못 쓸 만큼 늙지
도 않았답니다. 등에 마흔여덟 해를 짊어지고 있습지요.

리어 나를 따르라, 나를 위해 일하게 해주마. 저녁 식사 후에도
지금만큼 네가 마음에 든다면 널 내치지 않을 것이다. ─자,
저녁, 저녁 식사를 가져와! 내 시종은 어디 갔느냐? 내 바보
는? 가서 바보를 데려오라.　　　　　　　　　　　[다른 기사 **퇴장**]

집사 [오즈월드] 등장

　이봐라, 네 이놈, 내 딸은 어디 있느냐?

오즈월드 제가 좀…….　　　　　　　　　　　　　　　　**퇴장**

리어 저놈이 뭐라고 한 게냐? 저 멍청이 놈을 다시 불러라.

　　　　　　　　　　　　　　　　　　　　[다른 기사 **퇴장**]

　─내 바보는 어디 있지? 여봐라, 세상이 모두 잠이 든 것 같구나.

[기사 등장]

　─어찌 되었느냐? 그 잡종 놈은 어디 갔어?

기사 폐하, 그자 말이 따님께서 몸이 좋지 않으시다 합니다.

리어 내가 그 종놈을 불렀는데 왜 안 오는 거냐?

기사 그자가 퉁명스럽게 답하기를, 오기 싫다고 합니다.

리어 오기 싫다고?

50 **기사** 폐하, 무슨 영문인지 모르겠으나, 제 판단으로는 폐하께서 받으시던 공손한 대접을 받지 못하고 계신 듯합니다. 공작 자신과 폐하의 따님은 물론 이 집의 시종들 모두에게서 친절한 태도가 대단히 감소했습니다.

리어 뭐라? 무엇이 어째?

55 **기사** 제가 잘못 생각했다면 용서해주십시오, 폐하. 하지만 폐하께서 부당한 대우를 받고 계시다고 생각될 때 가만히 있는 것은 저의 도리가 아니나이다.

리어 넌 그저 내가 속으로 생각하고 있던 것을 일깨워줬을 뿐이다. 나 역시 최근 저들의 무례한 낌새를 어렴풋이 눈치 챘 60 으나, 저들이 의도나 목적이 있어 불친절한 것이 아니라 나 자신이 과민한 탓으로 그런 것이라 여겼었다. 내 더 알아보겠다. 그런데 내 바보는 어디 있느냐? 요즘 이틀 동안이나 그놈을 보지 못했어.

기사 막내 아가씨께서 프랑스로 떠나신 후로 바보는 그리움 때 65 문에 몹시 여위었습니다.

리어 더 이상 그 얘기는 하지 마라, 나도 잘 아니까. —내 딸에게 내가 보잔다 전해라. [기사 퇴장]

—너는 가서 바보를 이리 불러오너라. [다른 기사 퇴장]

집사 [오즈월드] 등장

저런, 이놈, 이리 좀 오너라. 내가 누구냐?

70 **오즈월드** 제 주인마님의 아버님요.

리어 "제 주인마님의 아버님?" 이런 천한 놈. 너야말로 빌어먹을 개자식, 종놈의 새끼, 똥개 같은 놈이구나!

오즈월드 죄송합니다만, 폐하, 저는 그런 놈이 아닙니다.

리어 이 고얀 놈, 네놈이 나를 빤히 노려보는 것이냐? _{그를 때린다}

75 **오즈월드** 맞지 않겠습니다, 폐하.

켄트 딴죽도 싫으렸다, 이 축구나 하는 천한 놈.* _{발을 걸어 넘어뜨린다}

리어 고맙네. 자네가 나를 잘 섬겼으니 내 자네를 아끼겠네.

켄트 이놈아, 어서 일어나 꺼져! 내 상하의 구별을 가르쳐주마. 꺼져라, 꺼져! 한 번 더 걷어채여서 개망나니처럼 바닥에 뻗

80 고 싶다면 모를까. 아니라면 어서 꺼져, 가란 말이다. 정신머리가 있기나 한 것이냐? 됐다. _{오즈월드를 밀어낸다}

리어 친절한 하인이로구나, 고맙다. _{돈을 준다}

이건 네가 앞으로 나에게 바칠 봉사의 착수금이다.

바보 등장

바보 나도 저놈을 부려야지. 내 광대 모자를 주지.**

_{켄트에게 모자를 건넨다}

85 **리어** 그래, 귀여운 녀석아, 어찌 지냈느냐?

바보 이봐, 내 광대 모자를 받는 게 좋을걸. _{켄트에게}

리어 왜, 이 녀석아?***

바보 왜냐고? 눈 밖에 난 사람 편을 드는 법이니까 그렇지. 아니, 바람 부는 대로 따라가지 못하면 넌 금방 감기 걸릴걸. 자,

---

*당시 축구는 하층민이 즐기는 운동 종목이었다.
**직업 광대이자 재담가인 바보는 수탉 볏 장식의 모자를 썼다.
***사절판에는 켄트의 대사로 되어 있다.

이 광대 모자를 받아. 글쎄, 이 양반은 딸을 둘이나 쫓아내고, 셋째 딸에게는 마음에도 없는 축복을 주었다지. 그러니 이 양반을 따라다니려면 너도 내 광대 모자를 써야만 할걸. ―좀 어때, 아저씨? 그런데 광대 모자도 둘, 딸도 둘만 있었으면 좋겠네.

95 **리어** 왜, 이 녀석아?

바보 재산은 딸들에게 다 줘도, 광대 모자만은 내가 가지고 있어야지. 그건 내 거야. 아저씨 모자는 딸들한테 달라고 해.

리어 조심해, 이놈아. 채찍 맞는다.

바보 진리는 개 같으니까 개집으로 쫓겨나야지. 암캐 마님께서
100 불 옆에 서서 구린내를 풍기면, 진리는 개처럼 채찍 맞고 쫓겨날 수밖에.

리어 나한테는 역병처럼 쓴 말이구나!

바보 이런, 내가 한마디 가르쳐줄게.

리어 그래라.

105 **바보** 잘 들어봐, 아저씨.

가졌다고 다 보여주지 말고

안다고 다 말하지 말고,

가졌다고 다 빌려주지 말고,

걷느니 말을 타고,

110 배웠다고 다 믿지 말고

가진 걸 다 내기 걸지 말고,

술과 계집을 버리고,

집 안에 들어앉아 있으면,

그러면 열이 둘인 스물보다도

115 더 많은 돈을 벌게 될 거야.

켄트 아무것도 아닌 얘기잖아, 바보야.*

바보 그렇다면 이건 사례 없는 변호사의 변론 같은 거지. 나한
테 아무것도 안 줬으니까. ─아저씨, 아무것도 없으면　_{리어에게}
아무 소득도 없는 거지?

120 **리어** 암, 없지. 없으면 얻는 것도 없지.

바보 아저씨한테 말 좀 해줘. 아저씨 땅 소작료가　　　_{켄트에게}
그 지경이 되었다고. 아저씬 바보 말은 도통 안 믿어.

리어 쓰디쓴 바보 녀석!

바보 참, 쓰디쓴 바보와 달콤한 바보를 구별할 줄 알아?**

125 **리어** 모른다, 이놈아, 가르쳐줘봐라.

바보 아저씨, 달걀 하나만 줘, 그럼 왕관 두 개 줄게.***

리어 무슨 두 개의 왕관이지?

바보 음, 내가 달걀 한가운데를 쪼개서 속을 빼먹으면 왕관이
두 개 남잖아. 아저씨가 왕관 한가운데를 쪼개서 양쪽을 다

*사절판에는 리어의 대사이다.
**사절판에는 이후 바보가 쓰디쓴 바보와 달콤한 바보가 누구인지 4행에 걸쳐 설
명한다. 이에 리어가 자신을 바보라 부르는 것이냐고 묻고, 켄트는 바보가 진짜 바
보는 아니라고 말하며, 바보는 높은 분들이 바보 혼자 바보 노릇 못 하게 자신들이
바보짓을 한다는 말을 덧붙인다. 사절판의 이 부분은 바보와 현명한 자 사이의 논
쟁을 더 자세하게 보여준다.
***여기서 왕관으로 번역한 '크라운'은 반으로 자른 계란 껍데기를 의미하기도 하
고 동전을 의미하기도 한다. 다음 대사에서도 계란 껍데기, 왕관, 머리로 그 의미
가 여러 번 바뀐다.(옮긴이)

130   쥐버렸던 것은 자기가 탈 당나귀를 업고 진흙길을 걸어간 꼴이었어. 금관을 남에게 쥐버렸을 때 아저씨 대머리 관 속엔 지혜라곤 조금도 없었던 거야. 내가 이번 일을 바보처럼 말하거든 그걸 제일 먼저 눈치 챈 놈이 채찍을 맞으라지.

     요즘처럼 바보가 인기가 없던 적이 없어   노래하며

135   현명한 사람들이 죄다 바보가 되어서

     어떻게 머리를 써야 할지 모르고

     바보짓만 하니까

리어 이놈아, 넌 언제부터 그렇게 노래를 많이 불렀어?

바보 아저씨가 딸들을 아저씨 엄마로 삼았던 그때부터 줄곧.

140   아저씨가 그때 회초리를 딸들에게 내주고 아저씨 바지를 내렸잖아.

     그러자 그들은 갑자기 기뻐서 울고   노래하며

     나는 슬퍼서 노래 불렀죠.

     그렇게 훌륭한 왕이 바보들과 같이

145   술래잡기 놀이를 하게 되었으니.

   아저씨, 아저씨 바보에게 거짓말하는 법을 가르칠 선생을 붙여주면 좋겠어. 나 거짓말 배우고 싶어.

리어 이놈아, 거짓말만 해봐라, 채찍을 맞게 할 테다.

바보 아저씨하고 아저씨 딸들이 같은 피를 나눈 건지 모르겠

150   어. 딸들은 내가 진실을 말하면 채찍을 때리겠다고 하고, 아저씬 내가 거짓말을 하면 채찍을 때리겠다고 하고. 게다가 가끔 난 말 안 한다고 채찍을 맞아. 바보만 빼고 아무거나 다른

게 되었으면 좋겠어. 아저씨, 그래도 난 아저씬 안 될래. 아저

씬 정신머릴 양쪽으로 갈라놓아서 가운데에 아무것도 없거

155 든. 갈라놓은 한쪽이 저기 오네.

고너릴 등장

리어 애야, 왜 그러느냐? 무슨 골치 아픈 일이 있기에 이마를

싸매고 다니는 거니? 요즘 부쩍 얼굴을 찡그리고 있구나.

바보 딸의 찡그린 얼굴 같은 거에 신경 쓰지 않을 땐 좋은 사람

이었는데, 아저씨는 이제는 값없는 숫자 영이야. 아저씨보다

160 내가 오히려 낫지. 나는 바보지만 아저씨는 아무것도 아니거

든. ─아, 그럼요, 입 다물지요, 아무 말 안 해도   고너릴에게

당신 얼굴이 그러라고 명령하니까.

쉿, 쉿   노래하며

빵 조각, 빵 껍질 싫증나서 다 줘버린 사람도

165 조금은 필요하게 될걸.

저건 알맹이 없는 콩깍지.   리어를 가리킨다

고너릴 아버님, 무슨 말이든 허용된 이 바보뿐 아니라

아버지의 다른 무례한 수행원들까지도

시시각각 트집을 잡고 싸우면서 참을 수 없는

170 과한 난동을 피워대고 있습니다, 아버님.

전 이를 아버님께 똑똑히 알려 그 폐단을 확실히

고치려 했으나, 최근 아버님의 말씀과 행동을 보면

두려움만 자랍니다. 아버님 스스로 그러한 일을

옹호하고 허락해 부추기는 것 같으니까요.

96

175 만약 그게 사실이라면, 그 실책으로 아버님은 비난을

면치 못할 것이고, 처벌 역시 잠자지 않을 것입니다.

모든 이들의 평안을 위하는 이 조치가

아버님의 기분을 상하게 할 수도 있으니,

다른 때 같으면 창피한 일이오나, 불가피한 경우엔

180 오히려 신중한 처사라고 해야겠지요.

바보 알고 있지, 아저씨도,

종다리, 뻐꾸기 새끼 오래 먹여 키웠더니

그 새끼가 종다리 머리까지 다 먹어버렸네.

그래서 촛불이 꺼지고, 우린 캄캄한 데 있게 된 거야.

185 **리어** 네가 내 딸이 맞느냐?　　　　　　　　　고너릴에게

고너릴 아버님께서 가지고 있다고 제가 알고 있는

그 훌륭한 지혜를 되살리시고,

아버님 참모습을 앗아가버린

최근의 변덕은 이제 그만 부리세요.

190 **바보** 마차가 말을 끄는데 바보 당나귀라도 그걸 모를까?

와, 소리 질러봐, 저그!* 난 당신이 맘에 들어.

리어 여기 누가 날 아느냐? 이건 리어가 아니다.

리어가 이렇게 걷나? 이렇게 말하나? 눈은 어디 갔지?

그의 정신은 흐려지고, 그의 분별력은

---

*'저그'는 '조앤'이란 이름을 표기하는 한 방식으로, 창녀를 일컫는 고유명사로 자주 쓰인다. 여기서 바보는 위협적인 말을 하는 고너릴을 저그라 부르며 조롱한다.(옮긴이)

잠을 자고 있어. 아! 깨어 있나? 아닌 건가?

        누구든 내가 누군지 말해줄 수 있느냐?

    바보 리어의 그림자.*

    리어 아름다우신 귀부인, 이름은?

    고너릴 아버님, 이렇게 모르는 체하시는 것도

200   요즘 보여주시는 새로운 망령 중 하나예요.

        제 뜻을 올바로 이해해주시길 바라건대,

        연로하고 존경받는 아버님이시니 현명하셔야죠.

        여기 둔 아버님의 백 명의 기사들과 그 시종들이

        너무도 어수선하고, 방탕하고 무례한지라

205   이 궁정이 그자들의 태도에 물들어서

        난잡한 여관같이 보여요. 방탕과 음욕이 넘쳐나

        품위 있는 궁궐이라기보다 차라리

        술집이나 창녀촌이 되고 말았어요. 이런 창피한 일은

        당장 시정되어야 해요. 그러니 다른 때라면

210   요청한 것을 마음대로 취하는 제가 간청컨대,

        수행원의 숫자를 조금 줄여주시고

        나머지 앞으로 아버지께 시중들 자들도

        아버지 연세에 맞고 자신들과 아버지 처지를

        잘 알 만한 사람들로 쓰세요.

*사절판에는 이후 리어와 바보의 대사가 더 있다. 리어가 자신에게 딸들이 있었던
것 같은데 그게 맞는지 묻고, 바보는 그 딸들이 아버지를 공손한 아버지로 만들고
자 한다는 말을 덧붙인다.

215 **리어** 어둠이여, 악귀들이여!

   —말안장을 얹어라. 내 기사들과 시종들을 다 불러라.   시종에게

   —타락한 첩의 자식 같으니! 널 귀찮게 하지 않겠다.   고너릴에게

   난 아직 딸 하나가 더 있다.

  고너릴 아버지는 제 하인을 때렸고, 아버지의 버릇없는 종들은

220   상관들을 무례하게 하인 취급했어요.

  앨버니 등장

  리어 뒤늦게 후회하는 자, 화 있을지어다! —이게 자네 뜻인가?

                                               앨버니에게

   말하게. —내 말을 준비시켜라.   시종에게

   배은망덕, 너 대리석의 심장을 가진 악마,

   그놈이 친자식에게 나타날 때는

225   바다 괴물보다 더 흉악하구나!

  앨버니 참으십시오, 폐하.

  리어 흉악한 솔개 같은 년, 거짓말이다.   고너릴에게

   나의 수행원들은 엄선된 자들로 최고의 자질을 지녔다.

   그들은 임무의 모든 면을 상세히 알고 있으며

230   본인들의 이름에 걸맞은 명예를 위해

   매사에 철저하고 빈틈없다. 오, 지극히 작은 허물이여,

   코딜리아에게는 어찌 그리 흉악하게 나타났던 것이냐?

   그 작은 허물이 기계처럼 내 본성의 틀을 비틀어

   원래의 자리에서 뽑아내고, 내 가슴의 사랑을 모조리 짜내어

235   담즙과 섞었구나. 오, 리어, 리어, 리어!

어리석음을 들이고, 소중한 판단력을 쫓아낸 _{자신의 머리를 때리며}

그 문을 쳐라! —가라, 가, 나의 부하들아.

앨버니 폐하, 저는 죄가 없습니다. 전 폐하가

무엇 때문에 진노하셨는지 알지 못합니다.

240 **리어** 그럴 것이네, 공작.

—자연이여, 들으소서. 그리운 여신이여, 들어주소서!

만약 저 여자의 몸에서 자식을 낳게 할 작정이었다면

그 뜻을 거두소서.

여자의 자궁에 불임의 기를 집어넣어,

245 몸속 생식기관을 말려버리시고,

그 타락한 육체로부터 여자에게 명예가 될 아이가

절대 나오지 못하게 하소서. 낳아야만 한다면,

독 품은 아이를 낳게 하시고, 그것이 살아남아

여자에게 흉악한 패륜의 고통을 안겨주게 하소서.

250 그리하여 여자의 젊은 이마에 주름살 새겨지고,

흐르는 눈물에 두 뺨이 패이게 하소서.

어미로서의 모든 수고와 애정이

비웃음과 멸시로 돌아와,

배은망덕한 자식을 두는 건

255 독사의 이빨에 물리는 것보다 더 아프다는 걸

느끼게 하소서! —가자, 가자꾸나! **퇴장** 아마도 켄트와 기사들과 함께

앨버니 이런, 맙소사, 대체 어떻게 된 것이오?

고너릴 괴롭게 더 알려고 하지 말아요.

노인네가 망령이 들어 마음대로 성미 부리는 것이니

260 　내버려둬요.

리어 등장

리어 뭐라, 단칼에 내 수행원을 오십 명이나?

　이 주일도 못 되었는데.

앨버니 무슨 일이십니까?

리어 내 이야기하지. —수치스러워 죽고 싶구나!　　　　　　고너릴에게

265 　나의 사내다움을 흔들어놓는 너의 권력으로 인해

　뜨거운 눈물이 걷잡을 수 없이 솟구쳐

　너를 가치 있게 하다니. 너, 거센 돌풍과 안개를 받아라!

　아비의 저주로 생긴 불치의 상처가

　네 모든 감각을 꿰뚫리라! 늙고 어리석은 눈아,

270 　이런 일로 다시 울면, 그 눈알을 빼 던지고

　네가 쏟아낸 눈물을 섞어서

　흙 반죽을 만들리라. 하? 그렇게 되라고 하라지.

　내게는 딸이 또 하나 있으니까.

　그 앤 틀림없이 친절하게 날 위로해줄 거야.

275 　그 애가 네가 한 짓을 들으면 손톱으로

　네 늑대 같은 얼굴의 껍질을 벗기고 말 거다. 봐라,

　아주 버렸다고 네가 확신했던 나의 본모습을

　내가 다시 되찾고 말 테니.　　　모두 퇴장 [리어, 어쩌면 켄트와 기사들과 함께]

고너릴 저 말 들었죠?

280 **앨버니** 내 그대를 깊이 사랑하지만, 고너릴,

그렇게 당신 편만 들 수는…….

고너릴 제발, 가만히 있어요. ─이봐, 오즈월드, 이리와!

─너 이놈, 바보가 아닌 악당, 네 주인 따라 썩 꺼져! 바보에게

바보 리어 아저씨, 리어 아저씨, 잠깐만, 이 바보도 데려가야지.

285   여우가 잡히면 노래하며

저런 딸하고 나란히

도살장으로 데려가야 해,

내 모자 팔아 밧줄을 사게 된다면

이 바보는 뒤따라가야지.

290 **고너릴** 노인네한테는 좋은 충고가 되었어요. 기사 백 명이라니?

노인네가 무장한 기사 백 명을 거느린 것은

빈틈없고 안전한 대책이겠죠. 맞아요, 그래서 꿈꿀 때마다,

소문, 변덕, 불평, 불만이 생길 때마다 언제든지

그들 힘으로 자신의 망령기를 옹호하고 우리 목숨을

295   좌지우지하는지도 몰라요. ─오즈월드, 거기 없느냐!

앨버니 글쎄, 당신은 걱정이 지나친 것 같소.

고너릴 지나치게 믿는 것보단 안전하죠.

해를 입을까 노심초사하기보다는

그 해 자체를 없애야 해요. 아버지 속셈을 알아요.

300   그 노인네가 뱉었던 말 그대로 동생에게 편지 썼어요.

내가 그 부당함을 알렸는데도

동생이 아버지와 백 명의 기사를 거두면…….

집사 [오즈월드] 등장

오즈월드, 어찌 되었느냐?

그래, 동생에게 보낼 편지는 썼느냐?

오즈월드 예, 마님.

305 **고너릴** 몇 사람 골라 곧 말을 타고 떠나거라.

동생에게 내 걱정들을 상세히 알려주고

거기에 네 생각을 덧붙여서

좀 더 신빙성 있게 전해. 어서 가.

그리고 서둘러 돌아와.　　　　　　　[오즈월드 퇴장]

　　　　　　　　　—안 돼요, 안 돼, 여보,

310 이렇게 온화한 당신의 행동 방식을

비난하고 싶진 않지만, 미안하게도

당신의 그 해로운 온화함은 칭찬은커녕

현명하지 못하다고 비난받을 거예요.

앨버니 당신 눈이 어디까지 꿰뚫어보는지 알 수 없지만

315 더 잘하려다 잘된 일까지 망치는 수가 있다오.

고너릴 아니, 그럼…….

앨버니 알았소, 알았소, 결과를 봅시다.　　　　모두 퇴장

1막 5장

장면 3 계속

리어, 켄트, 신사, 바보 등장*　　　　　　　　켄트, 카이우스로 변장한 채로

리어　이 편지들을 글로스터에게 전해라.　　　　　　켄트에게

　나보다 먼저 가야 해. 편지에 대해서는 딸아이가 묻는 것에만
대답하고 그 이상 네가 아는 어떤 것도 말해서는 안 된다. 부
지런히 가지 않으면, 내가 먼저 가게 될 거야.

5 **켄트**　이 편지를 전달할 때까지는 잠도 자지 않겠습니다, 폐하.

　　　　　　　　　　　　　　　　　　　　　　　　　　　퇴장

바보　사람 머리가 뒤꿈치에 달리면 동상에 걸리지 않을까?

리어　물론이지, 이놈아.

바보　그럼, 기뻐해야겠네. 아저씬 발에 매달 머리도 없으니까

*사절판의 지문은 리어만 등장하는 것으로 적혀 있다.

동상 걸려 발 싸맬 슬리퍼 신을 일도 없잖아.

10 **리어** 하, 하, 하!

바보 두고 봐. 아저씨 작은딸도 아저씨에게 친절하게 대해줄 거야. 왜냐면 사과하고 능금이 비슷하듯이 이 딸도 저 딸과 비슷할 거니까. 그래도 난 알 건 알아.

리어 이놈아, 뭘 알 수 있는데?

15 **바보** 이 능금과 저 능금의 맛이 같듯이 이 딸과 저 딸의 맛이 같을 거야. 아저씨 왜 사람 코가 얼굴 한가운데 있는지 알아?

리어 몰라.

바보 그야, 코 양쪽에 눈을 두려고 그러지. 그래야 냄새로 알아내지 못한 걸 눈으로 들여다볼 수 있잖아.

20 **리어** 내가 그 아이한테 잘못했어…….

바보 굴이 어떻게 제 껍데기를 만드는지 알아?

리어 모른다.

바보 나도 몰라. 하지만 달팽이가 왜 집을 갖고 다니는지는 알아.

리어 왜?

25 **바보** 그야 자기 머리를 감추려고 그러지. 집을 딸들에게 내주면 제 뿔을 감춰둘 데가 없잖아.

리어 아비로서의 천륜은 잊을 테다. 그렇게도 인정 많은 아비한테! ─말은 준비가 되었느냐?

바보 아저씨 바보 졸개들이 준비하러 갔어. 묘성(昴星)의 일곱
30 별이* 일곱 개밖에 없는 이유는 참 기발해.

리어 여덟 개가 아니니까 그렇지.

바보 맞았어, 그렇지. 아저씬 정말 훌륭한 바보가 되겠어.

리어 도로 다시 빼앗을 테다. 배은망덕한 괴물!

바보 아저씨가 나의 바보라면, 때가 되기도 전에 늙어버렸다고
35　　아저씰 매질할 거야.

리어 그건 어째서?

바보 아저씬 현명해질 때까진 늙어버리지 말았어야 했어.

리어 아, 자비하신 하늘이여! 미치지 않도록, 미치지 않도록 해
　　주소서!

　　노여움을 참게 하소서. 미치고 싶지 않나이다!

40　　―어떻게 되었느냐, 말은 준비되었느냐?　　　　　　　　신사에게

신사 준비되었습니다, 폐하.**

리어 이놈아, 가자.

바보 숫처녀랍시고 내가 나가는 모습에 웃는 처녀도 언제까지
　　나 숫처녀로 있진 못할 거야, 고것이 짧게 잘리기 전에는.***

　　　　　　　　　　　　　　　　　　　　　　　　　　　모두 퇴장

*그리스신화에 나오는 아틀라스와 플레이오네 사이에서 태어난 일곱 자매. 오리온
의 추격을 피하려고 하늘에 올라 별이 되었다고 한다.(옮긴이)
**사절판에서 이 대사는 신사가 아니라 시종의 대사이다.
***바보의 이 대사는, 리어가 비극적 여정을 걷게 될 것을 모르는 채 자신의 유머
를 듣고 웃는 멍청한 처녀는 처녀성을 지켜내는 법을 모른다는 의미를 함축한다.
또한 이 대사를 말하며 퇴장할 때 자신의 성기를 가리키는 바보의 제스처에 웃는
관객에게 경고하는 말이기도 하다. 여기서 '고것'은 남자의 성기를 지시한다.

서자 [에드먼드]와 커런, 각각 따로 등장

에드먼드 신의 가호가 있기를, 커런.

커런 도련님도요. 방금 도련님 아버님을 뵙고, 콘월 공작님과 부
인 리건 마님께서 오늘 밤 이곳으로 오신다고 알려드렸습니다.

에드먼드 어쩐 일로 오시는 거지?

5 **커런** 글쎄, 저야 모르지요. 세간의 소문은 들으셨는지요? 은밀
하게 돌고 있는 소문인데, 아직은 귀에 대고 속삭이는 정도에
불과합니다.

에드먼드 아니, 못 들었는데. 대체 무슨 소문이지?

커런 콘월 공작과 앨버니 공작 사이에 곧 전쟁이 날지도 모른

---

*장소: 글로스터 백작의 저택.

10   다는 소문 듣지 못하셨는지요?

에드먼드 전혀 못 들었어.

커런 그럼 조만간 듣게 되실 겁니다. 안녕히 계십시오, 도련님.

퇴장

에드먼드 공작이 오늘 밤 이곳에 온다고? 더 잘됐군, 최고야!

그렇다면 저절로 내 일과 엮이게 될 거야.

15   아버님은 형을 잡으려고 보초를 세웠고,

나는 한 가지 골치 아픈 문제가 있으니,

그걸 해결해야겠다. 신속하게 움직여 행운을 맞이하자!

에드거 등장   에드거, 위에서 나타나 아래로 내려온다

형님, 내 말 좀 들으세요. 내려오세요, 형님, 어서요!

아버지가 감시하고 있어요. 빨리 이곳을 빠져나가세요.

20   형님이 숨어 있는 곳이 들통 났단 말예요.

마침 밤이니까 잘됐어요.

혹시 콘월 공작에 대해 험담한 일 없으세요?

공작이 이리로 오고 있답니다. 지금, 이 밤중에, 급하게.

리건도 함께요. 앨버니 공작에 대한 콘월 공작의

25   적대적 태도를 비난한 일 없으세요?

잘 생각해보세요.

에드거 없었어, 절대로 그런 일 없었어.

에드먼드 아버님이 오시나봐요. 용서해요,

속임수로 형님에게 칼을 뽑아야만 하겠으니.   칼을 뺀다

30   형님도 방어하는 척 칼을 빼요. 자, 이젠 싸워요. 에드거도 칼을 뺀다

항복하고, 아버님 앞으로 나와라. ─여봐라, 불을 비춰라, 여기다!

─도망쳐요, 형님. ─횃불, 횃불! ─잘 가요.   에드거 퇴장

내 몸에서 피를 좀 내야겠어.   자신의 팔에 상처를 낸다

그래야 격렬히 싸운 인상을 주겠지. 주정꾼들은

35 장난으로 더한 짓도 하는 걸 봤어. ─아버님, 아버님!

막아라, 막아, 누구 없느냐?

글로스터와 시종들, 횃불 들고 등장

글로스터 에드먼드, 그 악당 놈은 어디에 있느냐?

에드먼드 날카로운 칼을 뽑아 들고 여기 이 어둠 속에 있었어요.

사악한 주문을 중얼거리며 달을 불러내

40 자신의 수호 여신이 되어달라고…….

글로스터 그런데 그놈은 어디 있느냐니까?

에드먼드 보세요, 아버님, 저 피가 납니다.

글로스터 에드먼드, 그 악당은 어디 있느냐?

에드먼드 이쪽으로 달아났어요. 암만해도 안 되니까…….

45 **글로스터** 여봐라! 쫓아가라, 뒤쫓아라.   [시종들 퇴장]

암만해도 안 되다니 뭐가?

에드먼드 아버님을 살해하자고 절 설득하는 거요.

하지만 저는 말했습니다. 복수하는 신들은

제 아비를 죽이는 자에게 벼락을 내리쳤으며,

50 부자간의 유대란 여러 겹의 강력한 인연으로

맺어져 있다고요. 그러자 형님은 결국

자기의 그 무도한 계획을 제가 얼마나

결사적으로 반대하는지를 알고는

무섭게 칼을 뽑아 무방비 상태의 제 몸을

55 정면으로 공격해 제 팔을 찔렀습니다.

그러자 정당한 명분 덕분에 용감해진 제가

최고의 기백을 발휘해 대응한 탓이었는지

아니면 제가 지른 소리에 놀라서 그랬는지,

형님은 별안간 급히 달아났습니다.

60 **글로스터** 멀리 도망가게 둬라.

이 나라에 있는 한 안 잡힐 수 없으니.

잡히기만 하면…… 살려두지 않을 테다. 훌륭한 공작님,

나의 최고 후원자께서 오늘 밤 오시니,

그분의 권위로 포고령을 낼 것이야.

65 그 흉악한 비겁한 놈을 찾아 형장으로

끌고 가게 해주면 사례를 받을 것이고

숨겨주면 사형을 면치 못할 것이라고.

에드먼드 제가 형님의 계획을 말려보려 했으나

그 뜻이 완강한지라, 격노한 제가 폭로하겠다고

70 위협하자, 형님이 이렇게 대답했습니다.

"이 상속권도 없는 서자 놈, 그리 생각한단 말이냐?

내가 네 말을 부정하면 네놈이 아무리 신의와

미덕과 자격을 갖추었다 한들 누가 너를 믿어주느냐?

어림도 없지. 내가 부인하기만 하면,

75　물론 나는 그럴 것이지만, 설사 네가 내 필적을

　　증거로 내놓는다 하더라도, 나는 이 모든 것을 오히려

　　너의 유혹, 음모, 추악한 책략이라고 뒤집어씌울 것이다.

　　또한 내가 죽으면 너에게 돌아가는 이익의

　　강력한 유혹에 이끌려 네가 나를 죽이려 든다는 것을

80　세상 사람들이 모를 거라 생각하면

　　넌 분명 세상을 너무 얕잡아 본 거야." **안에서 화려한 나팔 소리**

글로스터　아, 천륜도 모르는 비정한 놈!

　　제 놈이 쓴 편질 부인하겠다고 하더냐?

　　아, 공작님의 나팔 소리다! 그런데 왜 오시는지 모르겠구나.

85　모든 항구를 봉쇄하라, 저 악당 놈이 도망치지 못하도록.

　　공작님은 분명 허락해주실 거다. 또한, 그놈의 초상화를

　　사방에 보내서 이 땅의 백성 누구나가

　　그 얼굴을 알아볼 수 있게 하라. 그리고 내 땅은

　　충직하고 서출이지만 효심 깊은 네가

90　상속받을 수 있도록 방도를 찾아보마.

　　콘월, 리건, 수행원들 등장*

콘월　경, 어떻게 된 것이오? 이곳에 온 후에,

　　실은 지금 왔소만, 이상한 이야기를 들었어요.

리건　그게 사실이라면, 그 죄인에겐 어떤 벌도

　　충분치 못할 거예요. 괜찮아요, 백작?

*사절판 지문에는 콘월만 등장하는 것으로 적혀 있다.

95 **글로스터** 아, 마님, 이 늙은이의 심장이 갈라집니다, 갈라져요!

리건 그럴 수가! 우리 아버지의 대자(代子)가 백작의 목숨을 노렸다고요?

우리 아버님이 이름을 지어주셨던, 그 에드거가?

글로스터 아, 부인, 부인, 창피해 말 못 하겠습니다!

리건 그자가 우리 아버지를 모시고 있는 그 소란 피우는

100 기사들과 한패가 아니었던가요?

글로스터 그건 모르겠습니다. 너무 끔찍해요, 끔찍해.

에드먼드 예, 마님, 형님은 그자들과 어울렸습니다.

리건 그럼 그가 흉악한 생각을 가진 것도 놀랄 일은 아니군요.

그자들이 늙은 아비를 죽이고

105 재산을 탕진하라고 부추긴 거예요.

바로 오늘 밤 언니한테서 그자들에 대한

자세한 소식이 왔어요. 그자들이 우리 집에

묵으러 올 수도 있으니, 저더러 집에 있지

말라는 주의의 말도 덧붙여서요.

110 **콘월** 그렇다면 나도 확실히 집에 있지 않겠소, 리건.

—에드먼드, 듣자 하니 자네가 부친에게

자식 된 도리를 다했다고?

에드먼드 그저 의무를 다했을 뿐입니다.

글로스터 저 애가 그놈의 음모를 알려주었고,   콘월에게

115 또 보시다시피 그놈을 잡으려다 이렇게 상처까지 입었답니다.

콘월 그놈을 추격 중입니까?

글로스터 예, 공작님.

콘월 잡히기만 한다면, 그놈이 다시 해를 끼치지 않을까
걱정하는 일은 없게 하겠소. 내 권한을 마음대로 이용해
120 백작의 목적을 달성하도록 하시오. 자네, 에드먼드,
이번 일로 보여준 자네의 미덕과 복종은
천거되고도 남을 일, 내 자네를 부하로 삼겠네.
이렇게 깊이 신뢰할 사람이 내게 꼭 필요하니,
자네를 내 부하로 선점하네.

125 **에드먼드** 공작님을 섬기겠습니다, 다른 것은 몰라도, 충심으로.

글로스터 자식 놈을 대신해서 감사드립니다.

콘월 우리가 왜 백작 댁을 방문했는지, 모르지요?

리건 이렇게 뜻하지 않은 때에, 바늘귀 꿰듯 밤길을
달려온 것은, 글로스터 경, 용건이 있어서인데,
130 그에 대해 꼭 경의 조언을 들어야겠어요.
아버님도, 언니도, 서로의 불화에 대해서
각각 편지를 보내왔는데, 저는 집을 떠나
답장하는 것이 최선이라고 생각했어요.
여기 이 전령들이 각각 답장을 기다리고 있어요.
135 좋은 옛 친구이신 경, 마음을 가라앉히고
우리에게 필요한 조언을 해주세요.
우린 즉각 행동에 옮겨야 해요.

글로스터 마님, 분부대로 하겠습니다.
두 분께서는 참으로 잘 오셨습니다.   모두 퇴장. 나팔 소리

켄트와 집사 [오즈월드], 각각 따로 등장   켄트, 카이우스로 변장한 채로

오즈월드 어이, 동이 트는구려. 이 집 하인인가?

켄트 그래.

오즈월드 말을 어디다 매는 거지?

켄트 진창에다.

5   **오즈월드** 여보게, 친절한 마음이 있다면 말해주게.

켄트 내겐 친절한 마음이 없는데.

오즈월드 그러면, 나도 네가 마음에 안 들어.

켄트 내가 널 립스베리 외양간**에 처넣으면, 날 마음에 들어할걸.

---

*장소: 글로스터 백작 저택 앞.
**'립스베리 외양간'은 '립스타운(입술 사이)'을 연상시키는 말로, '이빨로 깨문다'는 의미를 담고 있다. 고유명사를 이용한 셰익스피어의 말장난 중 하나다.

오즈월드 왜 이런 식으로 날 대하는 거지? 난 널 모르는데.

10 **켄트** 이봐, 난 네놈을 알거든.

오즈월드 내가 누군데?

켄트 불한당, 악당, 음식 찌꺼기나 먹는 놈, 천하고, 오만하고, 얍삽하고, 거지같고, 일 년에 옷 세 벌밖에 못 얻어 입는 하인 주제에 백 파운드씩이나 받아 처먹고,* 더러운 털양말이나 신

15 는 놈, 겁이 많아 싸우지 못하고 소송이나 거는 놈, 사생아, 허영에 들떠 거울이나 쳐다보고, 과잉 충성하고, 까다롭게 구는 악당, 가방 하나밖에 물려받은 게 없는 종놈, 주인 섬긴답시고 뚜쟁이 짓도 할 놈, 넌 악당, 거지, 겁쟁이, 뚜쟁이를 다 합쳐놓은 놈에 다름 아니고, 잡종 암캐 기질을 물려받은 개새끼

20 놈이야. 내가 네게 붙여준 이름들 중 하나라도 아니라고 부인하면, 깽깽거리도록 패줄 테다.

오즈월드 아니, 이런 어이없는 놈이 다 있나. 듣도 보도 못한 사람에게 이런 욕을 퍼붓다니!

켄트 이런 뻔뻔스러운 놈이 다 있나, 나를 모른다고 잡아떼! 왕

25 앞에서 네 녀석 발을 걸어 넘어뜨리고 패준 게 겨우 이틀 전 아니냐? 칼을 빼라, 이 악당아. 밤이지만 달빛이 훤하다. 네놈을 달빛에 흠뻑 젖은 곤죽으로 만들어주고 말겠다. 겉멋 들어 이발소나 얼쩡거리는 사생아 놈, 칼을 빼라. *칼을 뺀다*

---

*하인들에게는 1년에 세 벌의 옷이 허락되었다. 100파운드는 하인들의 수입보다는 월등히 높은 금액으로, 아마도 제임스 1세가 100파운드의 돈을 주고 기사를 양산한 것에 대한 경멸로 쓰인 듯하다.

오즈월드 저리 가! 너하곤 볼일 없어!

30 **켄트** 칼을 빼라, 악당아! 폐하께 불리한 편지를 가져오고 저 허영의 꼭두각시 편을 들어 폐하의 위엄에 맞섰던 놈. 이 불한당아, 어서 칼을 빼. 안 그러면 네 정강이 살코기를 베어낼 테다. 빼라, 이놈아, 덤벼.

오즈월드 사람 살려! 살인이야! 사람 살려!

35 **켄트** 덤벼, 이 종놈아! 서, 이놈아! 서라니까. 겉멋만 든 종놈아, 덤벼! 그를 때린다

오즈월드 사람 살려! 살인이다! 살인!

서자 [에드먼드], 콘월, 리건, 글로스터, 시종들 등장

에드먼드 아니, 무슨 일이냐? 떨어져라!

켄트 풋내기 애송이, 소원이라면 자네와 붙지. 자, 오너라, 피를
40 보게 해줄 테니. 덤벼봐, 젊은 양반.

글로스터 무기를 들어? 칼을 빼 들고? 여기서 웬 소동이냐?

콘월 목숨이 아깝거든 멈춰라. 또다시 칼을 휘두르는 자는 죽게 될 것이다. 무슨 일이냐?

리건 언니와 아버님의 전령이네요.

45 **콘월** 왜 싸운 것이냐? 말해라.

오즈월드 숨이 찹니다, 공작님.

켄트 그럴 테지, 너 같은 놈이 그렇게 용기를 내었으니. 겁쟁이 악당 놈, 네놈은 자연의 여신이 만든 게 아니라 양복장이가 만들었지.

50 **콘월** 이상한 놈이군…… 양복장이가 사람을 만들어?

켄트 예, 양복장이요. 이 년만이라도 경력을 쌓은 석공이나 화

가라면 저렇게 형편없는 놈을 만들지는 않았을 테니까요.

콘월 말해라, 싸움이 어떻게 번지게 되었느냐?*

오즈월드 나리, 저놈의 허연 수염이 불쌍해서 살려주었는데, 저

55 늙은 악당이…….

켄트 아무 짝에도 쓸모없는 제트 같은 놈!** ─공작님, 허락

해주신다면 제가 저 체에 치지 않은 어설픈 악마 놈을 밟아

부서 회반죽을 갠 뒤 뒷간 벽을 바르겠습니다. ─이 꼬리나

흔들어대는 음탕한 놈아, 내 허연 수염을 봐서 살려줬다고?

60 **콘월** 여봐라, 입 다물지 못하겠느냐?

짐승 같은 놈, 넌 예의라는 걸 모르느냐?

켄트 압니다, 하지만 화가 끓어오르면 어쩔 수 없죠.

콘월 왜 화가 났느냐?

켄트 진실성이라곤 전혀 없는 저 종놈이

65 칼을 차고 다니니까요. 저렇게 실실 웃는 악당 놈은

단단히 얽혀 끊을 수 없는 신성한 골육의 매듭까지

쥐새끼처럼 물어뜯어 동강을 내놓고, 이성을 거스르는

주인의 본성에 아첨하여 불같은 성미에 기름을 붓고,

냉정한 마음에는 눈(雪)을 내리지요.

70 반대했다가 그렇다 하고, 주인의 기분이 바뀔 때마다

*사절판에서 이 대사는 글로스터의 대사이다.
**기원전 고대 라틴어에는 '제트(Z)'가 없었기 때문에 불필요한 글자로 여겨졌다.

풍향계처럼 물총새 주둥아리를 놀려대며,

개처럼 주인을 좇을 뿐 아무것도 모르는 놈입니다.

—간질병자 낯짝을 가진 염병할 놈!　　　　　　　오즈월드에게

나를 바보 취급하면서 내 말에 웃어?

75　바보 거위 놈아, 내가 널 새럼 들판에서 붙잡았다면

꽥꽥거리는 널 캐멀롯 고향까지 끌고 갔을 거다.*

콘월 뭐라, 이 늙은 놈이 미쳤나?

글로스터 어쩌다 붙게 되었느냐? 그걸 말해라.

켄트 저와 저 악당 놈 사이보다

80　더한 상극은 없습니다.

콘월 왜 그를 악당이라 부르는 거냐? 무슨 잘못을 했기에?

켄트 저놈의 낯짝이 마음에 들지 않습니다.

콘월 아마 네놈 마음에는 내 얼굴도, 글로스터 경의 얼굴도, 공

작 부인의 얼굴도…….

85　**켄트** 솔직하게 말하는 게 제 본분입니다.

제가 소싯적에 본 얼굴들이 지금 이 순간

제 앞 누구의 어깨 위에 얹혀 있는 얼굴보다

훨씬 훌륭한 게 사실입니다.

콘월 어떤 부류의 자인지 알겠다.

---

*새럼은 월트셔 지역 솔즈베리의 옛말이고, 캐멀롯은 아서 왕 전설에서 아서 왕의
고향이다. 이 말은 '네가 널 내 맘대로 할 수만 있다면, 난 네가 두려움에 떨며 집으
로 뛰어가도록 엄포를 놓았을 것이다'라는 뜻이다. 또한 캐멀롯은 윈체스터와 동
일시되는데, '윈체스터 거위'는 창녀와 성병을 의미했다. 따라서 거위를 캐멀롯까
지 끌고 간다는 이 말에는 성적 농담이 숨어 있다.

90   솔직함으로 칭찬을 받으니, 무례하고 거친 말투를
      흉내 내어, 제 본성과는 한참 맞지 않는 의복을
      입고 있게 된 자. 그런 자는 아첨을 못 하지.
      정직하고 솔직하니까, 진실만을 말해야 하지!
      사람들이 받아주면 좋고, 아니라도 정직하기는 한 거니까.
95   솔직함을 내세우지만 교활하고 불순한 생각을 품은
      이런 종류의 악당을 내 알고 있지.
      굽실거리며 아주 사소한 것까지 알아서 기는
      스무 명의 시종 무리보다 더한 놈이야.

켄트 진정으로, 진심에서 거짓 없이 말씀드리는데
100   위대하신 용안의 위광이 번득이는 태양신의 이마에서
      빛나는 찬란한 불꽃같이 대단하시니,
      부디 허락해주옵소서…….

콘월 그건 무슨 소리냐?

켄트 공작님께서 그토록 달갑지 않게 생각하시는 제 말투에서
105   벗어나려고요. 제가 아첨꾼이 아니라는 건 제가 잘 압니다.
      솔직하게 말하는 척하면서 공작님을 기만하는 자는 명백한
      악당입죠. 저로선 그런 악당 놈은 되지 않으렵니다. 비록 그
      런 놈을 원하는 공작님의 노여움을 사게 되더라도 말이죠.

콘월 넌 저자에게 무얼 잘못했느냐?   오즈월드에게

110 **오즈월드** 아무 짓도 하지 않았습니다.
      최근 저자의 주인인 왕께서 오해로 인해
      황공하옵게도 저를 때린 일이 있사옵니다.

그때 저자는 왕의 역정에 편들고 아첨하면서

뒤에서 절 딴죽 걸어 넘어뜨리곤, 모욕하고, 욕을 퍼붓고,

115　사나이 기질에 영웅이나 된 것처럼 우쭐댔고,

저항도 하지 않는 저를 공격한 공로로

왕의 칭찬도 받았는데,

저자가 그 엄청난 무공에 그만 흥분하여

여기서 다시 제게 칼을 뽑은 것입니다.

120　**켄트**　이 따위 겁쟁이들과 건달들이

아이아스*를 바보로 만든 거로군.

　콘월　어서 차꼬를 가져와라.

　―고집불통 영감탱이, 허풍쟁이 노인 양반,

내 한 수 가르쳐드리지.

125　**켄트**　저는 배우기에는 너무 늙었습니다.

차꼬는 채우지 마십시오. 저는 왕을 모시고,

그분의 심부름으로 여기 온 것입니다.

왕의 전령에게 차꼬를 채우는 것은

왕권과 폐하의 옥체를 존경하지 않으며

130　너무도 불손하게 폐하께 적의를 표하는 일입니다.

　콘월　어서 차꼬를 대령하라! 내 목숨과 명예를 걸고,

그자를 정오까지 차꼬에 앉히고 말겠다.

　리건　정오까지라고요? 밤까지, 여보, 밤새도록 채워놓게 해요.

---

*그리스의 용맹한 장군이었으나 오만과 방종으로 신들의 분노를 사 죽었다. (옮긴이)

120

켄트 아니, 마님, 제가 아버님의 개라 해도

135   이렇게 대하실 수는 없습니다.

리건 아버님의 종이니까, 난 그렇게 할 거야.

누군가 차꼬를 가지고 온다

콘월 이놈이 바로 처형이 편지에서 말한

    패거리 중 하나다. 이봐라, 차꼬를 가져와!

글로스터 공작님께 청하오니 제발 그러지 마십시오.*

140   폐하의 전령인 저자를 그렇게 차꼬에 채워 벌하신다면

    폐하께선 자신이 무시당하는 것이라 여기시고

    반드시 이를 좋지 않게 생각하실 것입니다.

콘월 그 책임은 내가 지겠소.

리건 자신의 집사가 모욕당하고, 공격당한 걸 알면

145   언니야말로 훨씬 더 기분 나빠할 거예요.   <small>켄트, 차꼬에 채워진다</small>

콘월 자, 백작, 가십시다.   <small>**모두 퇴장** [글로스터와 켄트는 남아 있다]</small>

글로스터 친구, 안됐네. 하나 공작의 뜻이니,

    세상사람 다 알다시피 그분의 성정은

    말리지도, 막을 수 없잖나. 내 간청해보겠네.

150 **켄트** 그러지 마십시오. 밤새 뜬눈으로 먼 길을 왔습니다.

    얼마간 자고 나머진 휘파람 불며 보내지요.

---

*사절판에는 글로스터의 이 대사 다음에 다음과 같은 대사가 있다. "켄트의 죄가
크지만, 그 주인인 폐하가 그에게 벌을 줄 것이며, 공작은 좀도둑과 같은 별 볼일
없는 범죄에 대해서만 처벌하는 것입니다."

착한 사람의 운도 뒤축이 닳는 법.

좋은 아침 맞으시길.

글로스터 이건 공작이 잘못한 거야. 폐하께서 좋게 받아들이실

155 리 없어.   **퇴장**

켄트 폐하, 하늘의 축복을 마다하고

뙤약볕으로 나간다는 속담을 입증하시다니.*

그대 이 땅을 비추는 태양이여,   편지를 꺼낸다

솟아라, 위로해주는 그대 빛으로 이 편지를

160 읽을 수 있도록. 대개 비참한 자들만이

기적을 볼 수 있다지. 이건 코딜리아의 편지야.

운 좋게도 공주님께서

내 변장과 은밀한 움직임을 알고 계시니,

이 뒤죽박죽 꼬인 사태를 해결하고

165 잘못된 일을 수습할 시기를 엿보고 계실 거야.

너무나 지쳤고 잠을 못 잤다. 무거운 눈아,

이 기회를 잡아 눈을 붙여라. 치욕스러운 차꼬는

쳐다보지 마라. 운명의 여신이여, 안녕.

훗날 다시 미소를 띠고 행운의 수레바퀴를 돌려다오!   잠잔다

에드거 등장

170 **에드거** 나를 수배하는 포고령에 대해 들었다.

---

*좋은 데서 나쁜 곳으로 간다는 의미의 이 속담을 통해 리건이 고너릴보다 아버지
에게 더 나쁘게 대할 것을 암시한다.

마침 운 좋게 나무 구멍에 숨어
추격을 피했다. 항구는 모두 다 막혔고
나를 잡기 위해 경계와 특별히 엄중한 망이
깔렸구나. 할 수 있는 한 도망쳐
175 목숨을 보존해야겠다. 지금껏 가난이 인간을
경멸하여 짐승 비슷하게 만들어놓은 형상인
가장 천하고 가장 구차한 꼴을 하고 다니자.
얼굴엔 오물을 바르고, 허리엔 담요만
두르고, 머리칼은 온통 헝클어뜨리고,
180 벌거벗은 몸뚱이로 바람과 하늘의 혹한에
맞서야지. 이 나라에선 베들램의 거지들이
본보기가 되어 이미 이런 짓을 했었지.
그자들은 소리소리 지르고 마비된 팔에
핀, 나무 꼬챙이, 못, 로즈메리 가지를
185 찔러 넣었다고 하더군. 그런 끔찍한 꼴로,
누추한 농가와 가난한 촌 동네, 양 우리나
방앗간을 돌아다니며, 때로는 미친놈의 저주로,
때로는 기도로, 무리하게 동냥을 구걸했다지.
불쌍한 털리고드, 불쌍한 톰!
190 이런 꼴은 있지만, 이제 나 에드거는 없도다.　　　　퇴장
리어, 바보, 신사* 등장

*사절판에서는 신사가 기사로 되어 있으며 이후 계속 기사가 말한다.

리어 이상하구나, 딸들이 그렇게 집을 비우고

　내 전령들도 돌려보내지 않아.

신사 제가 알기로는

　어젯밤까지만 해도 집을 비울 계획이

195　없었다고 합니다.

켄트 문안드립니다, 고귀하신 주인님!　　　　　　잠이 깨어

리어 하, 이 수치스러움이 재밋거리더냐?

켄트 아닙니다, 폐하.

바보 하, 하, 지독한 털양말 대님을 매고 있네. 말은 머리를, 개

200　와 곰은 모가지를, 원숭이는 허리를, 사람은 다리를 잡아매는

　군. 다리 힘 세다고 너무 싸돌아다니면, 나무 양말 신는 거야.

리어 네 지위를 몰라보고 너를 여기 앉힌 자가

　대체 누구더냐?

켄트 남자와 여자, 둘입니다.

205　폐하의 사위와 딸이죠.

리어 아니다.

켄트 맞아요.

리어 아니라니까.

켄트 맞다니까요.

210 **리어** 주피터 신에 맹세코, 절대 아니다.

켄트 주노 여신에 맹세코, 절대 맞아요.

리어 그들이 감히 그럴 리 없어.

　그럴 수 없지, 아닐 거야. 이건 살인보다 더 나쁘다.

124

이런 난폭함으로 내게 예를 갖추다니.

215 내가 이해되도록 해명해보라. 어쩌다 네가
이런 꼴이 되었는지, 어쩌다 짐이 보낸 너에게
그들이 이런 처벌을 내린 것인지.

켄트 폐하, 제가 공작 내외 댁에 도착해
폐하의 친서를 전하고 있을 때였습니다.

220 제가 경의를 표하려고 무릎 꿇은 자리에서
채 일어나기도 전에, 땀범벅이 된 전령 하나가
도착했는데, 숨도 못 쉴 정도로 헐떡거리며
여주인인 고너릴의 안부 인사를 전하더군요.
저를 가로막으며 편지를 전달했는데,

225 공작 내외는 즉시 편지를 읽었지요. 그러곤
가솔들을 소집해 바로 말에 올라타고는
저에겐 그들을 따라와서 답변을 줄 때까지
기다리라 하면서, 차가운 눈초리를 던졌습니다.
그런데 여기 와서 또 다른 전령을 만났고,

230 그자의 인사로 제 기분은 잡쳤습니다.
요전번에 폐하께 시건방지게 굴었던
바로 그 녀석이었거든요. 워낙 머리보다는
주먹이 앞서는 저인지라 칼을 뽑았지요.
그러자 그놈이 겁쟁이처럼 울부짖으며 온 집 안을 깨웠고,

235 폐하의 따님과 사위는 제가 큰 죄를 저질러
이 치욕을 받는 게 마땅하다고 여긴 거죠.

바보 들기러기 저리로 날아가니, 겨울 아직 안 끝났네.   노래하며

넝마 걸친 아비에게

자식들 눈 돌리나,

240　　주머니 찬 아비에게

자식들 친절하지.

행운의 여신은 창녀 중의 창녀,

가난뱅이들에겐 문 안 열어.

하지만, 이렇다 하더라도, 아저씨는 딸들한테서 일 년 내내

245　헤아려도 다 못할 만큼 슬픔의 은화를 얻어낼 거야.

리어 오, 여자들 질병인 울화가 가슴까지 치밀어 오는구나!

울화 덩어리야, 내려가라, 차오르는 슬픔아,

너 있을 곳은 아래로다! —이곳의 내 딸은 어디 있느냐?

켄트 백작과 함께 안에 있습니다.

250　**리어** 따라오지 말라, 여기 있어라.   퇴장

신사 지금 말한 것 말고 다른 무례는 없었소?

켄트 없었소. 그런데 어째서 폐하께서 저렇게 적은 수의 기사

들만 데리고 온 것이오?

바보 그런 걸 묻다가 차꼬에 채워진 거면 그런 벌은 받을 만해.

255　**켄트** 왜, 바보야?

바보 널 개미한테 보내 겨울엔 일 안 한다는 걸 가르칠 거야. 장

님이 아니고선 냄새 맡기 전에 먼저 눈으로 보지. 장님이라도

썩은 냄새 맡지 못하는 코를 가진 자는 스무 명 중 하나도 없

어. 커다란 행운의 수레바퀴가 산에서 굴러 내릴 때는 매달리

260 지 말아야 하지. 그러면 목이 부러지고 말 테니까. 하지만 행
운의 수레바퀴가 올라갈 때는 그걸 탄 사람이 널 끌어가게 해
야지. 현명한 사람이 와서 이보다 더 좋은 것을 가르쳐주면,
내가 해준 말은 도로 돌려줘. 바보가 해주는 말이니까 나쁜
놈들만 따랐으면 좋겠어.

265   이득만 바라고 섬기고   노래하며
격식으로 의례만 따르는 자는
비가 오기 시작하면 짐을 싸고
폭풍 속에 널 남겨둘 거야.
하지만 난 머물 테야, 이 바보는 남을 거야.
270   똑똑한 놈들은 달아나라고 해,
악당은 달아나면 바보 되지만,
바보는 절대로 악당 안 되지.

리어와 글로스터 등장

켄트 넌 어디서 그 노래를 배웠니, 바보야?

바보 차꼬 차고 배우진 않았지, 바보야.

275 **리어** 날 만나지 않겠다? 밤새 여행을 해서
내외가 다 아프고 지쳤다고? 핑계일 뿐이다.
내게 반기를 들고 나를 버리겠다는 증거야.
더 나은 답변을 받아 와라.

글로스터 폐하,
280   공작의 불같은 성미를 아시잖습니까?
한 번 정하면 얼마나 요지부동,

고집불통인지도 알고 계시잖아요.

리어 복수다, 역병, 죽음, 뒤죽박죽이야!

불같다고? 성미가 뭐? 아니, 글로스터, 글로스터,

285 내가 콘월 공작 내외와 이야기 좀 하려는 거야.

글로스터 저, 폐하, 그렇게 아뢰었습니다.

리어 아뢰었다고? 이봐, 내 말을 제대로 이해한 거야?

글로스터 예, 폐하.

리어 왕이 콘월과 할 이야기가 있다는 거다.

290 사랑하는 아비가 딸과 이야기하고, 명령하고, 기다리며 시중

들라는 거다.

이 말을 전했느냐? 숨 막히고 피가 끓는구나!

불? 불같은 공작? 그 뜨거운 공작에게 전하라……

아니, 아직은 아냐. 어쩌면 몸이 아픈지도 몰라.

병이 나면 건강할 때 했던 도리를

295 소홀히 하게 되는 법. 몸이 괴로우면 마음도

괴로워, 우린 평소의 우리가 아니게 되지.

참아야겠다. 몸이 편치 않은 병약한 자를

건강한 사람과 같이 생각하다니, 내가 너무

고집을 부리고 격하게 화를 낸 거야.   켄트를 보며

300 저게 내 왕권이 죽었다는 증거다! 대체 왜

저 사람을 차꼬에 앉게 한단 말이냐? 이게 바로

공작 부부가 이렇게 날 멀리하는 건

계책일 뿐이라는 증거다. 내 하인을 대령해라.

공작 부부에게 가서 내가 할 말이 있다고 전하라.

305 지금, 당장. 나와서 내 말을 들으라 하라.

안 그러면 침실 입구에서 시끄럽게 북을 쳐서

내외의 잠을 쫓아내고 말 테다.

글로스터 서로 화목하게 잘 지내셨으면 좋겠습니다.　　　　**퇴장**

리어 아, 내, 내 가슴! 북받쳐 오르는 가슴! 하지만, 진정해라!

310 **바보** 아저씨, 가슴에다 크게 소리 질러. 런던 아줌마가 뱀장어

못 죽여 산 채로 밀가루 반죽에 넣을 때처럼 말이야. 그 아줌

마 뱀장어 머릴 작대기로 때리며, "이 말썽쟁이 놈들, 들어가,

들어가!" 소리쳤다지. 그 아줌마 오라비는 자신의 말을 위하

는 순수한 마음으로 건초에 버터를 발라주었다 하고.*

콘월, 리건, 글로스터, 시종들 등장

315 **리어** 둘 다 잘 잤느냐?

콘월 폐하께 인사드립니다!

여기서 켄트가 풀려난다

리건 폐하를 뵈오니 기쁩니다.

리어 리건, 그럴 거라 생각한다. 그렇게 생각할 만한

이유도 있다. 만약 딸인 네가 기쁘지 않다면,

320 네 어미가 간통한 것이니 나는 네 어미와 무덤에서라도

이혼할 생각이다. ─아, 풀려났느냐?　　　　**켄트에게**

그건 나중에 애기하기로 하고. ─사랑하는 리건,

---

*건초에 버터를 바르는 일은 잘못된 친절의 예이다. 말들은 기름진 것을 싫어한다.

네 언니는 사악하다. 아, 리건, 네 언니는

불효라는 날카로운 이빨로 독수리같이 여기를 물어뜯었다.

자신의 가슴을 가리킨다

325 말로는 설명할 수도 없구나. 너도 믿지 못할 거다.

얼마나 성질이 못됐는지…… 아, 리건!

리건 아버님, 제발 참으세요. 바라옵건대,

언니가 의무를 소홀히 했다기보다는 아버님이

언니의 가치를 덜 알아차리신 걸 알아주세요.

330 **리어** 뭐라고? 그게 무슨 소리냐?

리건 전 언니가 의무를 소홀히 했다고는

조금도 생각지 않아요. 혹시라도 언니가

폐하의 수행원들이 벌이는 난동을 제지했다면,

그럴 만한 근거와 분명한 목적이 있었을 것이고,

335 그게 언니에게 퍼부어진 비난을 해소해줄 거예요.*

리어 그 애에게 저주를!

리건 아, 아버님은 늙으셨어요.

자연의 생명력이 그 한계에 도달했다고요.

아버지보다 아버지 상태를** 더 잘 식별할 수 있는

340 분별 있는 사람들의 다스림과 지도를

받으셔야 할 때가 되셨어요. 그러니 간청컨대

---

*사절판에는 이 리건의 대사와 앞에 나온 리어의 대사가 없다.
**이 문장의 '상태(state)'는 개인적인 상태를 의미하기도 하지만 '나라'를 의미하기
도 한다.

언니에게로 꼭 돌아가셔서

잘못했다고 말씀하세요.

리어 그 애에게 용서를 빌라고?

345 자, 왕실에 어울릴 행동인지 똑똑히 지켜봐라.

따님이여, 늙었음을 고백합니다. 무릎을 꿇고

늙어서 쓸모없게 된 몸. 무릎 꿇어 간청하니

부디 옷과 잠자리와 먹을 것을 베풀어주오.

리건 아버님, 그만두세요, 이런 꼴사나운 장난들.

350 언니에게 돌아가세요.

리어 절대로 안 간다, 리건. 일어서며

그 애는 내 수행원을 절반으로 줄였고,

나를 독하게 노려보았고, 헛바닥을 휘둘러

내 가슴을 독사같이 물어뜯었다.

355 하늘에 쌓인 복수란 복수는 모두

그 배은망덕한 머리 위로 떨어져라! 병 옮기는 바람이여,

그년 태아의 뼈를 부러뜨려 절름발이로 만들어라…….

콘월 저런, 저런!

리어 날쌘 번개여, 눈을 멀게 하는 너의 불빛으로

360 경멸에 찬 그년의 눈 찔러다오! 너, 세찬 햇빛 받아

늪에서 빨아올린 독기여, 내려와 그년 얼굴

물집으로 뒤덮고, 미모를 망쳐다오!

리건 아, 하느님 맙소사! 화나시면

제게도 저런 저주를 내리시겠네요.

리어 아니다, 리건, 넌 내 저주를 받을 리 없다.

천성이 유순한 넌 사나운 짓은 않을 테지.

그년 눈은 사나운데, 네 눈은

마음을 편하게 해줄 뿐 이글거리지 않아.

내 뜻대로 못 하게 막고, 내 수행원을 줄이고,

말대꾸를 속사포로 쏟아내고, 내 용돈을 깎고,

결국에는 들어오지 못하게 문 잠그는 일을

넌 하지 않을 테니까.

넌 자식의 도리와 자식 된 책임,

예의범절, 은혜 갚는 일들을 그 애보다 잘 알아.

내가 너에게 왕국의 반을 준 것을

잊지 않았을 것이니까.

리건 아버님, 용건만 말씀해주세요.　　　　　　안에서 화려한 나팔 소리

리어 내 사람을 누가 차꼬에 채운 것이냐?

집사 [오즈월드] 등장

콘월 저 나팔 소리는?

리건 분명 언닐 거예요. 편지에서 곧 이곳에

도착한다 했거든요. ―네 마님도 오셨느냐?　　　　　오즈월드에게

리어 저놈이 바로 변덕스러운 여주인 총애를 믿고

우쭐해서 거만을 부렸던 종놈이구나.

―내 앞에서 꺼져라, 이 종놈아!

콘월 폐하, 무슨 말씀이신지요?

고너릴 등장

365

370

375

380

385

리어 누가 내 하인에게 차꼬를 채웠느냐? 리건, 넌

몰랐으면 좋겠다. 이게 누구냐? 아, 신들이여,

당신들이 늙은이를 아끼고, 당신들의 부드러운 통치가

효심을 권한다면, 그리고 당신 자신들도 늙었다면,

390   이 일을 명분으로 천벌을 내리고, 내 편이 되소서!

　　ㅡ이 수염을 봐도 부끄럽지 않느냐?　　　　　　　고너릴에게

　　ㅡ아, 리건, 그년 손을 잡겠다는 거냐?　　리건과 고너릴이 손을 잡는다

고너릴 손을 잡으면 왜 안 되죠? 제가 뭘 잘못했는데요?

분별없는 판단, 노망든 이가 말하는 잘못,

395   그것들이 그대로 다 잘못일 수는 없어요.

리어 아, 가슴아, 너 참으로 굳세도다!

아직 버티고 있다니! ㅡ어떻게 내 사람이 차꼬에 채워졌느냐?

콘월 제가 채웠습니다. 그러나 그자의 무례함은

더한 처벌도 받을 만했습니다.

400 **리어** 자네가? 자네가 그랬다고?

리건 제발, 아버지, 약해지셨으니 그에 맞게 행동하세요.

한 달이 다 지날 때까지

돌아가셔서 언니네서 지내시고,

수행원의 절반을 떼버리신 다음, 제게 오세요.

405   전 지금 집을 떠나 있고, 아버님을 모시기 위해

필요한 준비도 되어 있질 않아요.

리어 그년에게 돌아가? 오십 명을 없애고?

못 한다. 그러느니 지붕 밑에 들어가지 않고

한데로 나가 거친 비바람과 싸우고

410 늑대와 올빼미의 벗이 되어 지낼 테다.

궁핍에 꼬집힌 쓰라린 괴로움으로! 그년에게 돌아가?

허, 그렇다면, 지참금 없이도 내 막내딸을 데려간

성미 급한 프랑스 왕에게 가서 무릎 꿇고

목숨을 이어갈 연금을 구걸하는 편이

415 차라리 나을 거다. 저년에게 돌아가라고?

차라리 나보고 저 가증할 종놈의   오즈월드를 가리킨다

노예나 마부가 되라고 권해라.

고너릴 마음대로 하세요.

리어 딸아, 제발 나를 미치게 하지 마라.

420 내 자식, 널 다시는 괴롭히지 않겠다, 잘 있어라.

널 만나는 일도, 얼굴 대하는 일도 없을 것이다.

하지만 넌 내 살과 피가 섞인 내 딸……

아니 내 살 속의 병이라는 편이 낫겠다.

그래도 내 것이라고 불러야겠지. 넌 내 썩은 핏속의

425 종기, 염증으로 따가운 상처, 부어오른 부스럼.

그러니 내 너를 꾸짖지 않겠다. 네게 치욕이 닥치는 날

오더라도, 내가 그걸 불러들이진 않겠다.

벼락 신에게 벼락 내리치라 하지 않을 것이며

심판관 주피터 신께 고자질하지도 않겠다.

430 고칠 때가 오면 개심해라. 여유 있을 때 나아져.

난 참을 수 있다. 리건한테 가 있을 테니.

134

백 명의 기사들과 함께.

리건 그렇게는 안 돼요.

아버님께서 오실 줄은 생각도, 맞이할 준비도

435 제대로 못 했어요. 언니 말을 들으세요.

아버님의 충동을 이성으로 지켜본 사람들은

틀림없이 연로해서 그러신 거라 생각할 거고, 또……

하지만 언니는 자기가 무슨 일을 하는지 잘 알아요.

리어 진심에서 하는 말이냐?

440 **리건** 예, 그렇고말고요. 아니, 오십 명이라고요?

그만하면 됐잖아요? 그 이상이 왜 필요해요?

아니, 그것도 많아요. 그만한 수를 유지하는 건

비용이나 위험성 면에서 둘 다 어려워요. 한 지붕

두 주인 아래 그 많은 사람들이 화목하게 지내는 게

445 가능하기나 해요? 어렵고, 거의 불가능한 일이에요.

고너릴 아버님, 동생이나 제 시종들에게

시중을 들게 하면 안 되시나요?

리건 왜 안 되죠? 만약 저들이 아버님을 소홀히 하면,

우리가 바로잡을 수 있는데. 제 집에 오시려면,

450 그럴 위험성이 보이니까 말인데요, 제발

스물다섯만 데려오세요. 그 이상은

내줄 방도 없거니와 인정할 수도 없어요.

리어 너에게 모든 걸 다 주었는데…….

리건 제때에 잘 주셨어요.

리어 난 너희들을 내 후견인으로, 위탁자로 명했고,

그만한 수의 기사들을 보장받았다. 그런데 뭐?

너에게 오려면 스물다섯만 데려오라고?

리건, 너 정말 그렇게 얘기했느냐?

리건 다시 말씀드리지만, 폐하, 그 이상은 안 돼요.

460 **리어** 못된 것들도 아직은 좋게 보이는군,

더 못된 것들이 있으니. 최악이 아닌 것만으로도

칭찬받을 만하구나. —너와 함께 가겠다.   고너릴에게

네가 말한 오십은 스물다섯의 두 배니까,

네 효심이 저 애보다 두 배 많은 거야.

465 **고너릴** 들어보세요, 폐하.

스물다섯이건, 열이건, 다섯이건, 왜 필요하신 거죠?

집에는 아버님 시중 명령을 받는 시종들이

그 두 배나 있는데요.

리건 한 사람인들 필요하겠어요?

470 **리어** 아, 필요를 따지지 마라! 가장 천한 거지들의

하찮은 물건들에도 여분은 있는 법.

자연이 필요 이상의 것을 허용치 않는다면,

사람살이란 짐승살이처럼 천하다. 넌 귀부인이다.

단지 따뜻함만을 위해 화려하게 옷을 입는다면

475 그래, 네 그 화려한 옷은 필요가 없지.

별로 따뜻하지도 않으니까. 하나 진정한 필요란…….

오, 신들이여, 인내심을 주소서, 필요한 인내심을!

신들이여, 여기 이 불쌍한 노인이 보이시지요.

나이만큼 슬픔으로 가득 찬 불쌍한 신셉니다.

480 두 딸의 마음을 흔들어 이 아비를 배반토록 한 게

당신들일지라도, 저를 그걸 순순히 받아들이는

바보로 만들진 마소서. 고귀한 분노 저에게 내려

여자들의 무기인 흐르는 눈물로 이 사나이의 뺨

더럽히지 않게 하소서! 아니다, 이 천륜 어긴 마녀들,

485 내 너희 두 년들에게 엄청난 복수를 퍼부어

그걸로 온 세상이—꼭 하고 말 테다—

뭘 할지는 나도 아직 모르지만, 그 복수로 말미암아

온 세상이 벌벌 떨게 될 거다! 너희는 내가 울 줄 알지?

아니다, 난 절대 안 울어. 울 이유야 너무 많지만,

천둥과 폭풍우 소리

490 내가 울기 전에 이 심장이 천 갈래 만 갈래 찢길 테니.

아, 바보야, 미칠 것만 같구나!　　[리어, 글로스터, 켄트, 바보] 모두 퇴장

콘월 안으로 듭시다. 폭풍우가 올 모양이오.

리건 이 집은 좁아서, 노인네와 그 일당들을

맞아들일 수가 없어요.

495 **고너릴** 아버지 자신의 탓이야. 스스로 안락을 박차고 나가셨으니

자기 어리석음을 맛봐야지.

리건 아버지 혼자라면 기꺼이 받아들이겠지만,

그 기사들은 한 사람도 안 돼요.

고너릴 나도 그럴 작정이야.

글로스터 백작은 어디에 있지?

글로스터 등장

콘월 노인네를 쫓아갔었는데, 돌아왔군.

글로스터 왕께서 크게 진노하셨습니다.

콘월 어디로 가셨소?

글로스터 말을 불렀습니다만 어디로 가시는지는 모르겠습니다.

505 **콘월** 내버려두는 게 상책이오, 고집대로 하실 테니.

고너릴 백작, 절대로 떠나시는 걸 만류하지 마세요.

글로스터 아, 밤이 오고 있고, 거친 바람이

휘몰아쳐오고 있어요. 수 마일을 가도 근처엔

덤불조차 거의 없는데.

510 **리건** 아, 백작, 고집쟁이들에게는

자기들 스스로 불러온 고통이

스승이 되어야 하죠. 문 닫으세요.

아버님 곁엔 위험한 무리들뿐이에요.

그자들이 귀가 얇은 아버지를 부추겨 무슨 짓을

515 하게 할지 몰라요. 미리 걱정해두는 게 현명한 일이죠.

콘월 문을 모두 잠그시오, 백작, 사나운 밤이오.

나의 아내 리건 말이 옳으니, 자, 폭풍우를 피합시다. **모두 퇴장**

계속 몰아치는 폭풍우. 켄트와 신사, 각각 따로 등장

켄트 게 누구요? 험한 날씨뿐일 줄 알았더니.

신사 날씨처럼 불안한 마음을 가진 사람이오.

켄트 누군지 알겠군. 왕은 어디 계시오?

신사 이 사나운 비바람과 싸우고 계시오.

5   바람에게 이 대지를 바닷속으로 날려버리라 하고,

    소용돌이치는 파도에게 이 대지를 뒤덮으라 하며

    천지가 개벽하든가 사라지라고 소리치고 계시오.**

*장소: 글로스터 백작의 저택에서 그리 멀리 떨어지지 않은 황야 어딘가.
**사절판에서는 신사 대신 기사의 대사로, 황야에서 헤매는 리어의 모습이 9행에
걸쳐 상세하게 묘사된다. "백발을 움켜잡고 바람을 조롱하고, 소우주의 몸으로 폭
풍우를 이겨내고 있다. 곰, 사자, 늑대도 숨어버린 이 밤에 모자도 안 쓰고 외치고
있다."

켄트 그런데 누가 폐하 곁에 있소?

신사 바보뿐이오. 왕의 심장을 치는 고통을
10   익살로 없애려 애쓰고 있지요.

켄트 내 그대를 잘 아오.

그러니 잘 안다는 것을 믿고 아주 중대한 일을

감히 부탁하려 하오. 앨버니와 콘월 사이에

불화가 있어요. 서로 교묘한 수단을 써서
15   표면적으로는 드러나 있지 않지만, 있지요.*

왕위에 오르거나, 행운의 별을 타고나 높은 지위에 오른

이들에게 그렇듯이, 두 공작의 하인 중에는 겉으론

충복인 체하지만 프랑스의 첩자이자 정탐꾼으로

우리 영국 쪽 정보를 몰래 빼 가는 자들이 있소.
20   눈에 보이는 것은 물론, 두 공작의 알력이나 음모,

그 인자하신 노왕께 가한 두 공작의 가혹한 통제, 그리고

이 모든 사실은 단지 겉으로 드러내는 이유에 불과한,

좀 더 심각한 비밀까지 프랑스에 알려주는 거요.

신사 당신과 좀 더 자세히 이야기를 해야겠군.

---

*사절판에는 켄트의 이 대사에서 이후 9행의 대사가 없고 대신 다음 내용의 14행
의 대사가 있다. 사절판에서 켄트는 "우리 측이 방심한 틈을 타서 몰래 우리 측 주
요 항구에 프랑스 군이 진격해 올 태세이니, 나를 믿고 지금 곧 도버로 가서 왕이
얼마나 학대받고 광란 속에 있는지를 보고해주면 노고에 보답할 사람이 있을 것이
다. 또한 나는 혈통으로나 가문으로나 신사이고, 당신의 신원을 파악했으므로 이
일을 부탁한다"는 말을 전한다. 이 부분에서 이절판과 사절판은 판이하게 다르다.
즉 이절판에서는 프랑스에 보고하는 첩자들만 있다면, 사절판에는 프랑스 군대가
이미 도착했다.

²⁵ **켄트** 아니, 그러지 마시오.

내가 보기보단 낫다는 걸 증명하기 위해

이 돈주머니를 드리니, 주머니를 열고   돈주머니를 건넨다

안에 든 걸 가지시오. 만약 코딜리아 공주님을 뵙거든,

못 뵈리라 걱정은 안 하지만, 이 반지를 보여주시오. 반지를 건넨다

³⁰ 당신이 아직 모르는 이 사람의 정체를

공주께서 알려줄 거요. 지독한 폭풍우로다!

나는 왕을 찾으러 가봐야겠소.

신사 우리 악수합시다. 더 하실 말씀은 없으시오?

켄트 몇 마디만 더. 지금껏 한 말보다 가장 중요한 말이오.

³⁵ 우리가 왕을 찾거든—당신은 저쪽으로, 나는 이쪽으로—

누구든지 먼저 왕을 마주친 사람이

소리 지르기로 합시다.   [각자 따로] 모두 퇴장

3막 2장

계속 몰아치는 폭풍우. 리어와 바보 등장

리어 바람아, 불어라, 내 뺨 터지도록! 사나워져라, 불어라,
   쏟아지는 폭포와 토네이도 폭우처럼 엄청난 물을 쏟아
   높은 첨탑 침수시키고, 꼭대기 팔랑개비마저 삼켜라!
   참나무 두 쪽 내는 벼락 내리치기 전
5   생각보다 더 빨리 달려오는 유황 번개야,
   내 흰 머리카락 다 태워버려라! 만물을 뒤흔드는 천둥아,
   두껍고 둥근 이 지구를 납작하게 쳐내라!
   생명 잉태라는 자연의 틀 부수고, 배은의 인간 만들어내는
   씨란 씨는 모두 다 당장 없애버려라!
10 **바보** 아, 아저씨, 비 안 맞는 집 안에서 아첨의 성수를 맞는 것
   이 문밖에서 이렇게 비 맞는 것보다 나아. 착한 아저씨, 들어

142

가서 따님들한테 축복해달라고 해. 이런 밤엔 똑똑한 사람이
나 바보나 똑같이 불쌍해져.

리어 실컷 으르렁거려라! 내뱉어라 불덩이야! 쏟아져라 비야!
15 비, 바람, 천둥, 번개야, 너희를 불효자식이라고
비난하진 않겠다. 너희 누구도 내 딸이 아니니까.
내가 너희에게 왕국을 주지도 너희를 자식이라
부르지도 않았으니, 너희가 내게 충성할 의무는 없지.
그러니 마음대로 무섭게 떨어져라. 너희의 노예가 되어,
20 가난하고 병약한 천더기 늙은이가 여기 서 있으니.
그래도 난 너희들을 비굴한 수하들이라고 부를 테다.
저 악독한 두 딸년들의 편이 되어
이처럼 늙은이의 백발에다 하늘의 군대를 보내고 있으니,
아, 아하, 이건 정말 너무한다!

25 **바보** 머리를 넣어둘 수 있는 집을 가진 사람은 훌륭한 머리통
을 가진 거지.

    머리 넣을 집도 없이   노래하며
    불알 넣을 집을 가지면,
    머리나 불알에 이가 득실거린다오.
30   그렇게 거지들은 여러 헤픈 계집에게 장가간다네.
    발가락을 자신의 심장으로
    소중하게 여기는 사람은
    아픈 티눈 때문에 슬피 울며
    뜬눈으로 긴 밤을 지새워야 한다오.

35   왜냐하면 예쁜 여자치고 거울 앞에 서면 입을 삐쭉빼쭉거리
　　　지 않는 여자는 없으니까.

　　켄트 등장　　　　　　　　　　　　　　　카이우스로 변장한 채로

　　리어　아니, 난 세상 모든 인내의 모범이 될 테다.
　　　아무 말도 하지 말아야겠어.

　　켄트　거기 누구요?

40　**바보**　어이쿠, 여기 왕과 불알주머니*, 그러니까 똑똑한 자와 바
　　　보가 있지.

　　켄트　아아, 폐하, 여기 계셨습니까? 밤을 좋아하는 짐승도
　　　이런 밤은 싫어하지요. 성난 하늘이
　　　어둠 속을 방랑하는 짐승들마저 겁주어

45　　동굴 안에 숨게 합니다. 어른이 된 이래로
　　　이런 날카로운 번갯불과 무섭게 터지는 천둥,
　　　이렇게 으르렁대는 비바람의 울부짖음은 들어본
　　　기억이 없습니다. 사람이란 이런 고통이나 공포를
　　　견디지 못하게 태어났습니다.

50　**리어**　위대한 신들이여,
　　　우리 머리 위에서 이 무시무시한 소동을 벌이시어
　　　이제 당신들의 적을 찾아내소서. 떨어라,
　　　아직도 심판의 채찍을 받지 않은 채
　　　가슴속에 비밀의 죄악을 품고 있는 악한아,

---

*바보가 차고 다니던 커다란 가리개로, 바보를 가리킨다.(옮긴이)

55　　숨어라, 손에 피 묻힌 놈아, 위증자야,

　　　근친상간 저지르고도 정조를 가장하는 놈아.

　　　산산조각 날 때까지 떨어라, 교묘하고 그럴듯한 가식으로

　　　사람 목숨 뺏으려는 악당아. 꼭꼭 숨겨진 죄악들아,

　　　너희들을 숨겨둔 가슴패기를 쪼개고 나와

60　　이 무서운 호출자들에게 자비를 소리쳐 구하라. 난

　　　지은 죄보다 죄짓는 자들에게 당한 게 더 많은 사람이다.

　　켄트　아아, 맨머리로 다니시다니?

　　　폐하, 이 근처에 오두막집이 하나 있습니다.

　　　인정 있는 자라면 비바람 피할 집을 내줄 겁니다.

65　　거기서 쉬고 계시면, 제가 그 인정머리 없는 집으로—

　　　그 집을 세운 돌보다 더 매몰찬 사람들이 사는 곳이고,

　　　조금 전 제가 폐하를 찾으러 갔을 때는

　　　저를 문전박대하던 곳이지만—돌아가서

　　　인색한 예의나마 지켜보라고 강요해보겠습니다.

70　**리어**　내 머리가 돌기 시작하는구나.

　　　이리 와봐라, 애야. 좀 어떠냐, 애야? 추우냐?

　　　나는 춥구나. —이봐, 그 초가집은 어디 있어?

　　　궁핍이란 신기한 기술을 가졌구나.

　　　천한 것도 귀하게 만드니. 가자, 그 오두막집으로.

75　　—불쌍한 바보 녀석아, 마음속 한구석에서

　　　난 아직도 너에게 미안하구나.

　　바보　지혜가 있긴 해도 부족한 사람은　　　　　　노래하며

에야디야, 비바람 맞는다네.

생긴 대로 편하게 산다네,

80   날마다 비가 내려 질퍽해도.

리어 맞는 말이다, 녀석아. —자, 그 오두막으로 인도하라.

[리어와 켄트] 모두 퇴장

바보 오늘 밤은 기생의 끓는 마음도 식힐 정도군.

내 가기 전에 예언 하나 말해야지.

사제들이 행동보다 말만 앞설 때

85   양조업자 물 섞어 누룩 망칠 때

귀족들이 양복쟁이 가르치려 들 때

성병 걸린 기생 서방만 이단자로 화형당할 때

소송 모두 정당하게 판결받을 때

빚진 향사 없어지고, 가난한 기사 없어질 때

90   중상모략 더는 혀에 오르내리지 않을 때

소매치기 군중 속에 나타나지 않을 때

들판에서 고리대금업자 돈을 세고 있을 때

포주와 창녀들이 교회 세울 때

그때 앨비언*의 모든 영토

95   큰 혼란에 빠지겠지.

그때까지 살게 되면 알겠지만

걷는 것은 발로 하는 것이야.

*브리튼이나 잉글랜드를 가리키는 옛 이름이다.(옮긴이)

146

이 예언은 멀린의 것. 나는 그보다는 전 시대 사람이니까.*

퇴장

*멀린은 아서 왕 전설에 나오는 마법사로, 리어가 살던 시대보다 몇 세기 앞선 시대의 인물이다.(옮긴이) 사절판에는 이 바보가 전해주는 예언이 없다.

3막 3장*

글로스터와 에드먼드 등장   햇불을 들고

글로스터 아아, 아아, 에드먼드, 나는 이런 무도(無道)한 처사가
싫구나. 그분을 가엾게 여겨 그들의 허락을 구했더니, 그들은
내 집의 사용권을 빼앗아버렸고, 뿐만 아니라 내가 왕을 위해
변명하든지 간청하든지, 어떤 식으로든 왕을 보살펴드리면,
5   영원히 자기들 눈 밖에 날 것이라 엄포를 놓았다.

에드먼드 너무도 사납고 무도하군요!

글로스터 아서라, 넌 아무 말 마라. 두 공작 사이에 불화가 있
고, 더 불행한 일도 일어나고 있다. 오늘 밤 편지 한 통을 받았
는데—발설하면 큰일이지—벽장 속에 넣고 잠가두었다. 왕께

---

*장소: 글로스터 백작의 저택.

¹⁰ 서 지금 받으시는 수모는 철저하게 되갚아질 것이야. 이미 군
대가 일부 상륙했다. 우리는 왕 편에 서야 해. 난 폐하를 찾아
서 은밀히 도와드리겠다. 넌 가서 공작하고 이야기를 나눠라.
그래야 나의 이 호의가 공작에게 발각되지 않을 것이다. 공작
이 날 찾으면 아파 자리에 누워 있다고 해라. 설사 이 일 때문
¹⁵ 에 죽는 한이 있어도―사실 그렇게 위협당하고 있지―옛 주
군이신 왕을 꼭 돕고 싶다. 에드먼드, 뭔가 이상한 일이 벌어
질 조짐이 있다. 부디 조심해라.   **퇴장**

에드먼드 아버지가 금지된 호의를 베풀려 한다는 걸
곧바로 알려야겠다. 편지에 대해서도 함께.
²⁰ 이건 큰 공적이 될 거야. 아버지가 잃은 것,
그의 전 재산을 모조리 내 손에 넣게 될 테지.
늙은이가 쓰러지면 젊은이가 일어서는 법.   **퇴장**

3막 4장*

리어, 켄트, 바보 등장   켄트, 카이우스로 변장한 채로

켄트 폐하, 여깁니다. 드십시오.

　밤중 벌판 폭풍우의 횡포가

　인간이 견디기에는 너무 가혹합니다.

계속 몰아치는 폭풍우

리어 날 내버려둬.

5 **켄트** 폐하, 이곳으로 드십시오.

리어 내 심장을 찢을 작정이냐?

켄트 차라리 제 심장을 찢겠습니다. 폐하, 드십시오.

리어 너는 폭풍우가 사납게 밀어닥쳐 비를 흠뻑 맞는 게

---

*장소: 글로스터 백작 저택에서 멀리 떨어지지 않은 황야 어딘가의 오두막집 앞.

150

엄청난 일이라고 생각하겠지. 너한테는 그럴 거야.

10 하지만 중한 병에 걸리면, 그보다 심하지 않은 병은

거의 느껴지지 않는 법. 너도 곰을 피해 달아나다가,

앞에서 으르렁거리는 바다를 만나면,

곰에게도 정면으로 대적할 거야.

마음이 편해야 몸이 민감해지지. 이 마음속 폭풍우는

15 거기서 날뛰어대는 자식의 배은망덕,

그 느낌만 빼고 다른 모든 감각들을 다 앗아가는구나.

배은망덕이란 음식을 드는 자기 손을 입으로

물어뜯는 격이 아니냐? 그렇지만 난 엄벌을 내릴 거야.

아냐, 난 더 이상 울지 않을 거야. 이런 밤에 나를

20 밖으로 내쫓다니! 억수같이 쏟아져라. 난 참아낼 거야.*

이런 밤에? 아, 리건, 고너릴, 아낌없이

몽땅 줘버린 인정 많은 이 늙은 아비에게 이럴 수가!

아, 그 생각이 날 미치게 한다. 생각을 하지 말자.

더 이상은 말자.

25 **켄트** 폐하, 이리 드십시오.

리어 제발 너나 들어가서 편히 쉬어라.

이 폭풍우는 내가 생각에 빠지도록 놔두지 않을 것이다,

나를 더 가슴 아프게 하는 생각들 말이다. 하지만 들어가마.

―들어가, 애야, 먼저 들어가.   바보에게

*사절판에는 이 리어의 대사 중 "아냐, 난"부터 여기까지의 2행이 빠졌다.

　　　　　　　　　　　　─이 집 없고 가난한 자들아,

30　　─아니, 먼저 들어가…… 나는 기도하고 자겠다.　　　**[바보] 퇴장**

　　　불쌍하고 헐벗은 가난뱅이들, 지금 너희가 어디 있건　　무릎 꿇고

　　　억수같이 쏟아지는 이 무자비한 폭풍우를 견디고 있구나.

　　　너희는 머리 둘 집도 없이, 먹지 못해 앙상한 몸으로

　　　창문처럼 구멍 숭숭 뚫린 누더기 걸친 채, 어떻게

35　　이런 날씨를 참아내는 것이냐? 아, 내가 이런 일에

　　　너무도 무관심했었다! 영화로운 자들아, 치료를 받아라.

　　　이 폭풍우 맞으면서 가난한 자들이 느끼는 걸 느껴봐라.

　　　넘고 넘치는 것을 털어내서 가난한 자들에게 나눠주고

　　　하늘이 더 공정하다는 것을 입증해 보여라.

　　　에드거와 바보 등장　　　　　　　　　　　오두막집 안에서

40　**에드거**　한 길 반이다, 한 길 반! 불쌍한 톰!*

　바보　아저씨, 여기로 들어오지 마. 여기 귀신 있어. 사람 살려,

　　　사람 살려!

　켄트　내 손을 잡아라. 거기 누구냐?

　바보　귀신, 귀신. 자기 이름이 톰이래.

45　**켄트**　거기 건초 더미에서 중얼거리고 있는 자 누구냐? 이리 나

　　　와라.　　　　　　　　　　　미친 거지로 변장한 에드거가 나온다

　에드거　저리 가! 못된 악마가 날 쫓아다닌다! 가시 있는 산사나

　　　무 사이로 바람이 불어. 휙! 네 침대로 돌아가서 몸이나 녹이

---

*사절판에는 이 에드거의 대사가 없다. 에드거는 마치 선원이 물이 새는 배에서 물
깊이를 재는 것처럼 오두막에서 물 깊이를 재는 시늉을 하고 있다.

시지그래.

50 **리어** 너도 네 딸들에게 다 줬니? 그래서 이렇게 된 거니?

에드거 불쌍한 톰에게 누가 뭘 줘? 그 나쁜 악마 놈이 불쌍한
톰을 불속으로, 화염 속으로, 시냇물 속으로, 소용돌이 웅덩
이 속으로, 늪 속으로, 수렁 속으로 끌고 다니고는, 베개 밑에
는 칼을 넣어두고, 걸상에는 목매 죽이는 밧줄을 걸어놓고,

55 먹을 죽 옆에는 쥐약을 갖다 놓고, 톰의 마음을 오만하게 만
들어 십 센티미터밖에 안 되는 다리 위를 밤색 말 타고 건너
게 했고, 자기 그림자를 역적이라고 뒤쫓게 했어. 다섯 가지
지혜를* 간직하길! 톰은 추워. 아, 덜덜, 덜덜, 덜덜.** 회오리
바람과 별자리 영향으로 병 걸려 아프지 않도록 조심하길! 더

60 러운 악마에게 괴롭힘당하는 불쌍한 톰에게 자선 좀 해주세
요. 지금 여기서 그놈을 잡을 수 있었는데—그리고 여기—또
여기, 여기.***

계속 몰아치는 폭풍우

리어 저놈도 딸들 때문에 저 지경이 되었나?

아무것도 안 남겼어? 딸들에게 다 주고 싶었다고?

65 **바보** 천만에, 담요 한 장은 남겼어. 안 그랬으면 우리 모두 창피

---

*다섯 가지 지혜란 다섯 가지 정신 능력으로 지력, 상상력, 환상 능력, 판단 능력,
기억력을 뜻한다. 일상적인 말로 '정신'으로 번역 가능하지만, 미친 척하는 거지의
특별한 언어이므로 직역하여 특이한 의미를 담도록 했다.(옮긴이)
**사절판에는 이 의성어가 없다.
***에드거는 이 장면에서 이나 악마를 잡으려는 듯 그의 몸 구석구석을 긁을 수 있
다. 혹은 공중에서 잡는 시늉을 할 수 있다.

할 뻔했어.

리어 이제, 인간의 죄악 위에 운명처럼 떠도는 온갖 역병은
네 딸들에게 내려앉아라!

켄트 저 사람에겐 딸이 없습니다.

70 **리어** 죽일 놈, 이 역적 놈! 불효한 딸들 때문이 아니라면
인간이 저렇게 비참한 처지로 떨어질 수는 없어.
버림받은 아비들 육신에 저토록 무자비한 것이
유행이란 말이냐? 당연한 처벌이다!
제 부모 피를 빨아먹은 펠리컨* 딸을

75 낳은 것은 이 몸뚱이니까.

에드거 수탉이 암탉 위에 올라탔어요.** 꼬끼오, 꼬꼬댁!

바보 이렇게 추운 밤에는 우리 모두 바보나 미치광이가 될 거야.

에드거 더러운 악마를 조심해. 부모에게 복종하고, 약속을 올바
로 지키고, 맹세하지 말고, 남의 아내 범하지 말고, 애인에게

80 화려한 옷을 입힐 생각 하지 마. 톰은 추워.

리어 너는 전에 무슨 일을 했느냐?

에드거 가슴과 머리 모두 거만한 하인이었지. 머리카락은 말아
올리고, 모자엔 마님 장갑 징표 삼아 달고, 마님 욕정 채워주
려 컴컴한 짓 했었지. 입만 떼면 맹세했다가 인자한 표정 짓

85 는 신 앞에서 깨버렸지. 잘 때는 욕정 채우려 궁리하고, 깨어

---

*어린 펠리컨 새는 어미의 피를 먹고 자란다.
**'수탉'은 남성 성기를, '암탉'은 여성 성기를 지칭하는 속어로, 이 가사는 구전되
어 내려오는 노래의 일부이다.

나선 실천했네. 술과 도박에 빠졌었고, 터키 왕 뺨칠 정도로
많은 여자 품었었지. 마음은 거짓되고, 귀는 얇고, 손은 잔인
하고, 게으르기론 돼지요, 교활하기론 여우, 욕심 많기론 늑
대, 미치광이 짓 하기론 개, 잡아먹기론 사자였다네. 구두 소
90 리 삐걱대고 비단옷 살랑거린다고 여자에게 속마음 주어선
안 돼. 갈보 집에는 발 들여놓지 말고, 치마 구멍에 손 집어넣
지 말고, 고리대금업자 장부에 이름 적지 말고, 사악한 악마
는 쫓아버려. 산사나무 사이로 찬바람이 쉴 새 없이 불어. 쌩,
쌩, 휭, 휭, 라, 라. 돌핀 이놈아,* 이랴, 달려라! 빨리 달려가
95 게 해줘!

계속 몰아치는 폭풍우

리어 이런 매서운 비바람을 알몸뚱이로 맞고 있다니, 넌 차라
리 무덤 속으로 들어가는 게 낫겠다. 인간이 저자 꼴밖에 안
된단 말이냐? 저자를 잘 봐라. 넌 누에에서 비단도, 짐승에서
가죽도, 양에서 양털도, 사향고양이에서 사향도 얻지 못했구
100 나! 하? 여기 우리 셋은 자연 그대로가 아닌데, 너는 있는 그
대로 자연 그 자체구나. 아무것도 걸치지 않은 인간은 너처럼
불쌍한 알몸뚱이 두발짐승에 지나지 않아. 벗자, 벗어, 이 빌
린 것들을! 어서 여기 단추를 풀어다오!   자신의 옷을 찢는다

글로스터, 횃불 들고 등장

바보 아저씨, 제발 그만해. 헤엄치기엔 사나운 밤이야. 저 허허

*에드거는 상상의 말에게 말하고 있다. 상상의 말 이름이 '돌핀'이다.

105   벌판에 작은 불꽃이 있어. 작은 불똥만 있고, 나머지 몸뚱이
       는 차디찬 게 꼭 음탕한 늙은이의 심장 같아. 봐, 불이 이쪽으
       로 걸어와.

에드거 저기 더러운 플리버티지벳 악마가 온다.* 밤이 되면 나
       타나 첫닭 울 때까지 돌아다니는 놈. 백내장 걸리게 하고, 사
110   팔뜨기 눈과 언청이 만들고, 다 익은 밀에 곰팡이 슬게 하고,
       땅에 사는 짐승을 해치는 놈이야.

       성자 위솔드 산간 지역 세 번 돌다가,   울조리며?

       아홉 마리 새끼 딸린 악몽 마녀 만났지.

       가슴에서 내려오라

115   명령하고 약속을 받아냈지.

       꺼져라! 마녀야, 썩 꺼져!

켄트 폐하, 좀 어떠십니까?

리어 저 사람은 누구냐?

켄트 거기 누구냐? 무슨 일이냐?

120 **글로스터** 그쪽은 누구요? 이름이 무엇이오?

에드거 불쌍한 톰이야. 헤엄치는 개구리, 두꺼비, 올챙이, 도마
       뱀, 물도마뱀 먹고 살아. 더러운 악마가 날뛰면 화가 나서 쇠
       똥을 샐러드로 먹고, 늙은 쥐나 도랑 속 죽은 개를 삼키고, 썩
       은 웅덩이에 뜬 푸른 이끼 찌꺼기를 마셔. 매 맞고 이 마을 저
125   마을 끌려다니고, 차꼬에 채이고, 벌 받고 감옥에 갇혀. 그래

---

*여기서 에드거가 말하는 악마의 이름들은 새뮤얼 하스넷의 《터무니없는 교황의
사기 행각 선언문》에서 셰익스피어가 가져온 것이다.

156

도 등에 걸칠 옷이 세 벌이나 되고, 몸에 걸칠 셔츠가 여섯 벌이나 돼.

　　탈 말도 있었고, 찰 칼도 있었지만

　　기나긴 일곱 해 동안 톰이 먹은 것이라곤

130　　생쥐와 들쥐들과 그런 작은 짐승들뿐이었네.

날 따라다니는 놈을 조심해. 가만, 스멀킨, 이 악마, 조용히 해!

글로스터　아니, 폐하, 어찌 이런 자하고 같이 계셨습니까?

에드거　어둠의 왕은 신사야! '모도'라 불리기도 하고 '마후'라고 불리기도 하지.

135 **글로스터**　폐하, 우리들의 혈육이 너무도 악독해졌어요.　　<small>리어에게</small>
저희를 낳아준 부모까지 미워하고 있으니 말입니다.

에드거　불쌍한 톰은 추워.

글로스터　저와 같이 가시지요. 따님들의 가혹한 명령을
따르는 것은 폐하의 신하 된 도리가 아닙니다.

140　제 집의 대문을 잠그고 폐하께서 이 포악한 비바람을
그대로 맞으시게 놔두라는 엄명을 받았지만,
감히 그 명령을 어기고 폐하를 찾아 따뜻한 불과
식사가 준비된 곳으로 모시려고 집을 나섰습니다.

리어　먼저 이 철학자와 이야기를 나눠야겠다.

145　—천둥의 원인은 무엇이오?　　<small>에드거에게</small>

켄트　폐하, 저분의 청을 받아들여 안으로 드세요.

리어　나는 이 테베의 학자와 한마디만 나누겠다.

　　—무엇을 연구하시는가?　　<small>에드거에게</small>

에드거 악마를 제압하고 벼룩을 죽이는 방법.

150 **리어** 내 긴히 당신에게만 묻겠소. 　　　　두 사람, 저쪽으로 가서 이야기한다

켄트 나리, 한 번 더 가자고 간청해보시지요. 　　　　글로스터에게

　　정신이 이상해지시는 것 같습니다.

글로스터 그게 폐하의 잘못인가?

계속 몰아치는 폭풍우

　　폐하의 딸들이 그분을 죽이려고 하는데. 아, 착한 켄트!

155　그자는 이렇게 될 거라 말했지, 가엾게도 추방당한 분!

　　왕이 미쳐간다고 말하지만, 이보게, 내 말 좀 들어보오.

　　나 자신도 미칠 지경이오. 내게 아들이 하나 있었는데,

　　지금은 의절했지만, 그놈이 내 목숨을 노렸소.

　　그것도 최근, 아주 최근에. 이보게, 난 그놈을 아꼈다오.

160　어떤 아비보다 더 끔찍하게. 솔직히 말해서

　　그 슬픔이 내 정신을 헤집고 있소. 무슨 밤이 이럴까!

　　─폐하, 간청드리오니……. 　　　　리어에게

리어 아, 용서하게, 경.

　　─고귀한 철학자 양반, 같이 지냅시다. 　　　　에드거에게

165 **에드거** 톰은 추워.

글로스터 이봐, 저기, 저 오두막으로 들어가서 몸을 녹여.

　　　　　　　　　　　　　　　　　　　　　　에드거에게

리어 자, 모두 들어가자.

켄트 이쪽입니다, 폐하.

리어 저 사람하고 같이 가겠다.

158

170   나의 철학자 선생하고 나는 항상 같이 있을 거다.

켄트 나리, 폐하께서 하자는 대로 하십시오.   글로스터에게

저자를 데려가게 해주세요.

글로스터 데리고 오시오.   켄트에게

켄트 어이, 이리 와. 우리와 함께 가자.   에드거에게

175 **리어** 자, 가지, 훌륭하신 아테네 양반.

글로스터 아무 말 말게, 아무 말도. 쉿.

에드거 소년 기사 롤랑이 캄캄한 탑에 다다랐네.*

그의 암호는 언제나 같아. "피, 포, 펌,

브리튼 사람 피 냄새가 나는구나."   **모두 퇴장**

---

*프랑스의 전설적인 영웅 롤랑에 관한 발라드의 한 구절로 추정된다. '소년'이란
칭호는 기사가 되려고 준비하는 젊은이를 말한다.

3막 5장*

콘월과 에드먼드 등장

콘월 내 이 집을 떠나기 전에 복수를 하고 말 테다.

에드먼드 공작님, 천륜을 어기고서 충성을 했다고 얼마나 세상의 비난을 받을까, 그 생각을 하니, 어쩐지 두렵습니다.

콘월 이제 알겠다. 그를 죽이려고 한 것이 자네 형의 흉악한 성
5 질 때문만은 아니었어. 자네 아비 자신에게도 비난받을 만한 결점이 있으니 그런 나쁜 마음을 품은 것이야.

에드먼드 저는 얼마나 불운한지요. 정당한 일을 하면서도 뉘우쳐야 하다니! 이것이 아버지께서 말씀하신 편지인데,

편지를 보여준다

---

*장소: 글로스터 백작의 저택.

편지 내용을 보면 제 부친께서 프랑스 군을 돕는 첩자라는
것을 확증할 수 있습니다. 아, 세상에! 이런 역모가 없었더
라면, 또 내가 그 밀고자가 아니었더라면 좋았을 것을!

콘월 같이 공작 부인에게로 가자.

에드먼드 만약 이 편지 내용이 사실이라면, 공작님은 중대한 일
을 앞두고 계신 겁니다.

콘월 사실이든 아니든, 이번 일로 자네는 글로스터 백작이 된
것일세. 즉각 체포할 수 있도록 자네 부친이 어디 있는지나 찾
아내게.

에드먼드 아버지가 왕을 돌보고 계신 걸 발견한다면,   방백
공작의 의심은 더욱더 커질 것이다. ─저는 끝까지 충성을 다
하겠습니다. 그 충성과 자식 된 도리 사이에서 갈등을 겪으며
고통스럽겠지만요.

콘월 자네를 믿고, 친아버지 이상으로 자네를 사랑하겠네.

모두 퇴장

3막 6장*

켄트와 글로스터 등장

글로스터 벌판보다는 여기가 나으니, 감사하게 생각하게. 내가 할 수 있는 한 힘을 다해서 이곳을 더 편안하게 만들어보겠네. 곧 돌아오리다. **퇴장**

켄트 끓어오르는 분노에 폐하의 모든 정신력이 무너져 내렸구
5   나. 경의 친절함에 신들이 보답하길!

리어, 에드거, 바보 등장   에드거, 불쌍한 톰으로 변장한 채로

에드거 프라테레토 악마가 날 불러 말하길, 네로 황제가 어둠의 호수에서 낚시질을 하고 있다던데. 기도해, 순진한 바보야. 못된 악마를 조심해.

---

*장소: 구체화되지 않음. 글로스터 백작 저택 밖의 건물일 것으로 추정.

바보 아저씨, 제발 가르쳐줘. 미친 사람은 신사야 향사야?

10 **리어** 왕, 왕이야!

바보 아냐, 신사 아들을 둔 향사야. 아들이 먼저 신사가 되는 걸
보았으니 미친 향사지 뭐야.*

리어 새빨갛게 달군 쇠꼬챙이를 든 수천의 악마들이
쉭쉭 소리 내며 그년들을 덮쳐……**

15 **에드거** 신의 가호로 당신의 정신이 온전하시기를!***

켄트 아, 가엾어라! 폐하, 그토록 자주 자랑하셨던
폐하의 인내심은 어디다 두셨습니까?

에드거 눈물이 지나치게 솟구치니   방백
내 변장술이 망가질 정도구나.

20 **리어** 강아지들까지도 모두, 봐라,
트레이, 블랜치, 스위트하트,**** 모두 날 보고 짖는다.

에드거 톰이 머리통을 던져서 혼내줄 거야. 저리 가, 개새끼들!
너희 주둥이가 희건 검건

---

*사절판에는 이 바보의 대사가 없다.
**사절판에는 이 부분 바로 다음에 에드거, 바보, 리어, 켄트의 대사가 37행 정도
추가되어 있다. 에드거는 악마가 계속 자신을 괴롭히고 있다는 대사를 읊고, 노래
도 하며, 리어는 재판을 하자고 제안한다. 즉 그는 모의재판 장면을 연출한다. 에
드거를 재판장으로, 바보와 켄트를 동료 재판관으로 임명하고, 딸들을 심판하고자
한다. 바보는 늑대를 온순하게 생각하고 말을 병 없는 짐승이라 부르고, 소년의 사
랑이나 갈보의 맹세를 진실로 믿는 사람이야말로 미친 사람이라 말하며 리어의 모
의재판에 참여한다. 켄트는 리어에게 안식을 취하라고 말한다.
***원문은 앞에 나온 "다섯 가지 지혜가 온전하기를"과 같으나, 여기서는 에드거가
진심으로 하는 말이므로 직역하지 않고 의역하였다.(옮긴이)
****모두 암캐의 이름으로 리어의 딸들을 암시한다.

깨물면 이빨에 독이 있을지라도

25 　마스티프건, 그레이하운드건, 무서운 잡종이건,

　사냥개건 귀여운 스패니얼이건, 암캐건 수캐건

　꼬리가 짧은 개건, 긴 개건,

　톰이 너희를 모두 슬피 울게 만들 거야.

　이렇게 내 머리통을 던져 혼내주면

30 　개들은 죄다 쪽문 너머로 달아날 테니까.

덜덜, 덜덜. 자 가자! 동네 잔칫집이랑 장터랑 읍네 시장으로!

불쌍한 톰, 네 술그릇 뿔 나팔이 비었구나.

리어　그럼 리건을 해부해서, 그년 심장 근처에서 무엇이 자라

고 있는지 보자. 자연은 이런 돌같이 단단한 심장을 만들어내

35 는 이유라도 있는 것일까? —이보게, 내 자네를 　　　에드거에게

내 백 명의 기사 중 하나로 받아들이겠네. 다만 네 옷차림은 싫

구나. 넌 그게 페르시아식이라고 말하겠지만, 갈아입도록 해.

글로스터 등장 　　　　　　　　　　　　　　　　　　멀리서

켄트　폐하, 여기 누워서 잠깐 쉬시지요.

리어　떠들지 마라, 떠들지 마. 커튼을 쳐.* 그래, 그래, 그래.

40 　아침에 저녁 식사를 하러 갈 거야. 그래, 그래, 그래. 　　잠든다

바보　그러면 나는 점심때 자러 갈 거야.**

글로스터　이보게, 이리 나와 보오. 나의 주군이신 왕은 어디 계

---

*리어는 자신이 커튼이 드리워진 침대에 있다고 상상한다.
**사절판에는 이 바보의 대사가 없다.

164

시는가?   켄트에게

켄트 여기 계십니다. 폐하를 건드리지 마십시오. 온전한 정신

45   이 아니시니.

글로스터 이보게 친구, 왕을 당신 팔에 안아 일으켜주시오.

    왕을 암살하려는 음모를 엿들었소.

    침대 달린 마차를 준비해놓았으니, 왕을 침대에 뉘여

    도버까지 달려가시오. 거기로 가면

50   환영과 보호를 받을 것이오. 어서 폐하를 안아 올리시오.

    반시간만 지체하는 날이면, 폐하의 목숨은 물론

    자네의 목숨과 폐하를 지키려는 모든 이들의 목숨까지

    꼼짝없이 잃게 될 것이오. 안아 일으켜요, 어서.

두 사람은 리어를 옮긴다

    날 따라오시오. 떠날 준비를 할 곳으로 곧 안내할 테니.

55   어서, 어서 떠나시오.*

모두 퇴장

*사절판에서는 3막 6장이 여기서 끝나지 않고 켄트와 에드거의 대사가 추가되어
있다. 켄트는 리어가 쉬어야 회복되고, 쉬지 못하면 회복될 가망이 없다며 바보에
게 리어를 일으키고 뒤에 처지지 말라 이른다. 에드거는 높으신 분들이 자신과 마
찬가지로 고통을 당하니 자신의 불행을 원망할 수 없다는 내용으로 14행의 독백을
한다. 이 독백에서 그는 혼자만 고통을 당하는 것이 제일 고통스럽고, 슬픔에도 동
료가 있으면 그 고통을 견디기 쉽다고 말한다. 즉 자신이 아버지 때문에 고통당하
듯이, 왕이 딸들 때문에 고통당하는 것에서 위로를 받고, 때가 되면 자신의 변장을
벗어던지고 원래의 신분으로 나서겠다는 말을 전한다.

콘월, 리건, 고너릴, 서자 [에드먼드]와 시종들 등장

콘월　부군 공작께 서둘러 달려가서　　　　　　　고너릴에게
　　이 편지를 드리세요. 프랑스 군이　　　　　　　편지를 건넨다
　　상륙했답니다. —반역자 글로스터를 찾아와라.　**[시종 몇 사람 퇴장]**
리건　당장 교수형에 처하세요.
5　**고너릴**　눈알을 뽑아버려요.
　콘월　그자의 처벌은 내게 맡겨주시오. 에드먼드, 자네는 나의
　　처형을 모시고 가게. 반역자인 자네 아비한테 우리가 하려는
　　보복을 자네가 보게 하는 건 적절하지 않지. 앨버니 공작에게
　　가거든 서둘러 전쟁 준비를 하시라 말씀드리고. 우리 역시 그

---

*장소: 글로스터 백작의 저택.

10   렇게 할 테니까. 전령이 우리 사이를 빠르게 왕래하면서 서로

정보를 주고받도록 하세. 처형, 잘 가시오. 나의 믿음직한 글

로스터 백작,* 잘 가시오.

오즈월드 등장

어떻게 되었느냐? 왕은 어디에 있느냐?

오즈월드 글로스터 백작이 데리고 저쪽으로 가버렸습니다.

15   왕의 기사 서른 대여섯 명이 화급히 왕을 쫓다가

백작을 성문 앞에서 만났는데,

그자들에 따르면, 백작이 다른 하인들 몇 명과 함께

왕을 데리고 도버로 떠났다 합니다. 거기엔 무장한

자기네 편 군대가 기다리고 있다고 큰소리쳤다 합니다.

20 **콘월** 네 주인마님이 타고 갈 말을 준비해라.

고너릴 공작님, 그리고 동생, 안녕히. [고너릴, 에드먼드, 오즈월드] 모두 퇴장

콘월 에드먼드, 잘 가게.

—가서 반역자 글로스터를 찾아,

도둑놈처럼 두 손을 결박해 내 앞으로 끌고 와라.

[다른 시종들 모두 퇴장]

25   재판의 정당한 절차 없이

그자에게 사형선고를 내릴 수는 없지만

그래도 홧김에 권력을 휘두를 힘은 있단 말이야.

*에드먼드를 일컫는다. 콘월은 현 글로스터 백작을 폐위하고 에드먼드를 글로스터
백작으로 책봉할 생각을 가지고 있다. (옮긴이)

사람들이 비난은 할지언정 막을 순 없지.

글로스터와 시종들 등장

게 누구냐? 반역자냐?

리건 배은망덕한 여우 같으니라고! 그자야.

30 **콘월** 저 말라빠진 두 팔을 꽉 묶어라.

글로스터 제게 무슨 짓을 하려는 겁니까?

저의 선한 친구, 두 분께선 저희 집 손님이십니다.

친구인 제게 나쁜 짓을 해서는 안 됩니다.

콘월 내 명이다, 묶어라.   시종들이 그를 묶는다

35 **리건** 세게 묶어라, 세게. 아, 더러운 반역자!

글로스터 잔인하십니다, 부인, 전 반역자가 아닙니다.

콘월 이 의자에 묶어라. ─악당 놈, 본때를 보여주지.

리건이 그의 수염을 잡아 뽑는다

글로스터 인자하신 신들이여, 이런 비열한 짓이 있나,

내 수염을 잡아 뽑다니.

40 **리건** 이렇게 수염이 허연데, 그런 반역질을 해?

글로스터 참으로 악독한 부인,

부인이 내 턱에서 함부로 뽑아낸 수염은

다시 빠르게 자라나 부인을 비난할 것이오.

이 집 주인인 나를, 나의 호의를, 강도 같은 손으로

45   망쳐선 안 되는 것입니다. 어쩌려 이러시오?

콘월 이봐, 최근 프랑스에서 무슨 편지를 받았느냐?

리건 솔직하게 대답해, 우리가 다 알고 있으니까.

콘월 그리고 최근 우리나라에 상륙한 반역자들과 네놈이

　　무슨 일을 같이 도모했느냐?

50 **리건** 미친 왕을 누구 손에 넘겨줬느냐? 말해라.

글로스터 추측성 내용의 편지를 한 통 받았습니다만,

　　그건 중립적 입장의 사람에게서 온 것이지

　　결코 적에게서 온 것이 아닙니다.

콘월 교활하다.

55 **리건** 게다가 거짓말까지.

콘월 왕을 어디로 보냈어?

글로스터 도버로요.

리건 왜 도버야? 거역하면 처벌받는다는 엄명을…….

콘월 왜 도버야? 그것부터 대답하게 하시오.

60 **글로스터** 나는 말뚝에 매인 몸, 공격을 참아내야겠지.

리건 왜 도버냐니까?

글로스터 부인의 잔인한 손톱이 불쌍한 노왕의 눈을

　　뽑아내고, 부인의 악독한 언니가 산돼지 같은 어금니로

　　신성한 왕의 옥체를 물어뜯는 것을 차마 볼 수 없어서요.

65 왕께서 맨머리로 견디었던 지옥같이 캄캄한 밤,

　　바다라 하더라도 그런 폭풍우를 만났다면,

　　하늘로 솟구쳐 올라 별빛마저 꺼버렸을 것이지만,

　　가엾은 노인은 눈물로 하늘에서 내리는 비를 도우셨소.

　　그런 혹독한 밤에는 늑대가 문전에서 울부짖더라도

70 "문지기, 문을 열어줘"라고 말했어야지요. 몰인정한

사람들조차도 친절하게 대했을 텐데. 하지만 나는 날개 달린

복수의 신이 그런 자식들을 공격하는 걸 보고야 말 겁니다.

콘월 그런 일은 절대 못 볼걸. 여봐라, 저 의자를 붙들어라.

　— 내 네놈의 두 눈을 발로 짓밟아주고 말겠다.

75 **글로스터** 늙어서까지 살기 바라는 사람은

나 좀 도와주시오! 아, 잔인하다! 아, 신들이여!

콘월이 그의 한쪽 눈을 파낸다

리건 한쪽이 다른 쪽을 비웃을 테니 저쪽도 마저 뽑아버려요.

콘월 네놈이 복수의 신을 만나겠다 하지만······.

시종 그만하십쇼, 공작님.

80 제가 어린 시절부터 공작님을 모셔왔지만

지금 그만하시라고 말씀드리는 것보다

더 큰 충성은 없다고 생각합니다.

리건 무엇이 어째, 이 개 같은 놈이?

시종 부인 턱에도 수염이 났다면, 제가 잡아 흔들어 리건에게

85 싸움을 걸어보겠습니다. — 대체 무슨 짓이십니까?

콘월 내 종놈이? 칼을 뽑아 싸운다

시종 자, 그럼 해봅시다, 화나는 대로 해볼 테니 당해보시죠.

리건 그 칼을 이리 내. 아랫것이 감히 대들어? 다른 시종에게

시종을 죽인다

시종 아, 살해당했다! 나리, 한쪽 눈이 남으셨으니

90 제가 공작에게 입힌 상처를 보십시오. 아! 죽는다

콘월 더 이상 못 보게 막아야겠다. 나와라, 더러운 눈깔!

170

이제 네 밝은 빛은 어디 있느냐?

글로스터 온통 암흑이요, 위로자 없구나. 내 아들 에드먼드는 어

디 있느냐?

에드먼드, 효성의 불길을 모조리 일으켜

95　이 끔찍한 짓의 복수를 해다오.

리건 닥쳐, 이 악독한 반역자야!

넌 널 미워하는 사람을 부르고 있는 거야. 네 반역을

고발한 자가 바로 네 아들이다. 하지만

그자는 좋은 사람인지라 너를 동정하지 않아.

100　**글로스터** 아, 내 어리석음이여! 그럼 에드거가 당했구나.

자애로운 신들이여, 저를 용서하시고, 그 아이를 보살피소서!

리건 이놈을 대문 밖으로 밀어내라. 냄새 맡으며

도버까지 가라고 그래.　　　　　　　　　**[시종 하나]** 글로스터와 함께 퇴장

여보, 왜 그러세요? 왜 안색이 그러세요?

105　**콘월** 상처를 입었소. 따라오시오, 부인.

―저 눈먼 악당을 쫓아내라. 이 종놈은

똥 무더기 위에 던져버려라. ―리건, 내가 피가 많이 나오.

전쟁이 임박한 시기에 부상을 입다니. 부축해주시오.*　　**모두 퇴장**

---

*사절판은 여기서 3막 7장이 끝나지 않고 이후 여러 시종들 사이의 대화를 추가한
다. 시종들은 콘월과 리건의 사악함을 비난하고, 글로스터 백작을 베들램의 거지
에게 부탁하자고 말하며, 글로스터의 눈을 삼베와 달걀 흰자위로 치료해주겠다고
말한다.

에드거 등장   불쌍한 톰으로 변장한 채로

에드거 하지만 이렇게 되어서 멸시당함을 알고 있는 것이
　　　멸시를 당하면서도 아첨받아 알지 못하는 것보다 나아.
　　　운명에게 버림받아 맨 밑바닥까지 떨어진 이때야말로
　　　더 이상 두려울 게 없고 오히려 희망을 가질 수 있어.
5　　가장 슬픈 몰락은 가장 좋은 처지의 사람에게 닥치는 법.
　　　최악에 떨어진 자는 다시 웃을 수 있어. 그러면, 불어라,
　　　실체 없어 만져지지 않지만 내 가슴에 안기는 바람아!
　　　불어오는 바람아, 네가 최악으로 밀어낸 이 비참한 놈은
　　　너 때문에 더 이상 잃을 것이 없다.

*장소: 글로스터 백작의 저택에서 멀지 않은 황야 어딘가.

글로스터와 노인 등장

10 그런데 누가 오는 거지? 불쌍하게 끌려오는, 내 아버지?

세상아, 세상아, 아, 세상아!

우리가 널 미워하는 것은 너의 뜻하지 않은 돌변 때문,

네가 그렇지 않았다면 우린 늙음을 받아들이지 못했을 거야.

노인 아이고, 백작님, 전 팔십 평생 백작님과 백작님 아버님의

15 소작인이었어요.

글로스터 가, 가시게! 이 착한 사람아, 어서 가.

자네의 도움도 아무 소용 없어.

오히려 자네에게 해가 될 게야.

노인 길을 못 보시잖아요.

20 **글로스터** 갈 곳이 없으니 눈도 필요 없다.

볼 수 있을 땐 넘어졌었지. 많은 것을 가지면 자만해지고,

가진 게 없으면 이득이 생기는 것을

자주 보아왔었지. 아, 사랑하는 내 아들 에드거,

속아 넘어간 아비의 분노에 희생되었구나!

25 살아생전 너를 한번 만져볼 수만 있다면,

난 눈을 되찾았다 말할 수 있을 터인데.

노인 어이, 거기 누구요?

에드거 아, 맙소사! '제일 비참하다' 말하는 자 누구냐?   방백

지금의 나는 조금 전의 나보다 더 비참하구나.

30 **노인** 미친 거지 톰이로군.

에드거 앞으로 더 비참해질 수 있겠지. '지금이 제일   방백

비참하다' 말할 수 있는 한, 아직 제일 비참한 건 아니야.

노인 이놈아, 어디를 가?

글로스터 거지인가?

35 **노인** 거지에다 미친놈입죠.

글로스터 그래도 정신은 좀 남았군. 아니면 구걸도 못 해.

　지난밤 폭풍우 속에서 그런 놈을 보고는

　인간이 벌레 같다고 생각했지. 그때 내 아들이

　떠올랐는데, 아직 그놈과 마음속에서

40 　화해하지는 못했네. 그 후에 많은 이야기를 들었지.

　장난꾸러기 소년들이 파리를 다루듯 신들은 우리를 다루지.

　신들은 장난삼아 우리 인간들을 죽여.

에드거 대체 이게 어떻게 된 거지?　　　　　　　　　方백

　슬퍼하는 사람 앞에서 광대 노릇은 가슴 아픈 일이야.

45 　자신과 남을 화나게 하니까. ─축복이 있기를, 주인님!

글로스터 저놈이 그 벌거벗은 놈이냐?

노인 예, 나리.

글로스터 자네는 돌아가게. 그래도 정 나를 위해

　도버 쪽으로 한두 마일 더 따라오겠다면,

50 　그렇게 해주게, 옛정을 생각해서. 그리고

　이 벌거벗은 자에게 옷을 좀 가져다주게나.

　이자에게 나를 데려다달라고 부탁할 참이니.

노인 아이고, 나리, 저자는 미친놈입니다.

글로스터 미친 사람이 눈먼 사람 끌고 가는 괴로운 시절이라네.

55　내가 시킨 대로 하게. 싫으면 그냥 자네 마음대로 하고.

　　무엇보다 어서 떠나게.

　　노인　제가 가진 옷 중 제일 좋은 걸 가져다주겠습니다,

　　그로 인해 무슨 화를 입더라도.　　　　　　　　　　**퇴장**

　　글로스터　이봐, 벌거숭이……

60　**에드거**　불쌍한 톰은 추워. —더 이상은 가장할 수가 없구나. **방백**

　　글로스터　이놈아, 이리로 와.

　　에드거　그래도 그렇게 해야 해.　　　　　　　　　　　　**방백**

　　—자상한 당신 두 눈에 축복을, 피가 나잖아.

　　글로스터　도버까지 가는 길은 아느냐?

65　**에드거**　층층대나 문이나, 말이 다니는 길이나 발이 다니는 길이

　　나, 다 알지. 불쌍한 톰은 놀라서 좋은 넋이 나가버렸어. 양반

　　집 도련님, 그대에게 축복이 있기를, 사악한 악마로부터!*

　　글로스터　여기, 돈주머니 받아라.　　　　　　　　**돈주머니를 건넨다**

　　　　　　　　　　　　　　넌 하늘의 저주를 받고

　　세상풍파 다 겪었구나. 내가 불행해지니 네 처지가

70　나보다 낫구나. 하늘이시여, 늘 그렇게 처분해주소서.

　　남아돌 만큼 갖고 쾌락에 빠져 당신 법 따르지 않고,

　　자기가 느끼지 않기에 보지 못하는 자로 하여금

　　당신의 위력을 당장 느끼게 해주소서.

---

*사절판에서 에드거는 여기서 멈추지 않고 5행의 대사를 추가로 말한다. 그는 이 대사에서 자신에게 다섯 악마들이 달라붙어 있다며, 다섯 악마의 이름과 특성을 나열한다.

이렇게 서로 나눠 가지면, 지나치게 많은 것이 없어져서

75   각자가 넉넉하게 갖게 될 것. 도버를 아느냐?

에드거 물론, 주인나리.

글로스터 거기 절벽이 하나 있다, 높이 솟은 굽은 머리를

    깊은 바다로 향하고 무섭게 내려다보는 곳이지.

    그 끝자락으로 날 데려다주기만 하면,

80   내 몸에 지닌 귀중한 물건으로 네가 견디는

    그 궁핍한 처지에서 널 구제해주겠다.

    거기서부터는 안내가 필요 없을 것이다.

에드거 팔을 이리 줘요.

    불쌍한 톰이 안내할 테니까.   **모두 퇴장**

고너릴, 서자 [에드먼드], 집사 [오즈월드] 등장

고너릴 들어와요, 백작. 근데 웬일이지, 순한 우리 남편이

　　마중도 안 나오고. ─그래 네 주인나리는 어디 계시냐?

오즈월드 안에 계십니다, 마님. 그런데 그렇게 돌변하신 분도

없을 거예요.

　　프랑스 군의 상륙에 대해 말씀드렸더니

5　미소를 지으셨고, 마님께서 오신다고 했더니

　　'더 나쁜 일'이라 답하시고, 글로스터의 모반과

　　그 아드님의 충성을 말씀드렸더니,

　　저를 '멍청이'라 부르면서, 제가 옷을 뒤집어 입듯

*장소: 고너릴과 앨버니 공작의 저택 앞.

사실을 뒤집어 알고 있다고 말씀하셨어요.

10 몹시 싫어해야 할 것을 기분 좋게 받아들이시는 듯했고,

가장 좋아해야 할 것에는 화를 내셨어요.

고너릴 그러면 경은 더 가지 않는 게 좋겠어요. 에드먼드에게

그 양반은 겁쟁이처럼 두려움에 떨어

대담하게 해내는 일이 없어요. 응당 갚아야 할 모욕도

15 잘못됐다 느끼지 않지요. 오는 중에 얘기한 우리 소망이

이뤄질 수 있겠군요. 에드먼드, 저의 제부에게 돌아가서,

그의 군대를 소집하고 병력을 지휘해요.

나는 집으로 돌아가 남편 손에 실타래를 쥐어주고

남편과 역할을 바꿔야겠어요. 이 심복 하인이

20 우리 사이의 연락을 맡을 거예요. 만약 당신이

자신을 위해 모험을 감행한다면, 머지않아 당신은

연인의 지시를 듣게 될 거예요. 이걸 지니고, 말은 아껴요.

사랑의 징표를 건넨다

고개를 숙여봐요. 이 키스가 말을 할 수 있다면, 그에게 키스한다

당신 정기를 하늘까지 치솟게 할 거예요.

25 잘 알아듣고, 잘 가요.

에드먼드 죽음의 대열이라도 난 당신 것입니다.* **퇴장**

고너릴 나의 사랑하는 글로스터!

---

*이 부분 고너릴과 에드먼드의 대화에는 성적인 의미가 함축되어 있다. '정기'는
남성의 성기를, '알아듣다'는 임신을, '죽음'은 오르가슴을 의미한다.

어쩜, 같은 남자인데도 이렇게 다를 수가!*

여자가 몸 바칠 남자는 당신인데,

30 우리 집 바보가 내 몸을 점령했네.

오즈월드 마님, 공작님께서 오십니다.   **퇴장**

앨버니 등장

고너릴 제가 마중 나와줄 가치도 없는 여자인가요?

앨버니 오, 고너릴, 당신은

거친 바람이 불어와 얼굴에 붙여놓은 먼지,

35 그 먼지만큼의 가치도 없는 사람이오.**

고너릴 간이 우유만큼 희멀건 소심한 위인 같으니,

때리라고 뺨 내밀고, 해치라고 머리 내주고,

이마 위에 눈 있어도

명예와 치욕 구분 못 하는 위인.***

40 **앨버니** 당신 모습을 봐, 이 악마 같은 여자야!

악마에겐 그리 혐오스럽지 않은 흉측함이

여자에게선 더 끔찍하게 보이는 법이지.

---

*사절판에는 이 두 번째 행 대사가 없다.
**사절판에는 바로 다음에 18행의 대사가 추가되어 있다. 앨버니는 부모를 업신여기는 고너릴의 태도를 비난하며, 자신을 길러준 나무에서 그 가지인 제 몸을 찢어내는 자는 땔감밖에 되지 못한다고 말한다. 고너릴이 이 설교가 바보 같다고 응수하자, 앨버니는 인자한 아버지를 미치게 한 것은 호랑이인 고너릴이라고 맹비난한다. 방관자인 콘월 공작도 배은망덕한 자라고 말하고, 이런 흉악한 자들을 하늘이 응징하지 않는다면, 인간은 괴물들처럼 서로를 잡아먹을 것이라며 하늘의 정의가 세상에서 힘을 발휘할 것을 희망한다.
***사절판에서 고너릴은 7행에 걸쳐 앨버니를 계속 비난한다. 악인의 처벌에 동정하는 바보, 나라가 프랑스의 위협을 받는데도 설교나 하는 바보라고 조롱한다.

고너릴 아, 어리석은 바보 양반!*

전령** 등장

전령 아, 공작님, 콘월 공작께서 돌아가셨습니다.

45 글로스터의 남은 눈을 마저 뽑으시려다

자기 시종한테 살해당했습니다.

앨버니 글로스터의 눈을?

전령 공작님의 시종이 그만 양심의 가책을 못 이겨

그 만행을 막으려다가 칼끝을

50 자기 주인에게 겨눴고, 이에 노한 공작님이

그자에게 달려들어 엉키는 와중에 그를 죽였습니다.

하지만 공작님도 해를 입지 않은 것은 아닌지라

글로스터의 눈을 뽑은 뒤 시종의 뒤를 따르셨습니다.

앨버니 이야말로 저 위에, 그대 심판관들이 살아 있다는

55 증거로구나, 우리 속세의 죄악을 이렇게 신속하게

처벌하다니. 그런데 아, 불쌍한 글로스터!

그래 나머지 한쪽 눈도 잃었단 말이냐?

전령 두 눈, 두 눈 모두입니다, 공작님.

—마님, 이 편지는 신속하게 답하셔야 합니다.   편지를 건넨다

60 동생분이 보내신 편지입니다.

고너릴 어떻게 보면 이건 잘된 일이야.   방백

---

*사절판에는 고너릴의 이 대사에 응수하는 앨버니의 말이 이어진다. 그는 고너릴을
여자로 둔갑한 악마라 부르며, 팔을 휘두르면 살과 뼈를 박살내겠다고 엄포를 놓는다.
**사절판에서는 전령이 아니라 신사가 등장하여 이야기를 전한다.

하지만 과부가 된 그 애가 나의 글로스터와 함께 있어.

그럼 내 상상의 사랑탑이 무너지고

끔찍한 삶만 남을지 몰라. 그래도 달리 보면,

65　그리 나쁜 소식만은 아니야. ―우선 읽고 답장을 해주마. [퇴장]

앨버니 글로스터의 눈이 뽑혔을 때 그 아들은 어디에 있었느냐?

전령 제 주인마님과 이쪽으로 오셨습니다.

앨버니 그자는 여기 없다.

70　**전령** 예, 공작님, 되돌아가는 그자를 길에서 만났습니다.

앨버니 그도 이 악행을 아느냐?

전령 예, 공작님, 고발한 자가 바로 그자였습니다,

그러고는 공작 부부의 처벌을 자유롭게 하기 위해

일부러 집을 비우기까지 했습니다.

75　**앨버니** 글로스터, 내 꼭 살아남아

왕에게 바친 그대의 충성에 감사하고,

그대 눈의 원수를 갚겠소. ―여봐라, 이쪽으로 와서

알고 있는 것을 더 이야기하라.*

　　　　　　　　　　　　　　　　　　　　　　　모두 퇴장

---

*사절판은 이 뒤에 이절판과는 다른 4막 3장을 넣어, 켄트와 신사가 나누는 55행
의 긴 대화를 추가한다. 여기서 켄트는 프랑스 왕이 갑자기 귀국한 이유와 영국 진
영에 남겨진 총사령관의 이름을 기사에게 묻고 그 답을 듣는다. 또한 자신이 코딜
리아에게 보낸 편지를 읽고 난 후 그녀가 어떻게 반응했는지를 기사에게 묻고, 코
딜리아가 슬퍼하면서도 미소를 띠는 아름다운 모습을 보였다는 답변과 그녀가 아
버님과 언니들의 이름을 외치며 슬픔을 진정시키려 애썼다는 이야기를 듣는다. 이
어서 켄트는 언니들과 다른 코딜리아의 심성에 대해 언급한 후 기사에게, 리어 왕
이 양심의 가책 때문에 코딜리아를 만나고 싶어 하지 않는다고 전하고, 리어를 보
살펴달라고 부탁한다. 자신은 계속 신분을 감추겠다고 말한다. 여기서 켄트는 기
사가 코딜리아를 만난 것이 프랑스 왕이 귀국한 후라는 점도 강조한다.

4막 3장*

고수와 기수를 선두로, 코딜리아, 신사, 병사들 등장**

코딜리아 아아, 바로 그분 맞아요. 조금 전 본 자가 있는데
성난 바다처럼 미쳐서 큰 소리로 노래하시더래요.
무성하게 자란 덩굴과 고랑의 잡초, 우엉, 독미나리,
쐐기풀, 황새냉이, 복보리, 우릴 먹여 살리는
5   곡식들 틈 온갖 잡초들을 엮어 만든
화관을 쓰셨다고 해요. 병사들을 보내세요.
무성한 들판을 샅샅이 뒤져서라도
아버님을 제게 모셔오세요.   [병사 퇴장]

*장소: 도버 근처 프랑스 군 진영.
**사절판에서는 코딜리아, 의사, 다른 여러 사람들이 등장한다.

아버님의 잃어버린 정신을

인간의 지식으로 되돌릴 수 있을까요?

10 아버님을 도와주시는 분께 제 모든 재산을 드리겠어요.

신사 방법이 있습니다, 왕비님.

자연은 휴식을 통해 우리를 돌봐주는데,

그 휴식이 폐하께는 부족합니다. 휴식을 줄 수 있는

여러 가지 약초들의 효험을 빌리면

15 폐하의 근심에 찬 눈을 감기게 할 수 있습니다.

코딜리아 축복받은 신비의 약초들이여,

아직 알려지지 않은 대지의 모든 약초들이여,

나의 눈물과 함께 솟아라! 그 선하신 분의

괴로움 달래주고, 치료해다오! 찾아야 해,

20 아버님을 찾아야 해. 걷잡을 수 없는 광기에 휘말려

삶의 분별력을 잃고 목숨을 잃도록 놔둘 순 없어.

전령 등장

전령 소식이 왔습니다, 왕비님,

영국 군이 이쪽을 향해 행군하고 있답니다.

코딜리아 이미 알고 있어요. 그들이 올 줄 알고

25 미리 대비를 해놓았습니다. 아, 사랑하는 아버님,

이번에 제가 출전하는 것은 아버님을 위해섭니다.

그 때문에 위대한 프랑스 왕은

저의 슬픔과 간청하는 눈물을 가엾게 여겼답니다.

우리 군사를 움직인 것은 허황된 야심 때문이 아니라,

30   사랑, 소중한 사랑과 연로한 아버님의 권리를 위함이에요.

어서 아버님을 뵙고 그 목소리를 듣고 싶어요!   **모두 퇴장**

4막 4장*

리건과 집사 [오즈월드] 등장

리건 그런데 형부 앨버니의 군대가 출전했느냐?

오즈월드 예, 마님.

리건 형부가 직접?

오즈월드 예, 마님, 큰 소동 후에요.

5 언니분이 더 훌륭한 군인이시던데요.

리건 에드먼드 경이 집에서 형부와 이야기를 나누지 않았느냐?

오즈월드 아니요, 마님.

리건 언니가 에드먼드 경에게 보낸 편지 내용이 무엇이지?

오즈월드 잘 모르겠습니다, 마님.

*장소: 글로스터 백작의 저택.

10 **리건** 실은 그분은 중대한 일로 여길 급히 떠났어.

글로스터의 눈을 뽑고 그대로 살려둔 것은

큰 실수였어. 그자가 가는 데마다 민심을

우리한테서 돌려놓고 있으니까. 내 생각에,

에드먼드는 아마 자기 아비의 불행을 동정하여,

15 그 캄캄한 인생을 끝내주려고 간 거야.

적의 세력도 염탐할 겸해서.

오즈월드 저는 이 편지를 들고 그분의 뒤를 쫓아가야겠습니다.

리건 우리 군대도 내일 출전할 것이니, 여기 우리와 함께 있어.

길이 위험하니까.

20 **오즈월드** 그럴 수 없을 듯합니다, 마님.

주인마님께서 이 일과 관련해 엄명을 내리셨기 때문에.

리건 왜 언니가 에드먼드에게 편지를 썼을까? 네가 말로는

전할 수 없는 것이었나? 아마도 내가 모르는 뭔가가

있는 듯해. 너의 호의를 후하게 갚아줄 테니,

25 편지를 뜯어 보게 해줘.

오즈월드 마님, 차라리 저더러…….

리건 너희 마님이 남편을 사랑하지 않는 건 나도 알아.

그건 분명하지. 지난번 언니가 여기 왔을 때도

에드먼드 경에게 묘한 추파와 야릇한 눈길을 던졌으니까.

30 네가 언니 심복이라는 것 알아.

오즈월드 제가요, 마님?

리건 다 알고 말하는 거지. 네가 그렇다는 것, 알아.

186

그래서 하는 말인데, 내 말 명심해줘.

내 남편은 죽었어. 에드먼드와 난 이야기를 다 끝냈고.

35　그분이 언니보다는 나와 결혼하는 게 더 맞지.

자 이제 나머진 네가 알아서 추측해봐.

그분을 만나면, 이걸 꼭 전해드리고. 　　　징표나 편지를 건넨다

너희 마님이 내가 너한테 한 이야기를 듣고

제발 정신 좀 차렸으면 좋겠어.

40　그럼 잘 가거라.

혹 네가 그 눈먼 역적이 어디 있는지 알아내서

그자의 목을 베어 오기만 한다면 출세는 따놓은 셈이야.

오즈월드　제가 그자를 만날 수만 있다면, 마님, 제가

누구 편인지 보여드리지요.

45　**리건**　잘 가거라. 　　　　　　　　　　　　　　모두 **퇴장**

4막 5장*

글로스터와 에드거 등장   에드거, 농부 차림으로 변장한 채로

글로스터 언제쯤 그 언덕 꼭대기에 닿을까?

에드거 지금 올라가고 있잖아요. 얼마나 힘든지 보세요.

글로스터 평지인 것 같은데.

에드거 무서울 정도로 가파른데.

5   들어봐요, 저기 파도 소리 들리죠?

글로스터 안 들려, 정말이야.

에드거 아니, 그럼 눈이 아파서

다른 감각까지 무뎌지신 건가.

글로스터 정말 그런가봐.

*장소: 도버 근처 벌판 어딘가.

10 네 목소리가 달라지고 말하는 것도
    전보다는 내용과 말투가 나아진 것 같아.
    에드거 정말 잘못 아신 거예요. 전 하나도 안 달라졌어요.
    의복 빼고는.
    글로스터 말투가 훨씬 나아진 것 같은데.
15 **에드거** 자, 어르신, 여기예요. 가만히 서 계세요. 저 아래를
    내려다보는 것만으로도 얼마나 무섭고 현기증 나는데요!
    중간쯤 날고 있는 까마귀나 붉은 까마귀도
    딱정벌레밖에 안 돼 보이고, 절벽 가운데쯤에는 미나리
    따는 사람이 매달려 있어요. 참 위험한 직업도 다 있네!
20 그 사람은 머리 크기만큼밖에 안 돼 보이는데요.
    해변 위를 걷는 어부들은 모두 생쥐만 해 보이고,
    저기 닻을 내린 큰 배는 새끼 배만 하고,
    새끼 배는 부표 같아서 거의 눈에 들어오지도 않아요.
    웅얼대며 밀려드는 파도가, 흩어진 수많은 자갈에
25 부딪히고 있는데, 이곳이 너무 높아서인지 파도 소리가
    들리지 않아요. 이제 그만 내려다봐야겠어요.
    머리가 핑 돌고 눈이 보이질 않게 되어서
    그만 거꾸로 곤두박질칠까 겁나요.
    글로스터 네가 서 있는 곳에 나를 세워다오.
30 **에드거** 손을 주세요. 자, 이제 한 발짝만 더 나가면
    낭떠러지예요. 달 아래 이 세상을 다 준다 해도
    전 아래로 뛰어내리지 않을 거예요.

글로스터 내 손을 놔줘.

이봐, 친구, 다른 돈주머니도 받아.   돈주머니를 건넨다

35 그 안에 가난한 사람에게 한몫 될 만한 보석이 있어.

요정과 신의 가호로 네가 부자가 되길! 자, 물러나라.

내게 작별 인사를 하고, 네가 가는 발소리를 듣게 해줘.

에드거 그러면 안녕히, 선한 어르신.

글로스터 기꺼이 그러겠다.

40 **에드거** 내가 아버님의 절망으로 이런 연극을 하는 이유는   방백

그 절망을 치료해드리기 위해서야.

글로스터 아, 전능하신 신들이여!   무릎 꿇고

저는 이제 이 세상 버리고자 합니다. 당신들 앞에서

이 엄청난 고통 침착하게 털어내려 합니다.

45 제가 고통을 조금 더 참을 수 있고, 거역할 수 없는 당신들의

큰 뜻에 저항할 수 없어도, 이미 꺼져가는, 제 인생의

혐오스러운 끝자락은 곧 저절로 타버릴 것입니다.

아, 에드거가 살아 있다면, 그 애를 축복해주소서!

―이봐, 이제 너와도 작별이다.   글로스터, 앞으로 넘어진다

50 **에드거** 가버리셨군요, 어르신, 잘 가세요.

―하지만 사람이 스스로 목숨을 끊고자 할 땐   방백

상상의 죽음이라도 보배 같은 생명을 진짜로 앗아갈지 몰라.

아버님이 생각했던 곳에 실제로 계셨더라면 지금쯤

생각하는 것도 불가능하시겠지. 살아 계시나 돌아가셨나?

55 ―여보세요, 어르신! 여기요! 들려요? 어르신! 말씀 좀 해보

세요!

    —정말 이대로 돌아가신 건가. 아니 살아 계시다.   방백

    —거기, 누구요?*

글로스터 저리 가, 죽게 내버려둬.

에드거 거미줄, 깃털, 공기도 아니신 양반이

60   그렇게 높은 곳에서 곤두박질쳤는데도,

    계란처럼 박살나지 않고 여전히 숨을 쉬다니,

    무거운 몸도 그대로고, 피도 안 나고, 말도 하고, 온전하시네.

    돛대 열 개를 이어도 어르신께서 수직으로 떨어진

    그 높이가 나오지 않을 텐데.

65   살아 있는 게 기적이에요. 다시 말 좀 해보세요.

글로스터 내가 떨어지기나 한 거요?

에드거 저 하얀 절벽 무시무시한 꼭대기에서 떨어졌어요.

    저 높은 곳을 올려다보세요. 종달새의 날카로운 소리도

    저기서는 들리지도 보이지도 않아요. 올려다보세요.

70 **글로스터** 아아, 나는 눈이 없다오.

    불행한 놈은 죽음으로써 그 불행을 끝낼 수 있는

    복조차 빼앗긴단 말이오? 불행한 사람이 폭군의 분노를

    자살로 골탕 먹이고 그 오만한 뜻을 꺾을 수 있던 때는

    그래도 약간의 위안이 되었었는데.

75 **에드거** 팔을 이리 주세요.   글로스터를 부축한다

*에드거가 거지 역을 버리고 다른 사람을 연기하기 시작한다.

자, 일어나세요. 좀 어떠세요? 다리에 감각이 있으세요? 일어
나셨네요.

글로스터 너무 쉽게, 너무 쉽게.

에드거 정말로 기적 같은 일이에요.

저 절벽 꼭대기에서 어르신과

80   헤어진 것은 뭣이었어요?

글로스터 가엾고 불행한 거지였소.

에드거 여기 아래에서 올려다보니, 그자의 눈이

두 개의 보름달 같던데요. 코는 천 개나 되고,

비틀린 뿔은 성난 바다처럼 요동쳤어요.

85   그건 악마였어요. 정말 운 좋은 분이군요.

인간에겐 불가능한 것들을 해내는, 지극히 깨끗한 신들이

어르신을 살려준 것이라고요.

글로스터 이제 생각이 나는군. 지금부터 난 고통이란 놈이

"이젠 됐어, 이젠 됐어" 하고 소리치며 지쳐 죽을 때까지

90   참아내겠소. 난 당신이 말했던 그 괴물을 사람이라

생각했소. 하긴 그놈이 여러 번 "악마, 악마"라고

말했었지. 그놈이 날 그 장소로 데려다주었소.

에드거 걱정하지 말고 인내심을 가지세요.

리어 등장   몸에 잡초를 휘감은 채로

그런데 저기 오는 사람은 누구지?

정신이 성한 사람이라면

저렇게 옷을 입을 리가 없는데.

리어 안 되지. 내가 운다고 저들이 날 비난할 순 없지. 난 왕이
니까.

에드거 아, 저 모습, 가슴이 찢어지는 것 같구나!

리어 그 점에선 자연이 인공보다 낫지. 징병에 응했으니 돈을
받아라. 저놈 활솜씨는 허수아비 같군. 활을 끝까지 당겨봐.
저것 봐, 생쥐 놈 좀 봐! 쉬, 쉬, 이 구운 치즈 조각이면 잡을
수 있을 거야. 장갑은 던져졌다.* 이 일을 위해서는 거인하고
라도 붙을 테다. 갈색 창을 가져와라. 아, 매가 잘 날아갔다!
과녁에 맞았다, 과녁에. 휘익! 암호를 대라.

에드거 향기로운 마요라나.**

리어 통과.

글로스터 내가 아는 목소리다.

리어 하? 흰 수염 난 고너릴? 그것들은 개처럼 나에게 알랑거
리면서 내 턱에 검은 털이 나기도 전에 흰 털이 났다고 그랬
어. 내가 '예' '아니오'라 말하면 뭣에든지 똑같이 '예' '아니
오'라고 맞장구쳤었지. 그렇게 하는 게 올바른 신학은 아니
야. 일전에 비가 내려 날 적시고 바람 불어 날 덜덜 떨게 만들
었을 때, 천둥보고 조용하라 명해도 말 안 들었을 때, 그때 난
그것들을 알아봤지, 냄새를 맡았다고. 그렇다고, 그것들 말은

---

*중세 때는 결투를 신청하는 의미로 갑옷용 장갑을 벗어 던졌다.(옮긴이)
**에드거는 암호로 허브의 일종인 마요라나의 이름을 대고 있다. 이 마요라나는 리
어의 잡초 풀 모자와 연관될 수도 있고, 혹은 이 허브가 정신이상을 치료하는 약초
성분을 가지고 있는 것과 연관될 수도 있다.

¹¹⁵ 믿을 수 없어. 내가 전능하다고 말했었지만, 그건 새빨간 거
짓말. 나도 열이 나고 오한에 덜덜 떠는 사람인걸.

글로스터 내가 너무나 잘 아는 저 목소리, 저 억양.

왕이 아니십니까?

리어 암, 머리부터 발끝까지 왕이지.

¹²⁰ 내가 노려보면 백성들이 벌벌 떠는 꼴 좀 봐.

저놈 목숨을 살려주마. 죄목이 뭐냐?

간통?

죽이진 않을 테다. 간통 때문에 죽어? 안 되지.

굴뚝새도 그 짓을 하고, 작은 금파리도 내 눈앞에서

¹²⁵ 음탕한 짓을 하거든. 교미를 장려하라.

글로스터의 사생아 놈도 정당한 부부 사이에서 태어난

내 딸들보단 효성스러웠다.

어서 해, 음란하게, 난잡하게. 안 그래도 난 병사가 부족해.

저기 억지웃음 짓고 있는 여인네를 봐라.

¹³⁰ 가랑이 사이 눈처럼 차가운 얼굴로

쾌락이란 이름만 들어도 정숙한 척하면서

안 된다며 고개를 내젓지만

암내 나는 족제비도, 배터지게 풀 뜯어먹은 말도

이보다 더 음탕하진 않을 거야. 허리 위는 여자로되

¹³⁵ 허리 밑은 반인반수의 괴물이지.

허리띠까지는 신들의 영역이지만

그 밑은 온통 악마들 천지.

거기엔 지옥이 있고, 암흑이 있고, 유황 불구덩이가 있어. 타
오르고, 끓고, 악취 나고, 부패한다. 퉤, 퉤, 퉤! 파, 파! 이봐
140   약장수, 사향 한 온스만 줘. 내 상상력을 향기롭게 하련다. 자,
돈 여기 있다.

글로스터 아, 그 손에 입 맞추게 해주십시오.

리어 먼저 손을 닦아야겠네. 죽은 놈 냄새가 나니까.

글로스터 아, 파괴된 자연의 걸작이여! 이 위대한 우주도
145   닳아 없어지다 끝내 무(無)가 되는구나. 절 모르시겠습니까?

리어 그 눈을 기억하고말고. 날 곁눈질하는 것이냐? 아니지, 뭐
든 실컷 해봐라, 눈먼 큐피드야. 난 사랑하지 않을 테니까. 이
도전장을 읽어봐, 그 글자를 똑똑히 봐둬.

글로스터 글자들이 모두 태양이라도, 저는 보지 못합니다.

150   **에드거** 소문으로 들었더라면 도저히 믿을 수 없을 광경이다.
하지만 이것은 사실. 아, 내 가슴이 찢어진다.   방백

리어 읽어.

글로스터 아니, 이 눈구멍으로 어떻게요?

리어 오호, 너도 나와 같은 처지란 말이냐? 머리엔 눈 없고, 돈
155   주머니엔 돈 없다? 눈은 무거운 처지에, 돈주머니는 가벼운
처지에 놓였군. 하지만 세상 돌아가는 꼴은 볼 수 있을 거야.

글로스터 그건 느낌으로 볼 수 있습니다.

리어 뭐라, 미쳤는가? 눈이 없어도 세상 돌아가는 꼴은 알 수
있는 거야. 귀로 보면 되는 거야. 봐라, 저기 재판장이 좀도둑
160   에게 호통치고 있잖아. 귀로 듣는 거야. 두 사람이 자리를 바

꾼다면, 어느 쪽이 재판관이고 어느 쪽이 도둑인지 가려내겠
어? 농부의 개가 거지 보고 짖는 것 본 적 있나?

글로스터 예.

리어 그런데 그 거지 녀석은 개를 보고 도망쳤다지? 넌 거기서
권력이라는 위대한 형상을 보게 될 거야. 개라도 지위만 있으
면 사람이 복종하니까.

이 돼먹지 못한 형리 놈, 피 냄새 나는 손 가만둬!

왜 그 창녀를 매질하느냐? 네 등이나 벗겨 매질해라.

넌 매음했다고 저 계집을 매질하지만, 너 자신이

그 생각으로 타오르고 있잖아. 고리대금업자가 사기꾼을 목
매다는 거지.

누더기 옷 구멍 사이로 온갖 죄악 드러나지만

법복과 털 가운은 모든 걸 감추지. 죄를 금으로 감싸면

정의의 강한 창도 상처 한번 못 내고 부러져.

반면 누더기로 감싸면, 난쟁이의 지푸라기도 뚫고야 말지.

죄 지은 사람은 없어, 아무도, 아무도 없어. 내가 보증해.

이봐, 친구, 내 말을 믿게. 고발자의 입을 막을 힘이

내겐 있단 말일세.* 유리 눈이라도 해 박지그래.

그러고는 비열한 모사꾼처럼

보이지 않는 것도 보이는 척하는 거야. 자, 자, 자, 자.

내 장화를 벗겨다오. 좀 더 세게, 좀 더 세게. 그렇지.

*사절판에는 리어의 이 대사 중 "죄를 금으로 감싸면"부터 여기까지가 없다.

196

에드거 아, 말이 되는 말과 안 되는 말이 섞여 있어! 광기 속에

이성이 있어! 방백

리어 내 운명이 불쌍해 울려거든, 내 눈을 가져가라.

난 너를 잘 알고말고. 네 이름은 글로스터.

185　넌 참아야 돼. 우린 울면서 이 세상에 나왔어.

알다시피, 이 세상 공기를 처음 마셨을 때 우린

울음을 터뜨렸지. 네게 설교를 할 테니 잘 들어봐라.

글로스터 아, 아, 세상에, 이럴 수가!

리어 태어날 때, 우린 바보들만 있는 이 거대한 무대에

190　나온 게 슬퍼서 우는 거야. 이거, 괜찮은 모잔데.

이 모직 천으로 군마의 발굽을 싸는 건

기막힌 전략이 될 거야. 시험해볼 테야.*

그러고 나서 요 사위 놈들을 몰래 습격하면,

그때는 죽여, 죽여, 죽여, 죽여, 죽여, 죽여!

[수행원들과 함께] 신사 등장

195　**신사** 아, 여기 계시는군. 이분을 붙들어라.

―폐하, 사랑하는 따님께서…….

리어 구조대가 없어? 뭐, 포로? 나야말로

타고난 운명의 바보로구나. 나를 잘 대접해줘.

너희는 몸값을 받게 될 거야. 의사를 불러줘.

200　난 머리를 다쳤어.

---

*사절판에는 이 "시험해볼 테야"라는 말이 없다.

신사 뭐든지 다 해드리겠습니다.

리어 지원병이 없어? 나 혼자라고?

아니, 이건 남자를 펑펑 울게 만들어서

그 남자의 눈을 정원의 물뿌리개로 쓰게 하려는 것이야.

205 난 말쑥한 신랑처럼 멋지게 죽을 테야. 뭐?

난 주피터 신처럼 당당해질 거야. 자, 자, 난 왕이다.

여러분들, 그걸 아시는가?

신사 폐하는 왕이시므로 저희는 폐하께 복종합니다.

리어 그렇다면 희망이 있다. 자, 그걸 잡으려면 뛰어야만 잡을

210 수 있어. 어서, 어서, 어서, 어서.* **퇴장** 달려 나가고, 시종들 따라간다

신사 지극히 미천한 사람도 저리 되면 불쌍한데

하물며 왕이거늘! 폐하께선 따님 한 분이 계십니다.

두 사람이** 가져다준 원죄의 저주를 받았으나

인간을 구원하여 본성을 되찾아줄 분이십니다.

215 **에드거** 안녕하십니까, 나리?

신사 당신도 평안하시길. 그런데 무슨 일로?

에드거 곧 전쟁이 있을 거라는 소문, 혹시 들으셨습니까?

신사 모두가 아는 확실한 일이잖소. 귀가 있는 자라면

누구나 그 소문을 듣고 있지.

220 **에드거** 그렇다면 실례지만,

---

*이 원문은 "사(Sa)"인데, 이 단어는 사냥할 때 쓰는 의성어이다. 사절판에는 이 의
성어가 없다.
**아담과 이브를 뜻하나, 고너릴과 리건을 의미하기도 한다.

198

저편 군대가 얼마나 가까이 와 있습니까?

신사 가까이 와 있고 또 빠르게 진군하고 있어서,

주력 부대의 모습도 곧 보게 될 거요.

에드거 고맙습니다, 나리, 그거면 됐습니다.

225 **신사** 특별한 이유 때문에 왕비께서는 여기 계시지만,

그 휘하의 군대는 이동했습니다. **퇴장**

에드거 나리, 고맙습니다.

글로스터 언제나 자비로운 신들이여, 이 목숨 거두소서,

제 안의 악한 마음 저를 유혹하여

230 당신들 뜻보다 먼저 제 목숨 끊지 못하도록!

에드거 기도가 참 좋아요, 어르신.

글로스터 그런데, 친절하신 분, 당신은 누구요?

에드거 운명의 매질에 길들여진 아주 불쌍한 놈이지요.

뼈아픈 슬픔을 경험해왔기에

235 천성적으로 동정을 품고 있지요. 손 이리 주세요.

계실 만한 곳으로 모시겠습니다. 그의 팔을 잡는다

글로스터 진심으로 고맙소.

하늘의 은총과 축복이 당신에게

내리고 또 내리길.

집사 [오즈월드] 등장

240 **오즈월드** 현상금 붙은 전리품이다! 운수 대통이구나!

눈 빠진 너의 대가리는 나의 출세를 위해 만들어진

첫 번째 살덩어리. 이 불행한 늙은 반역자 놈, 칼을 뺀다

죽기 전에 짧게 네 죄를 기억해라. 칼을 뽑았으니

너를 파멸시키고야 말겠다.

245 **글로스터** 그럼, 당신의 그 우정 어린 손에

힘을 꽉 넣어 세게 쳐주시오.   에드거가 끼어든다

오즈월드 이 무례한 농부 놈,

어째서 감히 공포된 반역자 놈 편을 드느냐? 저리 가.

아니면, 저자의 불운이 네놈한테 옮겨 붙어

250 너도 저자 꼴이 될 거다. 그 팔 놔.

에드거 못 놓지, 이 냥반아, 다른 이유는 없고.*

오즈월드 놔, 이 종놈의 새끼, 안 놓으면 죽어!

에드거 가던 길이나 가슈, 불쌍한 사람은 그냥 지나가게 해주

고. 으름장 놓는다고 이 목숨 끝날 거라믄 한 보름도 못내 살

255 았지, 암. 아니, 이 노인헌테는 가까이 오지 말고. 경고허는디,

저짝으로 떨어져. 안 그라믄 그쪽 대갈통이 센지 이놈의 작대

기가 센지 볼 거구먼. 그짝헌테 쓸데없는 수작은 안 할라니께.

오즈월드 비켜, 이 똥 덩어리 놈!

에드거 그짝 이빨을 몽창 빼버릴라니께. 자, 그 칼로 찔러보시

든가.   둘이 싸운다

260 **오즈월드** 이 종놈, 네 손에 내가 죽다니. 이놈아, 내 돈주머니를

받아둬라.

---

*여기서부터 에드거는 '에프'를 '브이'로, '에스'를 '제트'로 쓰는 서부 방언으로 말
하며 또 다른 사람인 척한다.

200

네가 잘되거든, 내 시체나 묻어다오.

그리고 내 품에 있는 편지를 에드먼드,

글로스터 백작에게 전해라. 영국 군 진영에서

찾으면 된다. 아, 때아닌 죽음이다! 이렇게 죽다니!　　　죽는다

265 **에드거** 난 너를 잘 알아. 악당이었지만 충성을 다했지.

사악한 그 성품대로 원도 없이

제 주인마님의 나쁜 짓에 충성을 다했었지.

글로스터 아니, 그놈이 죽었소?

에드거 앉으세요, 어르신. 좀 쉬세요.

270 저놈의 호주머니를 뒤져봐야지. 저놈이 말하는 편지가

도움이 될지도 모니까. 죽었구나. 사형집행인의 손에

죽이지 못해 아쉬울 뿐이다. 어디 보자.　　　편지를 뜯는다

친절한 봉인아, 용서해다오. 예의범절이여, 비난하지 마라.

적의 마음을 알려면 적의 심장이라도 찢어야 하니,

275 적의 편지를 찢는 일쯤이야 훨씬 합법적인 일이지.

편지를 읽는다

"우리가 서로 주고받은 맹세를 잊지 말아요. 그 사람을 없애

버릴 기회는 얼마든지 있어요. 당신의 의지가 없지만 않다면,

시간과 장소는 넉넉할 거예요. 그 사람이 승리하여 돌아온다

면, 만사 헛일이에요. 그럼 난 죄인이 되고 그의 침대는 나의

280 감옥이 될 것이죠. 나를 그 역겨운 침상의 온기에서 구해, 그

노고의 대가로 당신이 그 자리를 차지하세요. 당신의—아내가

되고자 하는, 그래서—사랑의 노예라고 말하고 싶은 고너릴."

아, 여자의 욕정이란 끝을 모르는구나!

저 덕망 높은 남편의 목숨을 빼앗고, 그 자리에

285 내 동생을 놓겠다는 계책이야! 여기 이 모래 속에

네놈을 묻겠다, 음란한 살인마의

더러운 심부름꾼. 적당한 때가 되면

이 죄로 물든 편지를 살해당할 뻔했던

공작에게 보이리라. 네놈의 죽음과 심부름에 대해

290 공작에게 말할 수 있어 얼마나 다행인가.

글로스터 왕께서는 미치셨는데, 내 몹쓸 감각은

얼마나 무디기에, 이렇게 버티며 엄청난 슬픔을

고스란히 느끼는가? 차라리 미치는 게 낫겠다.

그러면 내 생각은 슬픔에서 떨어져 나가고,   **멀리서 북소리**

295 마음의 착란으로 인한 여러 가지 괴로움들도

느껴지지 않을 텐데.

에드거 손을 이리 주세요.

멀리서 북소리가 들리는 것 같아요.

자, 어르신, 제가 친구를 찾아 보호를 부탁해볼게요.   **모두 퇴장**

코딜리아, 켄트, 신사** 등장 　　　　　　　　　켄트, 여전히 변장한 채로

코딜리아 아, 친절한 켄트 백작! 내가 얼마나 살아서 애를 써야

　당신 신세를 갚을 수 있을까요? 신세를 갚기엔

　이 목숨이 너무 짧고, 무슨 방법이든 다 부족할 거예요.

켄트 왕비 마마, 그리 알아주시는 것만으로도 과분한 보상입니다.

5　제가 보고드린 것은 모두 과장됨 없는 사실이며

　한마디 보태지도 자르지도 않았습니다.

코딜리아 더 나은 옷으로 갈아입으세요.

　그 의복은 불행했던 시절을 생각나게 하니

*장소: 도버 근처 프랑스 군 진영.
**사절판에서는 신사가 아니라 의사가 등장한다.

제발 벗어버리세요.

10 **켄트** 용서해주십시오, 왕비 마마.

지금 정체를 드러내면 제가 지금까지 계획했던

일을 망칠 수가 있습니다. 적절한 때가 올 때까지

모르는 척해주시길 부탁드립니다.

코딜리아 그럼 그렇게 하세요, 고마운 백작. ─국왕은 어떠시냐?

15 **신사** 아직 주무시고 계십니다, 마마.

코딜리아 아, 자비로우신 신들이여,

학대받은 아버님 심신의 큰 상처를 치료해주소서.

자식으로 인해 뒤틀리고 풀린 아버님 감각의 현(絃)을,

아, 부디, 조율해주소서.

20 **신사** 왕비님께서 허락하신다면

왕을 깨워드리겠습니다. 오랫동안 주무셨습니다.

코딜리아 당신의 지식으로 판단해서 처리해주세요.

아버님 품위에 맞는 옷으로 갈아입히셨나요?

시종들이 끄는 의자에 앉은 리어 등장

신사 예, 마마. 곤히 주무시고 계실 때

25 새 옷을 입혀드렸습니다.

마마, 폐하를 깨울 때 옆에 계십시오.

제정신이 돌아오실 것 같습니다.*

코딜리아 아, 소중하신 아버님! 제 입술에

---

*사절판에는 이후 코딜리아와 의사의 대사 2행이 추가된다.

회복의 묘약을 싣고서 아버님께 입 맞추니,　　리어에게 입 맞춘다
30 이 입맞춤으로 두 언니가 아버님께 입혔던 혹독한 상처

치유되시길 바랍니다!

켄트　효성이 지극하신 자애로운 공주님!

코딜리아　자기들 아버지가 아니라 해도, 이런 백발의 모습은

누구든 동정심을 일으킬 만한데. 이 얼굴로

35 그 험한 비바람과 맞서 싸우셨던가?*

나를 물어뜯었던 원수의 개라도

그런 밤엔 난로 곁에 두었을 텐데. 불쌍한 아버지,

당신은 돼지와 떠돌아다니는 거지와 어울려

무너지고 곰팡이 핀 오두막에서 지내셨나요? 아아, 아아!

40 하긴 아버님의 목숨이 정신과 함께 끊어지지 않은 게

놀라운 일이지. ―깨셨어요. 말을 걸어보세요.

신사　왕비님께서 해보시지요. 그게 제일 좋겠습니다.

코딜리아　폐하 어떠십니까? 국왕 폐하 괜찮으신지요?

리어　무덤 속에서 나를 꺼내준 건 잘못이야.

45 당신은 축복받은 영혼이지만, 나는

불 바퀴에 결박되어 있어, 흘러내리는 이 눈물이

녹은 납처럼 나한테 화상을 입힌다고.

코딜리아　저를 알아보시겠어요?

*사절판에는 이 행 다음에 4행의 대사가 더 있다. 코딜리아는 "천지를 뒤흔들며 벼락 치는 천둥과 맞서시고, 하늘을 가로지르는 번개가 무섭게 내리칠 때 보초병처럼 한잠도 못 주무시고, 맨머리로 있으셨던 건가?"라며 말을 계속한다.

리어 혼령인 거 다 알지. 언제 죽었소?

50 **코딜리아** 아아, 아직, 아직 안 돌아오셨어!

신사 아직 잠이 덜 깨셨으니 잠시 혼자 계시도록 하십시오.

리어 내가 어디에 있었지? 지금은 어디지? 밝은 대낮인가?

난 심하게 당했어. 다른 사람이 이런 꼴 당하는 걸 봤다면

아마 난 불쌍해서 죽었을 거야. 무슨 말을 해야 하나.

55 이게 정말 내 손일까? 보자.

바늘로 찌르니까 아프구나. 내가 처한 상황을

확실히 알 수 있다면!

코딜리아 아, 저를 좀 보세요.   무릎 꿇고?

저에게 손을 올리시고 축복해주세요.

60 무릎은 꿇으시면 안 돼요.   리어가 무릎 꿇으려는 것을 막는다

리어 제발 나를 놀리지 마시오.

난 너무나 어리석고 멍청한 늙은이라오.

한 시간이 더하거나 덜하지도 않게* 팔십 고개를 넘었으니.

그리고 솔직히 말해서

65 난 제정신이 아닌 것 같소.

당신도 알 것 같고, 여기 이 사람도 알 것 같은데,

확실치가 않아. 난 여기가 어디인지

도무지 모르겠고, 가진 재주 다 부려 생각해도

이런 옷은 기억에 없고, 또 어젯밤에 묵은 곳도

---

*사절판에는 "한 시간이 더하거나 덜하지도 않게"라는 표현이 없다.

70 전혀 모르겠으니. 날 비웃지 말아요,

내가 사람이듯이

부인은 내 자식 코딜리아 같으니까.

코딜리아 맞아요, 저예요, 저.   눈물을 흘린다

리어 눈물에 젖은 거니? 그래, 그렇구나. 제발 울지 마라.

75 네가 독약을 준다 해도, 나는 마실 거다.

네가 날 사랑하지 않는다는 것 안다. 네 언니들은,

내 기억에 의하면, 나를 학대했어.

너야 그럴 만한 이유가 있지만, 걔들에게는 없지.

코딜리아 아무 이유 없어요, 아무 이유도요.

80 **리어** 내가 프랑스에 와 있느냐?

켄트 폐하의 왕국에 계십니다.

리어 날 속이지 말게.

신사 안심하소서, 왕비 마마. 보시다시피, 폐하의 광증은

이젠 진정되셨습니다. 폐하를 안으로 들게 하시지요.

85 좀 더 진정될 때까지 성가시게 하면 아니 되옵니다.

코딜리아 좀 걸어보시겠어요?

리어 날 참아줘야 한다. 제발, 잊고 용서해다오.

나는 늙고 어리석으니까.*   모두 퇴장

*사절판은 여기서 끝나지 않고 신사와 켄트의 대사 10행을 추가한다. 콘월의 피살 사실, 콘월 군대의 지휘를 에드먼드가 맡은 것에 대한 신사의 질문에 켄트가 답하고, 신사는 추방당한 에드거와 켄트에 관한 소문을 전하고, 켄트는 소문을 믿을 수 없다고 말한다. 영국 군의 진격을 알리는 켄트는 이번 싸움의 성공 여부에 따라 자신의 일도 결판이 난다고 말한다.

고수와 기수를 선두로 에드먼드, 리건, 신사들, 병사들 등장

　에드먼드　공작이 최근의 결심을 그대로 실행할지　　　신사 한 명에게
　　아니면 그 후로 설득을 당해 방침을 바꾸었는지
　　가서 알아보고 오게. 공작은 늘 계획을 변경하고
　　자책감에 빠져 있으니, 그의 확실한 뜻을 알아와.　　　[신사 **퇴장**]
5　**리건**　언니의 하인은 변을 당한 게 분명해요.
　에드먼드　그런 것 같아 염려됩니다, 부인.
　리건　그런데, 멋진 백작님,
　　제가 당신에게 호의가 있다는 건 알고 계시죠?
　　그러니 말해줘요. 진실 되게─오로지 진실만을─

*장소: 도버 근처 영국 군 진영.

10   언니를 사랑하나요?

에드먼드 그저 명예로운 사랑입니다.

리건 형부만이 갈 수 있는 언니의 금지된 장소에

들어가본 적은 없으시고요?

에드먼드 제 명예를 걸고, 절대 아닙니다, 부인.

15 **리건** 전 언니를 절대로 못 참아요. 사랑스러운 백작님,

언니와 가까이 지내지 마세요.

에드먼드 염려 마세요. 언니와 그 남편이 오는군요!

고수와 기수를 선두로 앨버니, 고너릴, 병사들 등장

앨버니 사랑하는 처제, 잘 만났소.

백작, 듣기로는 왕이 막내딸에게 가셨고,

20   우리들의 가혹한 통치에 반대할 수밖에 없던

일당들도 함께 갔다는데.

리건 그런 걸 지금 왜 따지지요?

고너릴 지금 적에게 대항하려면 힘을 합쳐야 해요.

이따위 사사로운 집안 다툼이

25   여기서 문제가 돼선 안 돼요.

앨버니 그렇다면, 노련한 장교들과

작전 계획을 세워봅시다.

리건 언니, 우리와 함께 갈래요?

고너릴 싫어.

30 **리건** 그렇게 하는 게 좋을 거예요, 제발 우리와 함께 가요.

고너릴 오호, 너의 그 수수께끼 같은 말을 이제 알겠어.   방백

─그럼 그러자꾸나.

양측 진영의 사람들 모두 퇴장 [앨버니는 남아 있다]

에드거 등장 변장한 채로

에드거 공작님께서 이렇게 비천한 자의 이야기를 들어주신다면,

한 말씀 드리겠습니다.

35 **앨버니** 뒤따라가겠다.* ─말하라.

에드거 전투가 있기 전에 이 편지를 먼저 보십시오. 편지를 건넨다

만약 승리하신다면, 이 편지를 가져온 사람을 위해

나팔을 울려주십시오. 제가 비천해 보이겠지만,

편지의 내용을 입증하기 위해서라면 누구와도

40 결투할 수 있습니다. 만약 패전하신다면,

공작님의 세상사 그렇게 끝이 나고,

음모 역시 그렇겠지요. 행운이 함께하시길.

앨버니 편지를 다 읽을 때까지 기다려라.

에드거 그럴 형편이 안 됩니다.

45 때가 되면 전령을 통해 불러주십시오.

그러면 바로 다시 나타나겠습니다. 퇴장

앨버니 그럼 잘 가거라. 네 편지는 잘 읽어보겠다.

에드먼드 등장

에드먼드 적군이 보입니다. 군대를 정비하시지요.

여기, 부지런히 정찰해서 만든 적군의 실제 병력과

---

*이미 무대를 떠났거나 떠나려는 사람들에게 하는 말이다.

50   전투력에 관한 예측 보고서입니다.   문서를 건넨다

      하지만 공작께서는 서두르셔야 합니다.

   앨버니 곧 대응하겠소.   퇴장

   에드먼드 난 두 자매에게 모두 사랑을 맹세했다.

      독사한테 물린 자가 독사를 경계하듯 두 자매가

55   서로를 의심하고 있지. 둘 중 누구를 택할까?

      둘 다? 하나만? 둘 다 하지 말까? 둘 다 살아 있으면

      누구와도 재미를 볼 수 없어. 과부 쪽을 택하면

      언니 고너릴이 화가 나 미치게 될 테고

      그녀 남편이 살아 있으니 내 쪽으로 유리하게

60   언약을 이행하긴 힘들 거야. 그렇다면 난

      이 전투에서 공작의 권위를 이용하고, 전쟁이 끝나면

      남편을 없애고 싶어 안달하는 그 여자더러

      남편을 신속히 해치우는 방법을 찾아보라고 하자.

      공작은 리어 왕과 코딜리아에게 자비를 베풀려 하지만,

65   전쟁이 끝나면 그 두 사람은 내 포로가 될 터이니

      그들이 공작의 사면을 받을 일은 없을 것이다. 내 지위는

      내가 지키는 거지 이것저것 따지는 게 아니다.   퇴장

안에서 경보용 나팔 소리. 기수, 고수와 함께 리어, 코딜리아, 병사들이 무대
를 가로질러 퇴장. 에드거와 글로스터 등장

에드거 어르신, 여기 이 나무 그늘을 쉼터 삼아
　쉬고 계세요. 그리고 정당한 쪽이 이기도록 기도해주세요.
　제가 무사히 다시 돌아오게 되면,
　어르신께 위안이 되는 소식을 가지고 올게요.
5 **글로스터** 신의 가호가 있기를!   [에드거] 퇴장
안에서 경보용 나팔 소리와 퇴각 소리

에드거 등장

에드거 어르신, 도망가세요! 손을 주세요, 도망가세요!

[*]장소: 도버 근처 전쟁터에서 그리 멀지 않은 곳.

리어 왕이 싸움에서 지고, 왕과 공주님도 포로가 됐어요.

제게 손을 주세요, 어서요.

글로스터 이제 가지 않겠네. 여기서 썩어 없어진들 어떠리오.

10 **에드거** 아니, 나쁜 생각을 또 하시는 거예요? 사람은 이 세상에

나올 때와 마찬가지로 떠날 때도 참아야 하는 거예요.

때가 무르익기를 기다리는 것이 가장 중요하지요. 어서요.

글로스터 하긴 그렇군.*

모두 퇴장

*사절판에는 글로스터의 이 대사가 없다.

5막 3장*

승리한 에드먼드가 리어와 코딜리아를 포로로 잡고 등장. 병사들과 부대장
등장

에드먼드 장교 몇 사람은 이 포로들을 데리고 가라.
  그리고 재판권을 가진 상부의 명령이 있을 때까지
  그자들을 엄중히 감시하라.

코딜리아 최선을 다했지만   리어에게

5 최악의 결과를 초래한 이들이 우리가 처음은 아니에요.
  왕이신 아버님이 당하신 걸 생각하면 전 절망스러워요.
  저 혼자라면 거짓 운명의 찌푸린 얼굴을 더 찌푸린 얼굴로 노
려봐줄 수 있을 텐데.

---

*장소: 도버 근처 영국 군 진영.

214

그 딸들, 그 언니들을 한번 만나보시겠어요?

리어 아니, 아니, 아니, 안 봐! 자, 감옥으로 가자꾸나.

10   우리 둘이서만 새장 속의 새들처럼 노래를 부르자꾸나.
      네가 나한테 축복을 부탁하면, 난 무릎을 꿇고
      네게 용서를 빌겠다. 우리는 그렇게 날을 보내고,
      기도하고, 노래하고, 옛날 얘기를 하고, 금빛 나비처럼
      치장한 귀족들을 조롱하고, 불쌍한 놈들이 떠들어대는
15   궁정 소문을 듣자꾸나. 그리고 그놈들과 이야기를 나누자.
      누가 득세하고 실각하는지, 누가 등용되고 쫓겨나는지.
      그리고 우리가 신이 보낸 첩자인 양, 신을 대신하여
      세상의 불가사의를 이해해보자꾸나. 또 담벼락 친
      감옥에 살면서, 달이 차고 기우는 대로 변하는
20   그놈들의 이합집산과 싸움질을 구경하자꾸나.

에드먼드 둘을 끌고 나가라.

리어 내 딸 코딜리아야, 이와 같은 희생에 대해서
      신들도 향을 피워 제의를 치러줄 거다. 내가 널 붙잡았느냐?
      우리를 떼어놓으려는 자는 하늘의 나뭇가지를 가져다
25   여우를 잡을 때처럼 불을 붙여야 한단다. 눈물을 닦아라.
      좋은 시절이 와, 그들의 살과 뼈를 집어삼킬 때까진
      울지 마라. 그것들이 먼저 굶어 죽는 꼴을 봐야지. 자, 가자.

                                          [리어와 코델리아, 호위 받으며] 모두 퇴장

에드먼드 부대장, 이리 와서 잘 들어라.
      이 편지를 가지고 저 두 사람을 감옥까지 따라가라. 편지를 건넨다

30   내 이미 널 한 계급 승진시켰다. 이 편지에 적힌 대로

실행에 옮긴다면, 넌 출셋길에 오르게 될 거야.

명심해라, 사람은 시류에 따라야 하며,

마음 약해 흔들리는 것은 군인답지 못한

행동이라는 것을. 너의 중대한 임무는

35   질문을 허용하지 않는다. 하겠다고 말하겠느냐,

아니면 다른 출셋길을 찾겠느냐?

부대장 하겠습니다, 나리.

에드먼드 실행에 옮겨라, 일이 끝나면 네 운은 피는 거다.

명심해라, 즉각 실행에 옮기되,

40   편지에 적힌 대로 처리해라.   **부대장 퇴장**

나팔 소리. 앨버니, 고너릴, 리건, 병사들 등장

앨버니 오늘 확실히 경의 용맹한 혈통을 증명해 보이셨소.

운도 따랐지. 게다가 오늘 전쟁의 적들을

포로로 잡으셨으니 대단하시오.

두 포로의 처분에 대해서는 두 사람의 죗값과

45   우리의 안전을 공평하게 고려하여 결정해주길

경에게 요구하는 바이오.

에드먼드 저 비참한 노왕을 투옥하는 것이

적절하다고 생각했습니다.

고령의 나이가 마술을 걸고, 왕의 신분은 더욱더 그러해

50   노왕이 백성들의 동정을 얻지나 않을까, 또 우리가

징집한 병사들 창이 지휘자인 우리에게

216

향하지 않을까 우려되었기 때문입니다.

프랑스의 왕비도 함께 감옥에 보냈습니다.

같은 이유에서지요. 두 사람은 내일이나 그 이후

55 　법정이 열릴 때 언제든 출두하게 되어 있습니다.

앨버니 경, 실례하오만,

이번 전쟁에서 난 당신을 부하로 생각했지,

형제로는 생각지 않았소.

리건 그게 바로 제가 그분께 드리고 싶었던 거예요.

60 　저는 형부께서 그 말씀을 하시기 전에

제 뜻을 물어보셨어야 했다고 생각해요. 저분은 저의 군대를

지휘하셨고, 제 지위와 신분을 위임받아 계셨어요.

저와는 이렇게 가까운 사이니까

형부와 형제가 되는 것도 당연해요.

65 **고너릴** 그렇게 흥분하지 마.

네가 저분께 지위를 보태지 않아도

저분은 스스로 자신의 공적을 드높이셨어.

리건 내가 준 권리를 행사했기 때문에

최고의 권위와 동격의 지위를 가질 수 있는 거예요.

70 **앨버니** 저자가 처제의 남편이 된다면 가장 그럴듯하겠군.

리건 농담이 진담이 되기도 하죠.

고너릴 이런, 그만들 해!

네게 그렇게 말하는 사람은 눈이 있어도 비뚤어지게만 보는

사람일걸.

리건 언니, 내가 몸이 좋지 않아 망정이지, 안 그랬다면

75 왈칵 성을 냈을 거예요. —장군, 에드먼드에게

당신에게 내 병사와 포로, 세습 재산 일체를 드리겠어요.

뜻대로 처분하시고, 저 또한 그러세요. 저는 당신 거예요.

나는 이 자리에서 공표합니다, 당신을

나의 주군이자 남편으로 삼겠다고.

80 **고너릴** 그를 남편으로 삼아 즐기겠다고?

앨버니 부인 마음대로 하지는 못하오.

에드먼드 공작님 마음대로도 안 될 겁니다.

앨버니 천한 서자 놈 같으니, 된다.

리건 북을 치고, 저의 칭호가 당신 것이 되었음을 보이세요.

에드먼드에게

85 **앨버니** 아직 안 되지, 그 이유를 말해주마. 에드먼드,

너를 대역죄로 체포한다. 그리고 너를 체포하는 동시에

이 금빛 독사 고너릴도 함께 체포한다. 친애하는 리건,

처제의 요구에 대해서는 처를 대신하여 내가 반대하오.

내 처는 벌써 이 귀족과 중혼되어 있소.

90 그러니 그녀의 남편인 나는 처제의 발표에 반대하오.

만약 결혼하려거든, 내게 구혼하시오.

내 처가 이미 청혼을 받았으니.

고너릴 이 무슨 촌극이람!

앨버니 아직 무장하고 있군, 글로스터. 나팔을 불게 하라.

95 네가 저지른 명백하고, 흉악한, 온갖 반역들을 증명할 자

아무도 나타나지 않는다면, 내가 도전하겠다.　　　　　장갑을 던진다

여기 내가 선포한 너의 모든 악행이

틀림없는 사실 그대로라는 것을,

빵맛을 보기 전에, 너의 가슴에 새겨주마.

100 **리건** 아, 아프다, 아파!

고너릴 그렇지 않다면야, 약을 믿을 수 없게.　　　　　방백

에드먼드 내 대답은 이거다. 대체 어떤 놈이냐?

나를 반역자로 부르는, 거짓말쟁이 악당 놈은.　　　장갑을 던진다

나팔을 불어 불러내라. 감히 어떤 놈이 나타나든,

105 당신이든, 그 누구든, 나는 굳건히

나의 결백과 명예를 지킬 것이다.

전령 등장

앨버니 아, 전령이군!

너 자신의 힘만 믿어야 할 것이다.　　　　　에드먼드에게

내 이름으로 모집된 너의 부하 장병들은

110 내 이름으로 모두 해산되었으니까.

리건 점점 더 아파오네.

앨버니 처제가 아프다. 처제를 내 막사로 데리고 가라.

[누군가에게 이끌려 리건 퇴장]

—이리 와라, 전령. 나팔을 불게 하고

이걸 큰 소리로 읽어라.

울려 퍼지는 나팔 소리

115 **전령** 읽는다 "우리 군 내에 지체나 지위 있는 자들 중 글로

스터 백작이라 자칭하는 에드먼드가 갖가지 죄를 범한 대역
죄인이라는 것을 결투로써 보여줄 수 있는 자라면 누구든 세
번째 나팔 소리가 날 때까지 나서라. 에드먼드가 대담하게 그
에 응할 것이다."

첫 번째 나팔 소리

120 **전령** 또 불어라!

두 번째 나팔 소리

전령* 또 불어라!

세 번째 나팔 소리

안에서 응답하는 나팔 소리

무장한 에드거 등장 투구로 얼굴을 가리고 있다

앨버니 그에게 물어라,

나팔 소리에 응하여 나타난 이유가 무엇인지를.

전령 누구시오?

125 이름과 신분을 대고, 무슨 이유로

이 부름에 응했는지 말하시오.

에드거 말하리다, 나는 이름을 잃어버렸소.

반역자의 이빨에 물어뜯기고 벌레에 파먹혔죠.

하지만 내가 칼로 대적하려는 상대만큼이나

130 나 또한 귀족이오.

앨버니 그 상대는 누구냐?

*사절판에서는 전령이 아니라 에드먼드로 되어 있다.

에드거 에드먼드 글로스터 백작이라 주장하는 자가 누구입니까?

에드먼드 바로 나다. 할 말이 뭐냐?

에드거 칼을 빼라.

135 내 말이 귀족의 마음에 거슬렸다면

칼로써 네 정당함을 입증해라. 내 칼을 받아라.　　　칼을 빼다

잘 봐라, 이게 나의 특권이다,

굳은 맹세로 명예로운 기사가 된

이 특권으로, 내가 선언한다.

140 네 힘과 지위, 젊음과 높은 명망에도 불구하고,

네 승리의 칼과 갓 쟁취한 행운,

네 용기와 담력에도 불구하고, 네놈은 반역자다.

네놈은 신들과 네 형과 아버지를 배반하고

이 높으시고 존경받는 공작님 목숨까지 노린 모반자다.

145 머리 꼭대기에서 발바닥 먼지에 이르기까지

두꺼비 반점 독을 품은 반역자다.* 네가 이를 부인한다면,

이 칼, 이 팔, 이 용기가 네 심장을 찔러

그걸 증명해 보일 것이다. 그 심장에 대고 나는 말하리라,

네놈이 거짓말쟁이라고.

150 **에드먼드** 신중을 기하려면 네 이름을 물어야 하겠지만

보아하니 기품 있고 용감하며, 귀족집 자제임이

분명한 말씨를 쓰니, 난 기사도의 법에 따라

---

*셰익스피어 시대 사람들은 두꺼비 반점이 독을 품고 있다고 믿었다.

안전하고 엄격하게 결투를 지연시킬 마땅한
권리를* 무시하고 신경 쓰지 않겠다.

155 반역 죄인이라는 이 오명을 네 머리에 되던져주겠다,
지옥만큼 끔찍한 그 거짓말이 네 심장을 관통하도록,
그러나 그 죄목들이 심장에 흠집조차 내지 못하리니
나는 이 칼로 즉각 심장으로 직행하는 길을 뚫어 그것들이
영원히 그곳에 자리 잡게 하겠다. 나팔을 불어라.　　　칼을 뺀다

전투 나팔. 싸운다　　　　　　　　　　　　　에드먼드, 쓰러진다

160 **앨버니** 죽이지 마라, 살려둬!

고너릴 이건 술수예요, 글로스터.
기사도에 따르면 이름을 밝히지 않은 상대에게
응할 필요는 없었어요. 당신은 패한 것이 아니라,
기만당하고 속은 거예요.

165 **앨버니** 입 닥쳐라, 여인아.
안 그러면 이 편지로 입을 막겠다. —잠시 기다리시오.
—어떤 죄명보다 나쁜 여인아, 자신의 악행을 직접 읽으라.

　　　　　　　　　　　　　　　　　　　　　　고너릴에게

찢지 마라. 뭔지는 알고 있겠지.　　　　　　　편지를 건넨다

고너릴 알든 말든, 나라 법은 내 것이지, 당신 게 아냐.

170 감히 누가 날 고발할 수 있겠어.　　　　　　　　　**퇴장**

앨버니 오, 정말 괴물이로다! 너도 이 편지를 알겠지?

*사절판에는 "안전하고 엄격하게 결투를 지연시킬 마땅한 권리를"이 없다.

에드먼드 내가 알고 있는 것을 묻지 마라.*

앨버니 저 여자를 쫓아가라. 자포자기 상태다. 진정시켜라.

[병사 한 명 퇴장]

에드먼드 당신이 열거한 죄목들, 내가 범한 것이다.

175   그 밖에도 더, 더 많지. 때가 오면 밝혀질 것이다.

그것들은 과거의 일, 나도 과거다. —하지만 당신은   에드거에게

나를 이겨 행운을 얻은 당신은 누구냐?

당신이 귀족이라면, 용서하겠다.

에드거 서로 용서를 주고받자.

180   나 또한 너보다 혈통이 덜하지는 않다, 에드먼드.

더 우월했다면 나에 대한 너의 죄도 그만큼 무겁겠지.

내 이름은 에드거, 네 아버지의 아들이다.   투구를 벗는다

신들은 공정하여 우리가 즐기는 악행을

우리를 징벌하는 도구로 삼으신다.

185   너를 만들었던 그 어둡고 부도덕한 자리 덕분에

아버지께선 눈을 잃으셨다.

에드먼드 맞는 말이에요. 사실이죠. 운명의 수레바퀴가

한 바퀴 다 돌았고, 나는 다시 여기 아래에 있군요.

앨버니 그대의 몸가짐을 보고서   에드거에게

190   고귀한 신분임을 짐작했소. 내 그대를 포옹해야겠네.

내가 한 번이라도 자네나 자네 아버지를 미워했다면

*사절판에서 이 대사를 고너릴이 말한다.

슬픔 때문에 내 가슴이 찢어졌을 것이오!

에드거 존경하는 공작님, 잘 압니다.

앨버니 그동안 어디에 숨어 있었소?

195   자네 부친의 불행을 어떻게 알게 되었소?

에드거 그분을 보살펴드리면서입니다. 간단하게 말씀드리지요.

다 말씀드리고 나면, 아, 이 심장이 터져도 상관없습니다!

도망치는 제 뒤를 바짝 뒤쫓았던 잔혹한 포고문이

—아, 삶이 달콤해서 우린 단번에 죽기보다는 죽을 만큼 힘든

200   고통을 매시간 당하고 싶어 하지요!—제게

미치광이가 입는 누더기 옷으로 갈아입고, 개들조차

얕보는 꼴로 변장하는 게 현명한 일이라고 일러줬죠.

이렇게 변장하고 있을 때 아버님을 우연히 만났습니다.

보석을 갓 잃은 반지 같았던 아버님의 구멍 난 눈에서

205   피가 철철 흐르고 있었지요. 그 후 전 길잡이가 되어

아버님을 이끌어드리고, 대신 동냥질하고, 절망에서

구해드렸습니다. 하지만 절대로, 제가 무장하게 된

약 반시간 전까지는, 제 정체를 드러내지 않았었는데,

이런 결투의 승리를 희망했지만 확신할 수는 없었기에

210   그만 아버님의 축복을 구하고, 지금까지 벌어진 일들의

자초지종을 말씀드렸지요. —아, 큰 잘못이었어요!—

그랬더니 이미 금이 간 심장이—아, 가여워라. 충돌을

견뎌내기에는 너무도 약하셨던지—기쁨과 슬픔이라는 두

극단적 감정에 끼어 미소 지으시면서 터져버렸습니다.

215 **에드먼드** 형님 말씀이 나를 감동시키는군요.

어쩌면 내가 좋은 일을 할지도 모르겠어요. 계속하세요,

할 얘기가 더 있으신 것 같으니.

앨버니 더 있더라도, 더 슬픈 이야기일 테니, 그만하시오.

지금까지 들은 이야기만으로도

220 눈물이 쏟아질 것 같소이다.

신사 등장   피 묻은 칼을 들고

신사 큰일 났습니다! 아, 큰일 났습니다.

에드거 무슨 일인가?

앨버니 어서 말해라.

에드거 그 피 묻은 칼은 무엇이냐?

225 **신사** 아직 뜨겁고 김이 납니다.

지금 막 가슴에서 뺐는데······ 아, 돌아가셨습니다!*

앨버니 누가 죽어? 말을 하라.

신사 공작님 부인이요, 공작님 부인. 그리고 동생분도

부인에게 독살당하셨습니다. 부인께서 자백하셨습니다.

230 **에드먼드** 나는 그 두 사람과 모두 결혼 약속을 했으니,

이제 세 사람이 같은 순간에 결혼을 하게 되는구나.

에드거 켄트 백작이 오십니다.

켄트 등장

앨버니 쓰러진 사람들을 보여주시오, 죽었든 살았든.

*사절판에는 "아, 돌아가셨습니다"가 없다.

고너릴과 리건의 시체가 무대 위로 옮겨진다

하늘의 이 심판이 우리를 떨게 하지만,

235   동정심을 일으키지는 않는구나.   켄트를 본다

                    —아, 이분이 그분이신가?

때가 때이니 만큼 예의상   켄트에게

당연히 해드려려야 할 인사를 드릴 수 없습니다.

켄트 제 주군이신 폐하께

영원한 작별 인사를* 드리려고 왔는데,

240   여기 안 계십니까?

앨버니 중대한 일을 잊고 있었어!

에드먼드, 왕은 어디 계시느냐? 그리고 코딜리아는?

—켄트 백작, 저 광경이 보이시오?   시체들을 가리킨다

켄트 아아, 어쩌다 이렇게?

245 **에드먼드** 그래도 에드먼드는 사랑받았어.

한쪽이 나 때문에 다른 쪽을 독살한 뒤

자결했으니까.

앨버니 그렇고말고. 시체들의 얼굴을 덮어라.

에드먼드 숨이 가빠온다. 내 본성을 거슬러

250   착한 일을 하고자 합니다…… 급히 사람을 보내요,

성으로, 지체하지 말고…… 내가 지령을 보냈습니다,

리어와 코딜리아를 죽이라는 지령을.

*켄트는 자신의 죽음을 감지하고 있다.

226

늦기 전에, 어서 사람을 보내요.

앨버니 뛰어가라, 뛰어, 아, 뛰어가란 말이다!

255 **에드거** 누구에게 가야 합니까, 공작님? 누가 그 일을 맡았지?

집행유예의 징표를 보내야 해. 에드먼드에게

에드먼드 잘 생각했어요. 내 칼을 가져가서,

부대장에게 보이세요.

에드거 빨리 가라, 목숨을 걸고. 신사에게

[신사 퇴장]

260 **에드먼드** 부대장에게 당신 부인과 제가 명령을 보냈습니다.

감옥에서 코딜리아를 교수형에 처한 후,

코딜리아가 절망 끝에 스스로 목숨을 끊었다고,

그렇게 덮어씌우라고 했었습니다.

앨버니 신들이시여, 코딜리아를 보호해주소서!

265 저자를 잠시 저기로 데려가라. 에드먼드, 끌려 나간다

리어가 코딜리아를 팔에 안고 등장 신사와 다른 사람들, 뒤따라 등장한다

리어 울부짖어라, 울부짖어라! 아, 너희들은 목석이로구나.

내가 너희 혀와 눈을 가졌다면, 하늘의 창공이 금이 가도록

울부짖었을 것이다. 그 애는 영원히 가버렸다!

난 사람이 죽었는지 살았는지 잘 안다.

270 이 앤 흙이 되어버렸어. 나에게 거울을 빌려다오.

이 애의 입김으로 거울이 흐려지거나 희미해지면,

암, 아직 살아 있는 거야.

켄트 이것이 예언되었던 세상의 종말인가?

에드거 아니면 그날의 공포를 형상화해 보여주는 것인가?

275 **앨버니** 하늘이 무너지고 만사가 끝장나라!

리어 이 깃털이 흔들린다. 살아 있다! 만약 살아 있다면,

지금까지 내가 겪은 모든 슬픔을

전부 보상받을 수 있을 텐데.

켄트 아, 나의 주군이시여!   무릎을 꿇는다

280 **리어** 제발, 저리로 가.

에드거 폐하의 충신 켄트 백작입니다.

리어 염병할 놈들! 네놈들은 다 살인자, 역적이다!

이 애를 살릴 수도 있었을 텐데. 이제 영원히 가버렸다!

—코딜리아, 코딜리아! 잠깐. 뭐라고?

285 뭐라 말하는 거냐? —이 애의 목소리는 언제나 부드럽고

상냥하고 나직했어. 여자의 미덕 중의 미덕이지.

—널 목매 죽였던 그 종놈 새끼를 내가 죽여버렸다.

신사 그렇습니다, 폐하께서 죽이셨습니다.*

리어 이봐, 내가 그러지 않았나?

290 나도 한때는 낫같이 구부러진 칼로 놈들을

달아나게 하던 시절도 있었다고. 하나 이젠 늙었고,

온갖 것들로 쓸모없게 망가졌어. —너는 누구냐?

내 눈이 잘 보이질 않는다. 곧 알아보마.

켄트 운명의 여신이 사랑하고 미워한 두 사람을 자랑한다면,

---

*사절판에서는 이 대사를 부대장이 말한다.

228

바로 그 두 사람이 지금 서로를 바라보고 있습니다.

리어 눈이 잘 안 보여. 넌 켄트가 아니냐?

켄트 그렇습니다,

폐하의 종 켄트입니다. 시종 카이우스는 어디 있습니까?

리어 그놈은 좋은 녀석이야, 그건 말할 수 있어.

300   칼을 잘 쓰지, 날쌔기도 하고. 그놈도 죽어 썩어버렸어.

켄트 아닙니다, 폐하, 제가 바로 그 사람…….

리어 내 곧 알아보게 될 거야.

켄트 폐하의 운명이 바뀌어서 불운해진 그 시초부터

폐하의 슬픈 발자국을 줄곧 따라다닌 사람입니다.

305 **리어** 이곳에 잘 왔네.

켄트 아무도 그럴 사람은 없습니다.* 모든 것이 음산하고 암담

하고, 죽음뿐입니다.

폐하의 큰따님 두 분은 스스로 목숨을 끊으셨는데,

이는 두 분의 절망이 깊은 탓이지요.

리어 음, 그랬을 거야.

310 **앨버니** 폐하께서는 당신의 말을 못 알아듣는 것 같습니다.

우리 이름을 말씀드려도 소용이 없을 것입니다.

전령 등장

에드거 부질없군요.

---

*이 문장은 앞의 켄트의 대사 "폐하의 슬픈 발자국을 줄곧 따라다닌 사람입니다"를
잇는 말로 '아무도 리어의 슬픈 발자국을 따르지 않았다'는 의미와, 바로 앞의 리어
대사에 대한 답으로 '아무도 환영받을 수 없다'라는 이중의 의미를 지닌다.

전령 에드먼드가 죽었습니다, 공작님.

앨버니 그건 여기선 대수롭지 않은 일.

315 경들과 나의 친구들, 내 뜻을 들으시오.

이 쇠락한 대왕은 가능한 모든 위안을 받으실 것입니다.

나로 말하면, 여기 계신 노쇠한 왕께서 살아 계신 동안

저의 전권을 위임해드릴 작정입니다. ―두 분에게는,

에드거와 켄트에게

본래 가지고 계신 모든 권리에 더하여

320 이번의 명예로운 행동에 보답할 상과 작위를

수여하겠습니다. 나의 모든 친구들은 그 공로에 대해

상을 받을 것이며, 모든 적들은 그 죄에 대해

처벌의 고배를 맛보게 될 것입니다. ―아, 보시오!

리어 그리고 나의 불쌍한 바보는 목 졸려 죽었다!* 없어, 없어,

생명이 없어?

325 개나, 말이나, 쥐에게도 생명이 있는데,

왜 너는 숨을 쉬지 않느냐? 다시는 돌아오지 않겠구나.

절대로, 절대로, 절대로, 절대로, 절대로 안 와!

제발 이 단추 좀 끌러주게. 고맙네.

보이는가? 이 애를 봐, 보라고, 이 애 입술을,

330 여길 봐, 여길 봐!

리어, 죽는다

에드거 기절하셨어! 폐하, 폐하!

---

*'바보'란 애정을 담은 표현으로, 이 문장에서는 코딜리아를 의미한다. 하지만 리어의 바보를 상기시킨다.

켄트 가슴아, 터져라, 제발 터져라!*

에드거 눈을 뜨세요, 폐하.

켄트 그분의 영혼을 더는 괴롭히지 마시고, 아, 가게 하세요!

335 이 쓰린 세상의 고문대 위에 더 오래 묶어두려 한다면

폐하는 그 사람을 원망하실 겁니다.

에드거 정말 돌아가셨어요.

켄트 이렇게 오래 견디신 것이 신기하지요.

그분은 여분의 삶을 찬탈하여 살다 가신 것이니.

340 **앨버니** 유해를 모시고 나가라. 우리의 임무는

온 나라의 애도뿐…….

나의 마음의 벗인 두 분께서 켄트와 에드거에게

이 지역을 다스리시어 상처 입은 이 나라를 살려주시오.

켄트 공작님, 저는 곧 여정을 떠나야만 합니다.

345 제 주군께서 부르시니 거절할 수가 없습니다.

에드거 이 비통한 시간의 무게를 우리는 거역할 수 없습니다.

해야만 하는 말은 그만 말하고, 느끼는 대로 말합시다.

최고의 연장자가 가장 많이 견뎠습니다. 우리 젊은이들은 결코

그만큼 많이 보지도, 그만큼 오래 살지도 못할 것입니다.**

장송곡과 함께 모두 퇴장

---

*사절판에서 이 대사는 리어의 대사이다.
*사절판에서 이 대사는 앨버니 공작의 대사이다.

1막 1장

주요 인물들 간의 관계가 수립된다. '권력 또는 권위', '속임수', '자연', '친족', '온전한 정신', '눈으로 봄'과 같은 몇 가지 주제들이 소개된다.

1~31행 켄트와 글로스터가 리어에 관해 이야기를 나눈다. 글로스터는 켄트에게 에드먼드를 소개하고, 에드먼드가 그의 적자 형인 에드거만큼 소중하며 "사생아라 해도 그 녀석을 인정안 할 수가 없"다고 말한다. 에드먼드의 수태를 묘사하며 사용된 외설적 표현들이 이 말 뒤에 숨은 좋은 뜻을 약화시킨다.

32~193행 울려 퍼지는 나팔 소리는 이 시점부터 벌어질 사건이 본질적으로 의례적이며 공식적임을 강조한다. 글로스터에게 프랑스 왕과 버건디 공을 불러오라고 지시한 후 리어는 그

의 세 딸들에게 그의 왕국을 분할하여 주겠다는 "숨기고 있던 생각"을 밝히는데, 누구든 "짐을 가장 사랑하는" 자에게 "최고의 포상금"을 내리겠다고 한다. 이것은 리어가 공적인 것과 가정적인 것을 구별하지 못한다는 것을 알려주고 금전적 계산에 감정 지각의 잣대를 적용시키고 있음을 강조한다. 권력을 사랑하는 리어와 자신을 "홀가분하게 죽음을 향해" 가고자 소망하는 노인으로 묘사하는 리어 사이에 팽팽한 긴장감이 흐른다.

"말로는 표현 못 할 만큼" 아버지를 사랑한다고 선포할 때 고너릴의 대사는 감정 표현이 과장되었으나 애매하다. 자신이 언니 고너릴과 "같은 재질로 만들어졌으니" 언니의 "가치"와 동일한 조건으로 자신을 "아껴"달라고 말하는 리건도 고너릴과 비슷하게 아첨하는데, 이 또한 애매하다. 코딜리아는 자신의 갈등을 방백으로 전한다. 코딜리아의 내면은 아버지에 대한 진정한 사랑과 그 마음을 궁정 대신들 앞에서 말로 표현하는 것을 꺼리는 마음, 혹은 말할 수 없는 상황 사이에서 분열된다. 그녀는 언니들보다 "비옥한 삼분의 일"을 제공받았다. 글로스터와 달리 리어는 그의 딸들을 동등하게 여기겠다는 제안조차 하지 않는다. 언니들과 반대로, 코딜리아는 그저 "[할 말이] 없습니다"라고 대답한다. 리어는 "없으면 얻는 것도 없을" 것이니 더 말해보라고 다그친다. 이 "없으면 얻는 것도 없으리라"는 말은 극 전반에 걸쳐 탐구되는 개념이다. 리어는 코딜리아에게 하기로 했던 유산상속을 철회한다. 켄트가 코딜리아를 변호하는데, 이 변호가 리어의 분노에 기름을 끼얹은 격이 된다.

왕국을 고너릴과 리건에게 분할한 후, 리어는 백 명의 기사들을 보유하고 매달 번갈아 가며 고너릴과 리건의 집에 머물고자 한다. 리어에 대한 존경심을 표현하는 켄트가 끼어들어 리어가 명확한 생각을 못 하고 있다고 지적하며 "해괴한 처사를 중지"하라고 리어를 몰아붙인다. 리어는 켄트를 추방한다.

194~281행 리어는 프랑스 왕과 버건디 공작에게 코딜리아의 "값어치는 떨어졌"다고 설명한다. 코딜리아는 더 이상 리어에게 "값진" 존재가 아니다. "값진"이라는 말은 사랑이 수량화될 수 있다는 리어의 믿음을 강조해준다. 버건디가 결정할 수 없다고 하니, 리어는 프랑스 왕에게 코딜리아를 주겠다고 하면서도 프랑스 왕이 "천륜을 거스른" "보잘것없는 애"와 결혼하기를 원치 않을 것이라 말한다. 프랑스 왕은 코딜리아의 "끔찍한" 죄가 무엇인지 되묻고, 코딜리아는 그 죄란 거짓말에 "기름 쳐내는 언변술"이 부족한 것이니 이 점을 명확히 해달라고 리어에게 요청한다. 버건디 공작은 처음에 주기로 약속했던 지참금을 주면 코딜리아를 데려갈 것이라고 말한다. 리어가 코딜리아의 말을 상기시키면서 "아무것도 못 주겠다"고 선포하자, 버건디 공은 결혼을 거절한다. 프랑스 왕은 코딜리아의 미덕을 인지하고 "버려졌기에 최고 선택을 받은" 코딜리아는 "가난하기에 제일 부유하다"고 평한다. 이 평가는 프랑스 왕과 리어가 얼마나 다르게 "가치"를 인식하고 있는지를 강조하는 말이자 "없으면 얻는 것도 없으리라"는 리어의 주장에 대한 도전이다.

282~299행 프랑스 왕과 함께 떠나는 코딜리아는 "눈물 젖은" 눈으로 작별 인사를 하는데, 이 "눈물 젖은" 눈은 코딜리아가 흘리는 눈물이자 동시에 언니들의 성격을 그녀가 명확히 인지하고 있음을 알려준다.

300~321행 고너릴과 리건은 리어의 "흐려진" 판단력, 늙으면서 생긴 "변덕"과 "노망"에 대해 이야기한다. 그러나 리건은 "전에도 아버지 자신에 관해 별로 알지 못"했다는 점에 주시한다. 고너릴은 리어가 여전히 위세를 부리고 싶은 열망을 가지고 있다는 점에 우려를 표한다. 리건은 함께 이 문제에 대해 "생각해"보아야 한다며 고너릴에게 동의의 뜻을 전한다. 하지만 고너릴은 동생과 자신 사이의 미묘한 차이를 강조하면서 "뭔가 방법을 써야" 한다고 말한다.

1막 2장
1~22행 에드먼드는 자신이 유산상속을 받지 못할 것이라는 사실에 화가 나 있다. 그는 "천하다"는 낙인에 저항하며 자신이 "정실부인의 자식"만큼 훌륭하다고 주장한다. 심지어 자신의 수태에는 욕정이 작용했기 때문에 자신이 더 낫다고까지 말한다. 그는 에드거의 유산을 두고 벌일 자신의 계획을 밝힌다.

23~108행 에드먼드는 글로스터에게 편지를 감추는데, 이는 에드먼드가 글로스터의 관심을 끌려는 한 방식이다. 그는 글로

스터에게 "아무것도 아니"라고 말하고 나서 그 편지가 에드거의 편지인 것으로 가장한다. 글로스터가 편지를 읽는다. 편지에는 에드거와 에드먼드가 글로스터를 살해하고 그 유산을 나누어 가져야 한다는 내용이 적혀 있다. 에드먼드는 글로스터를 조종하여, 글로스터가 쉽게 에드거를 "천륜을 어긴" 악당이라고 믿도록 한다. 에드먼드는 에드거의 편을 들며 애원하는 척 가장하고 글로스터가 자신과 에드거 사이의 대화를 엿듣도록 일을 처리한다. 글로스터는 가정과 국가에서 벌어진 온갖 문제들은 "요사이 일어난 일식과 월식" 때문이라 말하며 퇴장한다.

109~163행 에드먼드는 운명이 별에 의해 결정된다고 믿고 자신들의 "악"을 "천체의 압박" 탓으로 돌리는 자들을 경멸하고, 별들은 인간의 성정이나 운명에 어떠한 영향력도 행사하지 않는다고 주장하면서 자유의지와 운명에 관한 토론을 제기한다. 에드거가 등장하자 에드먼드는 "때맞춰" 행동을 바꾸는데, 이는 앞으로 그가 연출자 역할을 맡을 것임을 암시한다. 그는 에드거를 설득하여 글로스터가 그에게 화가 나 있다는 것을 믿게 하며, 글로스터를 만나지 말라고 말한다. 에드먼드는 에드거에게 자신의 집 열쇠를 내주면서 그를 돕겠다고 약속한다.

1막 3장
고너릴은 이성을 잃을 정도로 화를 내는 리어의 성미에 대해 자신의 집사 오즈월드와 이야기를 나눈다. 고너릴은 자신이 아파서 리어를 만날 수 없다는 말을 전하라 이르고 시종들이 리어를 무시하도록 행동하라고 지시한다.

1막 4장

1~83행 켄트는 변장했다. 그의 외모는 변했지만 본성은 변하지 않았다. 그는 여전히 "지극히 정직한 놈"이다. 켄트를 알아보지 못한 리어는 그를 고용하고, 오즈월드에게 고너릴에 대해 묻지만 무시당한다. 리어의 기사 하나가 오즈월드가 리어에게 되돌아오기를 거부했다는 것과 고너릴의 몸 상태가 좋지 않다는 소식을 전하면서, 최근 리어가 무시당하고 있었다는 점도 지적한다. 재등장한 오즈월드는 리어에게 무례하게 굴고 리어는 버럭 화를 낸다. 켄트는 오즈월드의 다리를 걸어 넘어뜨리며 그를 모욕하고 리어에게 고맙다는 말을 듣는다.

84~166행 리어의 바보가 우리에게 전달하는 유머, 수수께끼, 난센스, 리듬은 희극적 효과를 지닐 뿐 아니라 그 애매모호한 특성 때문에 리어의 상황에 대한 통찰력 있는 논평을 제공하는 데 적격이다. 또한 이것들은 잔인성, 분할, 어리석음과 같은 몇 가지 주요한 주제를 강화하는 데도 유용하다. 사절판에서 켄트는 "폐하, 이놈은 완전히 바보가 아닙니다"라고 평한다.

167~287행 고너릴이 불만을 늘어놓는다. 리어의 성미와 말이 점차 거칠어지고 이는 그의 정신 상태가 점차 불안해진다는

것을 암시한다. 난센스와 지혜가 섞인 바보의 감탄사들이 점차 고조되는 혼돈을 효과적으로 드러낸다. 리어가 고너릴에게 불모가 되든지 "독 품은 아이"를 낳든지 하라고 저주하자, 앨버니가 리어를 진정시키려 하지만 소용이 없다. 리어는 떠난다. 고너릴은 앨버니를 무시하는데, 이는 이들 부부 사이에서 권력이 누구에게 있는지를 알려준다. 리어는 고너릴이 자신의 수행 기사를 오십 명까지 줄였다는 것을 알고 되돌아온다. 통제할 수 없는 분노에도 불구하고 리어가 흘리는 눈물은 그가 약하다는 것을 암시한다. 그는 고너릴의 "늑대 같은 얼굴"의 "껍질을 벗겨"내겠다고 말하면서 리건에게 가기로 결심한다. 이 "늑대 같은 얼굴"은 이 두 자매와 연관된 동물 이미지를 예시한다.

288~317행 고너릴은 연로한 아버지 리어가 망령을 부리도록 그냥 놔두는 일은 현명한 처사가 아니라고 주장한다. 그리고 오즈월드를 불러 편지를 리건에게 전달하라고 부탁한다. 그녀는 앨버니가 "온화하다"고 비판한다.

1막 5장

켄트를 시켜 글로스터에게 편지를 보낸 후 리어는 바보와 이야기를 나누며 자신의 광기와 치열한 싸움을 벌인다.

2막 1장

1~90행 에드먼드는 에드거에게 도망치라고 강력하게 권고한

다. 또한 콘월은 에드거가 자신에게 적대적인 일을 꾸미고 있다고 믿고 있으며 글로스터가 에드거를 쫓고 있다는 이야기도 암묵적으로 전한다. 에드먼드는 에드거를 돕는 척하며 에드거의 도주를 지휘하지만, 글로스터 측에는 자신이 에드거의 계획을 말려보려 했다고 말하며 이를 믿게 한다. 에드먼드는 자신의 팔에 상처를 내고 글로스터에게 말하길, 자신이 에드거의 청을 거절하자 에드거가 그를 찔렀다고 꾸며댄다. 글로스터는 "충직하고 서출이지만 효심 깊은" 에드먼드를 유산상속자로 삼겠다고 말한다.

91~139행 글로스터는 콘월과 리건이 에드거에 대해 묻자 이를 확인해준다. 콘월은 에드먼드를 칭찬하고 그를 자신의 부하로 삼은 후 자신들이 왜 이곳에 왔는지를 설명하기 시작한다. 리건이 콘월의 말을 끊으며 자신의 지배력을 드러내고, 이어서 리어와 고너릴에게서 온 편지들에 대해 글로스터의 조언을 듣고 싶다고 말한다.

2막 2장
1~146행 글로스터의 성 앞에서 오즈월드는 자신에게 욕하고 구타를 가한 변장한 켄트가 누군지 알지 못한다고 주장한다. 콘월이 싸움이 시작된 경위를 밝혀내려고 하는 동안, 켄트는 계속 오즈월드에게 모욕을 가한다. 오즈월드는 (자칭 '카이우스'라는) 켄트가 리어를 모시고 있다고 설명한다. 콘월은 솔

직하게 말하는 켄트의 본성에 대해 평하지만, 역설적으로 켄트가 "솔직함을 내세우지만 교활하고 불순한 생각을 품"고 있다고 주장하며 그를 차꼬에 채운다. 사절판에서 글로스터는 차꼬가 "가장 비천하고 경멸받는 놈들"을 위한 것이며, 리어의 전령을 차꼬에 채우는 일은 리어를 모욕하는 일이라고 주장한다.

147~169행 글로스터는 켄트에게 유감을 표하고 자신이 켄트의 석방을 위해 간청하겠다고 말하지만, 켄트는 그렇게 하지 말라고 말한다. 켄트의 독백에 의해 켄트가 코딜리아에게서 편지를 받았음이 드러난다.

170~190행 에드거는 베들램의 미친 거지로 변장하기로 한다. 에드거의 독백과 그 후 이어지는 사건들은 가끔 편집되고 각각 개별 장면들로 연출되지만, 켄트가 차꼬를 차고 잠든 채 무대 위에 남아 있다는 점에서 중단 없이 이어진다.

191~272행 리어는 리건과 콘월이 켄트를 차꼬에 채웠다는 걸 믿지 않으려 한다. 그것은 "예를 갖추는 일"에 가해진 "난폭함"이기 때문이다. 끓어오르는 분노와 싸워가면서 리어는 리건과 콘월을 직접 만나러 간다. 바보는 켄트가 계속 리어를 모시려는 것은 바보 같은 짓이라고 평한다.

273~385행 리건과 콘월이 자신을 만나지 않겠다는 말에 격

분한 리어는 글로스터를 보내 이들 내외를 불러오라고 한다. 리어의 말은 점차 심해지는 그의 정신적 혼돈을 반영한다. 그는 "북받쳐 오르는 가슴! 하지만, 진정해라!"라고 외치며 이 혼돈을 다스리려고 애쓴다. 리건과 콘월이 도착하자, 리어는 고너릴에 대한 노여움을 그들에게 쏟아낸다. 리건은 리어가 늙었고 "사람들의 다스림과 지도"를 받아야 한다고 이성적이지만 모욕적인 태도로 답하고, 더 나아가 리어에게 고너릴의 용서를 구하라고 제안한다. 리어는 자존심이 상하고 분노가 끓어오르면서도, 리건이 리어 자신이 "왕국의 반"을 주고 샀던 "은혜 갚는 일"을 인정할 것이라 생각한다.

386~517행 고너릴과 리건이 합세하여 리어에게 등을 돌리기로 결정하고, 둘은 리어에게는 권력의 상징이라 할 수 있는 리어의 수행 기사 수를 점차적으로 줄여 한 명도 남지 않게 하려 한다. 리어는 두 딸들에게 "너희들에게 모든 걸 다 주었는데"라며 그들이 아비인 자신에게 빚지고 있음을 상기시킨다. 리건이 한 사람의 수행 기사인들 필요하겠느냐고 묻자 리어는 "아, 필요를 따지지 마라! 가장 천한 거지들의 / 하찮은 물건들에도 여분은 있는 법. / 자연이 필요 이상의 것을 허용치 않는다면, / 사람살이란 짐승살이처럼 천하다"라고 외친다. 왕과 거지의 조우, "여분"의 문제, 화려한 궁정식 의복을 하나씩 벗어던져 알몸이 되는 것, 이런 문제들이 이 극의 근저에 자리 잡고 있다. 리어는 하늘의 신들에게 인내심을 달라고 요청하지만, 폭풍우는 점차

격렬해지고 이는 폭풍우처럼 사납게 요동치는 그의 마음을 반영한다. 그는 "크게 진노"하여 황야로 향한다. 고너릴, 리건, 콘월이 글로스터에게 문을 굳게 닫으라고 명하는데, 이는 리어를 밖으로 내쫓고 자신들은 폭풍우를 피하기 위해서이다.

3막 1장

3막에서는 상대적으로 짧고 빨리 바뀌는 장면들이 여러 다른 장소와 등장인물 사이를 오가며 진행된다. 이는 폭풍우와 더불어 혼돈의 느낌을 전달하는데, 리어의 이성과 왕국이 붕괴되었음을 반영한다.

켄트는 리어가 폭풍우 속에서 바보와 함께 황야에 있다는 것을 알게 된다. 그는 프랑스 측이 콘월과 앨버니 궁정에 첩자들을 심어놓았으며 그 둘 사이의 불화가 깊어지고 있다는 소식을 전한다. 켄트는 신사에게 자신의 정체를 확인해줄 징표로 반지를 코딜리아에게 전해달라고 부탁한다.

3막 2장

인류를 멸망시키고 "두껍고 둥근 이 지구를 납작하게 쳐내"달라고 자연에게 호소할 때의 리어가 내뱉는 혼란스러운 말은 그의 정신 상태를 반영한다. 리어가 자신의 상황이 딸들 탓이라며 비난조로 쏟아내는 이 무질서한 말 속에서 자식, 배은망덕, 정의가 반복적으로 언급된다. 바보가 리어에게 폭풍우를 피해 쉴 곳을 찾아가라고 용기를 북돋우며, "이런 밤엔 똑똑한 사람이나 바보나 똑같이 불쌍해져"라고 평한다. 이 말은 지혜와 어리석음, 온전한 정신과 광기 사이의 모호한 구분으로 우리의 관심을 이끈다. 리어는 여전히 그 어떤 책임도 거부하면서 공정한 법의 심판을 두고 격노하며, 자신이 "지은 죄보다 죄짓는 자들에게 당한 게 더 많은 사람"이라고 주장한다. 켄트는 자신이 고너릴과 리건에게 가서 리어가 쉴 곳을 마련해달라고 요청하겠으니 그사이 가까운 오두막집에서 비바람을 피하고 있으라고 리어를 설득한다. 혼자 남은 바보는 운율에 맞춰 "예언"한다. 이 예언은 이 극의 범위를 넘어서, "앨비언"(브리튼)의 불의와 타락을 경고한다.

3막 3장
글로스터는 리어에게 도움을 주려고 했지만 공작 부부에 의해 거절당하고 자신의 성에 대한 통치력마저 잃는다. 그는 자신이 벽장 속에 감춰둔 콘월과 앨버니 관련 편지에 대해 에드먼드에게 말하고 자신이 리어를 도울 의향이 있다는 점을 밝힌다. 그는 자신이 리어를 돕는 것이 발각되지 않아야 하므로 콘월에게 자신이 아프다고 전해달라는 뜻을 에드먼드에게 전한다. 혼자 있게 되자, 에드먼드는 글로스터를 배반하려는 자신의 의도를 드러낸다.

3막 4장
1~103행 켄트는 리어에게 폭풍우를 피해 오두막집 안으로 들

어가자고 설득한다. 그러나 리어는 마음속 "폭풍우"에 더 관심을 가지며 격렬한 날씨에 무방비인 "집도 없"고 "먹지 못한" "헐벗은 가난뱅이들"에 대한 이야기를 늘어놓으며 밖에 남는다. 짧은 자각의 순간에 그는 "아, 내가 이런 일에 / 너무도 무관심했었다!"라고 외친다. 바보가 오두막집에 들어가, 거의 알몸인 "불쌍한 톰"으로 변장한 에드거를 보고 놀라 뛰쳐나온다. 진짜 미친 리어와 비참하지만 역설적인 대조를 이루는 "톰"은 통일성이 결여된 파편화된 언어를 쓰며 미친 척을 한다. 그러나 바보의 난센스에서처럼, 그 언어에서는 욕정, 사악함, 벌거벗음과 같은 이 극과 관계된 주제들이 감지된다. 리어는 톰을 보며 "불효한 딸들 때문이 아니라면 인간이 저렇게 비참한 처지로 떨어질 수는 없"다고 주장하며, 계속 자신의 괴로움에 대해 깊이 생각한다. "인간이 저자 꼴밖에 안 된단 말이냐?"라고 물으며, 리어는 옷을 벗고, "있는 그대로의 자연 그 자체, 아무것도 걸치지 않은 인간"이 예시하는 문명을 벗어던진 원시 상태에 가까이 다가간다.

104~179행 바깥 폭풍우와 리어 머릿속 "폭풍우"를 생생하게 재현하는 혼돈의 대화를 나누며, 글로스터와 켄트는 글로스터의 성 안으로 들어가자고 리어를 설득하려 한다. 톰은 악마와 마법을 강조하는 "미친" 말을 하며 끼어들지만, 리어에게 그 말은 "철학자"와 "테베의 학자"의 말로 여겨진다. 글로스터가 에드거와 "가엾게도 추방당한 분"에 대해 말하는 것은 역설적이다.

3막 5장

에드먼드는 글로스터를 배반했다. 콘월은 글로스터에게 복수를 맹세하고 에드먼드에게는 보답으로 그의 아버지의 작위를 수여한다. 에드먼드는 아버지 글로스터를 배반한 것에 고통스러워하는 척하지만, "왕을 돌보고 계신" 아버지를 찾아서 상황을 더 악화시킬 계획을 세운다.

3막 6장

글로스터는 켄트, 리어, 톰, 바보를 그의 집 가까이에 있는 농가로 안내한다. 리어가 계속 불의(不義)에 대해 몰입하고, 바보가 계속 난센스를 통해 의미를 전달하고, 에드거가 광인 역을 연기해내면서 이들 간의 대화는 파편화된다. 켄트의 이성적 목소리는 힘을 발휘하지 못한다. 사절판에만 있는 장면에서 미친 리어는 자신의 눈앞에 고너릴과 리건이 나타났다 생각하며, 이들에 대한 "재판"을 감행하겠다고 주장한다. 톰과 바보를 재판관으로 하는 이 에피소드는 지금껏 다뤄진 뒤틀린 정의의 모습을 더욱 강조한다. 에드거가 리어에게 느끼는 연민은 그가 "변장술"을 유지하는 일을 매우 어렵게 만든다. 글로스터가 다른 사람들과 함께 멀리 떠나자, 그는 변장을 벗어던진다.

3막 7장

콘월은 고너릴을 보내 프랑스 군이 상륙했다는 사실을 앨버니에게 전달하며, 에드먼드에게 고너릴을 따라가라고 지시한다.

오즈월드는 콘월에게 리어가 도버에 갔다는 사실을 알려준다. 글로스터는 불려와서 심문을 받는다. 리건은 잔인하게도 시종에게 글로스터를 "세게" 묶으라고 명하고, 그의 수염을 뽑는 무례한 행동을 한다. 글로스터는 리건의 "잔인한 손톱"과 고너릴의 "산돼지 같은 어금니"로부터 리어를 보호하기 위해 자신이 리어를 도버로 보냈다고 시인한다. 콘월은 글로스터의 한쪽 눈을 뽑는다. 시종 하나가 글로스터를 돕고자 나서지만, 콘월이 그 시종과 싸우자 리건이 칼을 뽑아 시종을 찌른다. 이 일은 리건이 "여자답지 않은" 힘을 가지고 있음을 보여준다. 리건은 글로스터를 배반한 사람이 다름 아닌 에드먼드라는 사실을 밝히는데, 이때 콘월은 글로스터의 다른 눈을 마저 뽑는다. 이렇게 해서 글로스터는 실제로는 눈이 멀지만 은유적 "시력"을 얻게된다. 리건은 "냄새 맡으며 도버까지" 가도록 글로스터를 황야로 내쫓으라 명한다. 그녀는 상처가 깊어 죽어가는 콘월을 데리고 떠난다. 사절판에서 나머지 시종들은 리건이 여성적 감정을 결여했다는 이야기를 나누고, 글로스터에게 응급 처치를 한다음 글로스터를 도버까지 데리고 가는 일을 "베들램 거지" 톰에게 부탁하겠다고 맹세한다.

4막 1장

에드거는 가장 "운명에게 버림받은" 자들조차도 여전히 희망을 가질 수 있다고 논한다. 하지만 바로 그때 자신의 눈먼 아버지를 만나며 자신이 "조금 전의 나보다 더 비참해진" 상황에 놓이게 되었음을 깨닫는다. 글로스터는 눈으로 볼 수 있을 때는 "넘어졌었지"라고 말하고, 역설적으로 "사랑하는 내 아들 에드거"를 언급하게 되는데, 이는 그가 깨달았다는 것을 알려준다. 글로스터는 신들은 인간들을 "파리"처럼 "장난삼아 죽인"다고 말하며 신들을 비난한다. 글로스터를 안내하는 노인이 "불쌍한 톰"을 알아보고, 에드거는 변장을 유지한 채 "슬퍼하는 사람 앞에서 광대 노릇"을 해야 한다는 사실을 인지한다. 글로스터는 톰이 그를 도버까지 데리고 가기를 희망한다. 노인은 여기에 반대하지만, 글로스터는 "미친 사람이 눈먼 사람 끌고 가는 괴로운 시절"이라고 대답한다. 에드거는 글로스터에 대한 연민 때문에 자신의 속임수를 유지하기가 어렵다. 글로스터는 에드거에게 도버의 절벽 끝까지 데려다달라고 요청한다.

4막 2장

1~31행　고너릴은 왜 앨버니가 자신을 마중 나오지 않았는지 궁금해한다. 오즈월드가 앨버니의 마음이 변했다는 사실을 알려준다. 앨버니는 프랑스 군대가 상륙했다는 소식을 듣고 "미소를 지었으며" 고너릴이 돌아오는 일이 "더 나쁜 일"이라 말했다고 전한다. 앨버니는 글로스터의 역모 행위나 에드먼드의 충성을 더 이상 믿지 않는다. 고너릴은 앨버니의 변화가 그가 "겁쟁이처럼 두려움에" 떨고 있기 때문이라며 비난을 퍼붓고, 에드먼드를 돌려보낸다. 고너릴은 에드먼드에게 사랑의 징표를 건네면서 키스하고, "연인의 지시"를 기다리라고 말한다.

32～77행 앨버니와 고너릴이 말다툼을 벌인다. 사절판에만 있는 장면에서 앨버니는 고너릴의 아버지에 대한 잘못을 질책하고 그녀와 리건을 "딸들이 아니라 호랑이들"이라고 부르는데, 이때 그는 새로운 힘을 과시한다. 고너릴은 앨버니를 "어리석은 바보 양반"으로 묘사하고, 그의 비겁함을 비난한다. 이 대화 내용이 있는 이절판 편집본에서 고너릴은 자신의 남편을 "우유만큼 희멀건 소심한 위인"이라고 부른다. 전령이 콘월이 죽었으며 글로스터가 눈이 멀었다는 소식을 전한다. 그는 고너릴에게 리건의 편지를 전달한다. 앨버니는 끔찍해하며, 글로스터를 배반한 에드먼드에게 맹세코 복수하겠다고 다짐한다. 고너릴은 콘월이 죽었다는 소식을 듣고 뒤섞인 감정을 드러낸다. 과부가 된 리건은 힘이 전보다 약해지겠지만 과부이기 때문에 에드먼드와 결혼할 수 있는 것이다.

4막 3장

사절판에만 있는 장면에서, 켄트와 신사는 관객에게 프랑스 군이 코딜리아를 영국에 두고 자기들 나라로 되돌아갔다는 소식을 전한다. 켄트는 자신의 편지에 대한 코딜리아의 반응에 대해 묻는다. "햇빛이 나면서 비가 오는 일이 있지요. 흡사 그러했습니다. 왕비께서 미소를 지으며 눈물을 흘리시는 모습"과 같은 자연의 이미지는 코딜리아의 선함을 보여주는데, 이는 고너릴 및 리건과 연관된 어두운 자연 이미지와 대조된다. 켄트는 "인간의 성질을 좌우하는" "천상의 별들"만이 자매들의 차이를 설명할 수 있을 것이라 평한다. 이 말은 1막 2장에서 글로스터와 에드먼드의 운명과 자유의지에 관한 견해들을 상기시킨다. 리어는 도버에 와 있지만, 코딜리아에게 자신이 잘못했다는 "더할 나위 없는 치욕" 때문에 코딜리아와의 대면을 거부한다.

이절판 텍스트는 3장의 시작과 동시에 군대의 수장으로서 무대에서 행군하는 코딜리아를 보여준다. 이 장면은 관객에게, 야생화와 잡초로 왕관을 만들어 쓴 리어가 여전히 미친 상태에 있지만 볼 수 있는 통찰력을 가지게 되었다는 점도 알려준다. 신사(사절판에서는 의사)는, 잠을 자는 것이 리어에게 도움이 될 것이며 잠을 자게 해주는 약초들이 있다고 말한다. 이것은 격렬했던 폭풍우와 대조되는 자연의 자비로운 이미지이다. 전령이 영군 군이 그들을 향해 진군하고 있다는 소식을 전하고 코딜리아는 프랑스 군대는 고너릴과 리건의 경우와는 달리 "허황된 야심" 때문이 아니라 리어에 대한 사랑 때문에 전쟁을 벌이고 있다는 점을 명확히 밝힌다.

4막 4장

앨버니의 군대가 출동한다. 오즈월드는, 앨버니가 출전할 때 "큰 소동"이 있었고, 고너릴이 "더 훌륭한 군인"이라고 덧붙인다. 오즈월드는 에드먼드에게 전할 고너릴의 편지를 가지고 있고, 리건은 이 편지를 읽고 싶어 하나 오즈월드는 거절한다. 리건은 에드먼드에 대한 고너릴의 관심이 신경 쓰인다고 말하고, 자신이 과부이기 때문에 에드먼드가 자신에게 더 잘 어울린다고 말한다. 그녀는 이 점을 고너릴에게 상기시키라고 오즈월드에게 부탁하며, 누구든 글로스터를 죽이는 사람에게 보상하겠다고 말한다.

4막 5장

1~93행   에드거는 글로스터에게 자신들이 절벽 꼭대기에 도착했다고 믿게끔 말한다. 글로스터는 에드거의 "목소리가 달라졌다"고 말한다. 진심이 담긴 아이러니를 사용하면서 에드거는 자신의 의복 이외에는 아무것도 변한 게 없다고 답한다. 글로스터는 자살하겠다는 연설을 한 후 앞으로 몸을 던진다. 에드거는 절벽 밑에서 글로스터를 발견한 척하며, 글로스터가 절벽에서 떨어졌는데도 살았다는 것은 기적이라고 주장한다. 그는 글로스터에게 절벽 꼭대기에 있을 때 누구와 함께 있었는지를 묻고, 함께 있었던 것이 "악마"였지만 신들의 도움으로 살아났다는 의미의 말을 글로스터에게 넌지시 전한다. 글로스터는 "고통을 참아내겠"다고 결심한다.

94~210행   리어는 온몸을 잡초로 휘감고 난센스를 말하며 등장하는데, 여전히 딸들에게 집착하고 있다. 글로스터는 리어의 목소리를 알아채지만, 리어는 알아보지 못하고 "흰 수염 난 고너릴"로 착각한다. 동정심을 유발하는 반어적인 대화에서 리어는 글로스터의 눈을 기억한다고 말하며 글로스터에게 상상의 도전장을 읽으라고 요청한다. 리어는 여자들의 성적 방종을 지

적하며 여자들을 강하게 비난한다. 정의와 "금으로 감싼" 죄를 벌하지 못한 정의의 쓸모없음을 지적하는 리어는 "광기 속에 이성"을 지니고 있음을 드러낸다. 리어는 코딜리아의 수행원들을 피해 달아난다.

211~299행 에드거가 글로스터를 안전한 곳으로 안내하는데, 오즈월드가 그들을 발견하고 글로스터를 죽이려 한다. 또 다른 인물로 위장한 에드거는 오즈월드에게 치명상을 입힌다. 오즈월드는 에드거에게 편지 한 통을 에드먼드에게 전달하라고 부탁한다. 그 편지는 고너릴이 보낸 것으로 에드먼드에게 앨버니를 죽여달라고 강력히 부탁하는 내용을 담고 있다. 그래야 그녀가 에드먼드와 결혼할 수 있기 때문이다. 그 편지를 읽은 에드거는 오즈월드를 묻어주고, 앨버니에게 보여줄 생각으로 그 편지를 간직한 채, 글로스터를 안내하여 멀리 떠난다.

4막 6장
코딜리아가 켄트에게 감사의 마음을 전하고 그에게 변장을 벗으라고 요청한다. 켄트는 현재의 변장 상태로 계속 있어야 할 이유가 있다고 답한다. 신사(사절판에서는 의사)가 리어를 깨워도 되는지 코딜리아에게 묻는다. 코딜리아는 리어에게 입 맞추고 언니들이 리어에게 잘못한 것에 대해 통탄한다. 리어가 깨어나자 코딜리아는 "지존이신 폐하"께 어울리는 존경을 표하며 인사한다. 리어는 정신적 혼란에 빠져 있지만 겸손하다. 이러한 태도는 자만했던 초기의 모습과 대조된다. 그는 자신을 "어리석고 멍청한 늙은이"라고 부른다. 그는 코딜리아를 알아보고 그 딸이 자신을 미워할 것이라 생각하며, 미워하는 데는 "그럴 만한 이유"가 있다고 인정한다. 코딜리아는 그렇지 않다고 말하며 리어와 함께 멀리 떠난다. 켄트는 에드먼드가 콘월의 군대를 지휘하고 있다고 알려준다.

5막 1장

1~32행 에드먼드가 앨버니의 "계획 변경"과 "자책"에 대해 묘사한다. 리건은 에드먼드에게 고너릴에 대해 물으며 고너릴과의 간통 여부를 추궁한다. 에드먼드가 이를 부인할 즈음 앨버니와 고너릴이 도착해, 리어와 코딜리아의 재회 소식을 전한다. 앨버니는 영토를 지켜야 하는 지휘관으로서의 역할과 리어와 전쟁을 하고 싶지 않은 개인적 생각 사이에서 갈등한다. 고너릴과 리건 모두 에드먼드를 자기 아닌 상대방과 남겨두고 떠나는 게 내키지 않는다.

33~67행 변장한 에드거는 앨버니에게 편지를 전달하고 떠난다. 에드먼드는 앨버니에게 "적군이 보인다"고 알려준다. 혼자 남은 에드먼드는 냉정하게 "둘 다 살아 있으면 어느 쪽도 즐길 수 없다"는 사실을 직시하며, 두 자매에 대해 생각한다. 그는 앨버니가 전쟁에서 살아남으면 고너릴이 알아서 남편인 그를 죽이게 놔두겠다고 결심하고 리어와 코딜리아에게 자비를 베

풀지 않겠다고 맹세한다.

5막 2장

에드거는 글로스터를 안전한 곳에 두고 리어를 위해 싸우러 떠
난다. 돌아온 그는 리어와 코딜리아가 패배해서 포로가 되었음
을 알린다. 글로스터는 자신이 있는 곳에 그대로 있다가 포로
가 되거나 죽게 되길 바란다. 그러나 에드거는 인간은 자신에
게 정해진 날까지 "참아야" 한다고 말한다.

5막 3장

1~114행 코딜리아는 자신과 아버지가 포로가 되었으니 언니
들을 만나게 될 것이라고 생각하지만, 리어는 딸들을 보고 싶
어 하지 않는다. 그는 자신과 코딜리아가 감옥에서 행복하고
안락하게 살게 되는 꿈을 꿔본다. 에드먼드는 리어와 코딜리아
를 멀리 보내라는 명령을 내리고 부대장에게 그들을 죽이라고
지시한다. 앨버니, 고너릴, 리건이 도착하고, 앨버니는 에드먼
드가 "용맹한 혈통"임을 칭송하며, 포로들에 대해 묻는다. 에드
먼드는 리어가 "백성들의 동정을 얻지" 못하도록 리어를 멀리
보냈다고 말한다. 앨버니는 에드먼드의 권력 행사에 대해 비
난하지만 리건은 에드먼드가 자신의 군대를 지휘하면서 앨버
니의 "형제"임을 스스로 증명해 보였다고 주장한다. 고너릴과
리건이 에드먼드를 두고 싸우기 시작하고 리건은 그를 자신의
"주군이자 남편"이라고 주장한다. 앨버니는 반역죄로 에드먼

드를 체포하며 리건의 에드먼드에 대한 권리 행사를 의도치 않게 막게 된다. 에드먼드가 고너릴과 "중혼"이 되어 있기 때문이었다. 앨버니가 에드먼드에게 도전할 때, 리건은 고너릴의 독약 때문에 아프다. 스스로 글로스터 백작이라 생각하는 에드먼드야말로 "온갖 반역"을 저지른 자라고 밝힐 사람, 즉 앨버니를 대신해 싸울 사람을 부르는 나팔 소리가 울려 퍼진다.

115~265행 에드거가 나팔 소리에 응해 나타나지만, 자신이 에드먼드만큼 "귀족"의 자제라는 것을 제외하곤 자신의 정체를 드러내지 않는다. 둘은 싸우고 에드먼드가 치명적 상처를 입는다. 하지만 고너릴은 그가 "이름을 밝히지 않은 상대"와 대적할 의무가 없다며 패한 것이 아니라고 반박한다. 앨버니는 고너릴에게 "입 닥치"라고 말하며 그녀가 에드먼드에게 썼던 편지를 제시한다. 이때 앨버니와 고너릴 사이에 권력이 이동했음이 드러난다. 고너릴은 도망친다. 에드먼드는 고발 내용을 인정하고, 자신을 죽인 자가 누구인지 알고 싶어 하며 그가 귀족이라면 용서하겠다고 말한다. 에드거가 자신의 정체를 드러내며 "서로 용서를 주고받자"고 말한다. 그는 "신들은 공정하다"는 견해를 밝히는데, 이 말은 4막 1장에서 글로스터가 토로한 비탄에 대한 응답일 수 있다. 에드거는 글로스터가 눈먼 상태의 자신을 인도했던 사람의 정체를 알게 되자 곧 세상을 하직한 이야기를 전한다. 글로스터의 마음이 너무 약해서 이 사실을 안 후의 "기쁨과 슬픔"이라는 양 극단의 감정을 지탱할 수

없었다는 것이다. 고너릴이 리건을 독살한 후 자결했다는 소식을 전령이 가지고 온다. 켄트가 리어를 찾아 도착했을 때 두 사람의 시체가 무대 위로 옮겨진다. 에드먼드는 죽기 전 "좋은 일"을 하기로 결심하고, 리어와 코딜리아가 사형선고를 받았다는 사실과 코딜리아의 교수형을 그녀의 자살로 꾸미려고 했다는 사실을 털어놓는다. 그는 자신의 칼을 "집행유예의 징표"로 보내고 누군가가 그 칼을 가지고 나간다.

266~349행 리어가 코딜리아의 시체를 품에 안은 채 울부짖는다. 그는 그에게 말을 걸고자 하는 켄트를 무시하고 코딜리아를 살려내려고 한다. 리어는 자신이 사형집행인을 죽였다고 고백하고, 자신이 한때 "놈들을 달아나게 하던" "시절"도 있었음을 기억해낸다. 이것은 리어가 또 한 번 정신이 무너지기 직전 잠시 제왕다운 모습으로 되돌아왔음을 말해준다. 리어는 코딜리아가 숨 쉬는 것을 보았다고 믿으며 죽는다. 켄트는 자신의 가슴보고 터져버리라고 말한다. 에드먼드가 죽었다는 소식이 보고되고 앨버니는 켄트와 에드거에게 "상처입은 이 나라"를 통치하고 유지해줄 것을 부탁한다. 그러나 켄트는 죽음이 임박해옴을 감지하며 이 제안을 거절한다. "나의 모든 친구들은 그 공로에 대해 / 상을 받을 것이며, 모든 적들은 그 죄에 대해 / 처벌의 고배를 맛보게 될 것"이라는 앨버니의 주장에도 불구하고, 인간적 차원이건 신의 차원이건 정의가 구현되는 것을 거의 느낄 수 없는 이 극의 결말은 황량하다.

셰익스피어의 희곡을 이해하는 가장 좋은 방법은 그 극을 직접 관람하는 것이며, 이상적인 방법은 공연에 참여해보는 것이다. 우리는 수많은 공연들을 살펴봄으로써 놀라울 정도로 다양한 접근 방식과 해석이 가능하다는 것을 알게 될 것이다. 이러한 다양성은 셰익스피어 사후 4세기가 지난 지금에도 그의 극이 재창조되고 "동시대적인" 것으로 만들어지도록 하는 독특한 능력을 셰익스피어 극에 부여한다.

이 장에서는 먼저 셰익스피어의 극작품이 연극화되고 영화화되었던 역사를 간략하게 개관하면서 극이 어떻게 연출되어왔는지에 대한 역사적 관점들을 제공하는 것으로 출발하고자 한다. 그다음으로는 지난 반세기 동안 무대에 올려진 일련의 RSC 공연들을 좀 더 자세하게 분석할 것이다. RSC를 대표해서 스트랫퍼드어폰에이번 소재 셰익스피어 출생지 재단에서 보유하고 있는 극장용 대본, 프로그램 해설, 논평과 인터뷰 등의 엄청나게 방대한 기록 자료들과 더불어, 한 극단이 오랜 기간에 걸쳐 셰익스피어의 정전을 되살리고 탐구하는 데에 헌신해야만 생길 수 있는 공연들 간의 대화에 대한 감각은 "RSC 무대 역사"가 연극의 화학적 작용을 고찰해볼 수 있는 하나의 실험장이 되도록 해준다.

마지막으로 관계자들의 말을 들어볼 것이다. 현대 연극은 연출가에 의해서 주도적으로 만들어진다. 배우는 자신의 역할에만 집중하면 되는 반면에, 연출가는 극 전체를 조화롭게 만들어야 한다. 그러므로 연출가의 관점은 특히 중요한 가치를 지닌다. 셰익스피어 극이 지닌 가소성(可塑性)은 아주 성공적인 작품의 연출가들이 똑같은 질문에 매우 다른 방식으로 답하는 것을 들을 때 놀라우리만치 잘 드러난다.

〈리어 왕〉의 4세기: 개관

첫 번째 리어는 셰익스피어의 소속 극단인 '국왕 극단'의 주연 배우였던 리처드 버비지였다. 버비지의 가장 잘 알려진 역할 목록을 작성했던 익명의 애가 시인은 그를 "친절한 리어 왕"[1]이라고 묘사했다. 이것 이외에 최초의 공연들에 대해서는 거의 알려진 바가 없다. 바보는 윌 켐프가 떠난 이후 이 극단의 주연 희극배우인 로버트 아민이 맡아 연기한 것으로 알려졌다. 뛰어난 가수이자 음악가였던 아민은 기지에 찬 역설적 광대짓으로 유명하다. 그러나 몇몇 학자들은 아민이 에드거 역할을 했을지도 모른다고 주장했다. 왜냐하면 베들램의 톰이 바보가 하는 말과 비슷한 말을 하고 아민은 에드거 인물이 연기했던 여러 역할 변화들을 골고루 다 잘할 수 있었기 때문이었다. 이러한 배역은 공연 내내 한 번도 같이 무대에 나오지 않는 코딜리아와 바보 역을 한 소년 배우가 이중으로 맡을 가능성을 열어 주었을 것이다. 이와 같은 이중배역은 "그리고 나의 불쌍한 바보는 목 졸려 죽었다"의 행에 추가적 통렬함이 묻어나게 할 것이다. 그러나 아민이 바보 역할 이외의 다른 배역을 맡았다고 추측하는 것은 상식적으로 옳지 않다.

1606년 12월 26일 스테파노 순교자 축일 밤 화이트홀에서 궁정 극 공연이 있었다는 기록이 있다. 궁정에서 미친 왕과 "공직 임무 수행을 하는 개"의 이미지를 공연했다는 것은 대담한 선택이었다. 〈레어 왕(King Lere)〉이라는 극이 1610년 요크셔의 고스웨이트홀에서 공연되었다. 이 극은 아마도 셰익스피어의 〈리어 왕〉이었지, 옛날 극 〈레이어 왕〉(최근의 연구는 이 극의 저자로, 유명한 《스페인 비극》을 쓴 토머스 키드를 지목한다)은 아니었을 것이다. 1626년 드레스덴에서 영국 배우들로 구성된 극단이 〈영국의 왕 리어의 비극〉을 공연했는데, 이것 역시 아마도 셰익스피어의 〈리어 왕〉이었을 것이다.

이 공연은 1660년 왕정복고와 그로 인한 극장 재개 이후 잠시 되살아났으나, 1681년 네이엄 테이트는 자신이 직접 개작한 텍스트를 이용하여 〈리어 왕〉을 무대에 올렸다. 직접 쓴 헌정사에서 테이트는 셰익스피어 작품이 본질적으로 거칠고 미

완성이라는 점을 강조했다. 즉 셰익스피어의 작품은 "보석 덩어리"이며 그 진정한 아름다움을 드러내기 위해선 이 덩어리에 꼭 들어맞는 질서, 규칙, 세련미가 더해져야 했다. 테이트는 바보와 이 극의 복잡한 많은 부분을 제거함으로써, 언어, 플롯, 인물을 단순화했다. 그는 코딜리아에게 아란트라는 심복을 붙여주고, 에드거와 코딜리아의 사랑 이야기를 추가했다. 이 극은 리어가 복원되고, 그가 왕권을 에드거와 코딜리아에게 이양하는 해피엔딩으로 끝난다. 테이트의 〈리어 왕〉과, 데이비드 개릭의 수정판을 비롯해 테이트의 개작을 수정한 다양한 판본들이 무대에서 원작을 대치했다. 이 현상은 아마도 더블린에서는 예외였을 것이다. 더블린 스모크앨리 극장용 대본은 셰익스피어의 인쇄 텍스트에 기초했었다. 진짜 셰익스피어 원본은 초기 19세기 에드먼드 킨의 몇 번 안 되는 공연을 제외하곤, 1838년 머크리디가 (심하게 줄였지만) 셰익스피어를 복원할 때까지는 한 번도 런던 무대에서 공연된 적이 없었다.

토머스 베터튼이 테이트의 리어였다. 18세기 가장 유명했던 배우이자 매니저였던 데이비드 개릭은 자신의 드루어리레인 극장 공연에서 셰익스피어 원본의 인물들을 복원했으나 테이트의 결말은 그대로 유지했다. 그의 공연은 페이소스와 인간애 때문에 환호를 받았다. 제임스 보즈웰은 자신의 일기에 "나는 완전히 감명받았고, 눈물을 펑펑 쏟았다"[2]고 기록했다. 셰익스피어 편집자인 조지 스티븐스는 "테이트의 수정은…… 위대한 원작을 상당히 개선했다"고 자신의 견해를 밝힌 후, 개릭

Mr MACREADY as KING LEAR.

1838년 리어 역을 맡았던 윌리엄 찰스 머크리디가 죽은 코딜리아와 함께 있다. 이 재공연이 있을 때까지 무대를 지배했던 것은 코딜리아가 살아남아 에드거와 결혼하는 해피엔딩으로 개작한 네이엄 데이트 판이었다.

연기의 장점들을 이렇게 칭송했다. "개릭이 어떤 특정 장면에서 눈에 띄게 훌륭했는지에 대해 묻는다면, 그걸 꼭 집어내는 일은 어려운 일일 것이다." 하지만 그는 가장 훌륭한 장면으로 개릭 특유의 "이 극의 1막 끝부분에서 욕하는 스타일"을 뽑았다. 그의 견해로 개릭은 "그 장면에 추가적인 활기를 제공하며, 그가 대사를 전달할 때 우리는 언제나 공포와 감탄을 동시에 경험한다."[3]

존 필립 켐블은 코딜리아 역을 맡은, 그의 여동생이자 비극배우인 세라 시든스와 함께 리어를 연기했다(드루어리레인, 1788). 비평가이자 시인인 리 헌트는 이렇게 말할 정도로 실망했다. "그는 왕의 위엄을 완벽하게 잘 연기했다. 그러나 왕의 광기는 연기해내지 못해서…… 시종일관 뻣뻣하고, 시종일관 정확하다. 그는 죽을 때까지 절대로 그 어떤 광기와 관계된 역할도 연기할 수 없을 것이다. 우울한 광인 조각상 역이 아니라면."[4]

섭정 기간 동안 노왕 조지 3세가 미쳤을 때 런던 극장 관리자들은 약삭빠르게 이 극이 무대화되는 것을 피했다. 1820년 왕이 죽자 곧 불같은 성격의 낭만파 배우 에드먼드 킨이 드루어리레인 극장에서 리어 역을 했는데, 이후 뒤섞인 반응이 나왔다. 《런던 타임스》는 폭풍우 장면이 "다른 많은 장면들보다 효과적이지 못했다"며 반대했는데, 이는 주로 이 폭풍우 장면이 "너무 정확하게 재현되어 무대가 혼돈 그 자체였고 그 와중에 관객이 공연자의 말을 거의 듣지 못했기 때문이었다." 한편 그 《런던 타임스》 비평가는 "관객들이 거의 눈이 마를 수 없었던"[5] 5막에서는 만족했다. 윌리엄 해즐릿은 "킨 씨가 여기저기서 리어 인물의 부스러기를 잘라내긴 했지만 리어라는 단단한 몸통을 갈라놓지도 그 전체 덩어리를 들어내지도 않았다"[6]고 느꼈다. 해즐릿은 같은 해 코벤트가든에서 있었던 주니어스 브루터스 부스의 공연에 좀 더 호의적이었다. "부스 씨 연기에는 어느 부분에서도 연약함이나 상스러움이 없었다. 그의 연기는 극 내내 생기에 넘쳤고, 박력 있었고, 비통했다."[7]

부스의 리어 역에 맞춰 에드먼드 역을 했던 머크리디가 1838년 코벤트가든 공연에서 셰익스피어 텍스트를 복원하자, 150년이 넘는 세월이 지난 후 처음으로 바보가 재등장했고, 이 역을 프리실라 호튼이라는 젊은 여배우가 맡게 되었다. 머크리디는 드루이드교의 환상열석(環狀列石)으로 가득 찬 이교적 색슨 시대의 브리튼을 이 극의 배경으로 삼았다. 비평가들은 대체로 열광적이었다.

머크리디의 리어는 전에는 구상한 것을 명인답게 완성시킨 점에서 주목받았는데, 이번에는 우리를 깜짝 놀라게 하는 바보를 소개함으로써 그 효과를 고조시킨다. 이것은 리어라는 인물을 통해 그가 보여주려고 했던 견해와도 정확히 일치한다. …… 완전히 무너져 내리고 마지막엔 자포자기 상태가 되어 안간힘을 쓰는 모습, 점차 부풀어 오른 가슴이 마침내 마지막 한숨으로 터져버리는 등 머크리디가 재현해낸 마지막 장의 아버지 모습은 베터튼 시대 이후 우리가 생각해온 리어에 관한 그림 중 유일하게 완벽한 그림의 완성이다.[8]

그 공연 이후 150여 년이 지나서 글을 쓰고 있는 자가 어떻게 베터튼의 공연이 리어에 관한 "완벽한 그림"이었다는 것을 알 수 있겠느냐고 질문을 던질 수도 있다. 그러나 여기서 중요한 것은 리어의 상대역인 바보 복원이 리어라는 인물 형성에 상당히 큰 힘이 된다는 점을 강조하는 일이다.

새뮤얼 펠프스는 1845년 테이트의 수정본을 폐기했지만 상당히 많은 부분을 잘라냈던 머크리디의 무대보다 더 단순한 무대와 덜 생략된 텍스트에 기초하여 이 극을 새들러스웰스 극장 무대에 올렸다. 펠프스 공연의 자연주의는 칭송받았지만 폭풍우 장면은 과도하게 여겨져, "이것은 모방이 아니다. 실제 그대로다"[9]라는 평을 들었다. 찰스 킨은 1858년 프린세스 극장 무대에서 성공적인 공연을 올렸다. 앵글로색슨 브리튼을 배경으로 한 이 공연에서는 케이트 테리가 코딜리아 역을 맡는 등 호화 조연급이 출연했다. 한편 주니어스 브루터스의 아들인 에드윈 부스는 뉴욕 무대에서 셰익스피어 텍스트를 이용해 이 극을 부활시켰다. 윌리엄 윈터는 이 공연을 "애정 어린 아버지와 비탄에 잠긴 노인"의 극으로 묘사했으며, "그가 우선적으로 보여주고자 했던 것은 잔인한 몰인정으로 산산조각 난 광대한 가슴"[10]이라고 평했다. 또한 위대한 이탈리아 배우 토마소 살비니는 다른 배우들이 영어로 대사를 하는 동안 자신은 이탈리아어로 말했음에도 1882년 보스턴의 글로브 극장과 1884년 런던의 코벤트 가든 공연으로 칭송받았다. 그런데 이 공연은 소설가 헨리 제임스에게는 "터무니없고, 용서할 수 없고, 끔찍한"[11] 공연이었다.

1892년 헨리 어빙의 정교하게 장식된 라이시엄 극장 공연은 폐허가 된 로마의 유적들이 남아 있고 드루이드교 신부들과 바이킹 전사들이 등장하는 브리튼을 배경으로 했다. 이 극에 담긴 폭력성과 섹슈얼리티를 심하게 축소시킨 축약 텍스트를 사용한 어빙은 리어의 나이와 부성애를 강조했다. 이 공연은 코딜리아 역의 앨런 테리가 널리 칭송받기는 했지만 엇갈리는 반응을 얻었다.

19세기 말에 윌리엄 포엘과 할리 그랜빌 바커는 셰익스피어 작품을 간단하게 무대에 올리는 방안을 모색했다. 즉 지루한 장면 변화를 비롯한 빅토리아 시대의 화려한 무대와는 대조되는 무대, 말하자면 빠르게 연속적으로 이어지는 액션을 가능케 하는 엘리자베스 시대의 극장 조건을 재창조하려고 노력했다. 《셰익스피어 서문(Prefaces to Shakespeare)》(1927)에서 그랜빌 바커는 이 극의 공연이 어렵다는 비평적 편견에 강하게 반발하고, 이 극이 연극적으로 생존 가능하다고 주장했다. 그리고 이 판단은 이후 이어진 많은 공연으로 입증되었다. 20세기와 21세기에는 수많은 뛰어난 리어들이 창조되었을 뿐만 아니라 덜 중요한 역할에 더 큰 가중치와 기회를 주는 보다 균형 잡힌 공연에 관심을 집중시켰다.

존 길구드는 26세였던 1931년 하코트 윌리엄스가 연출하는 올드빅 극장 공연에서 처음 리어 역을 맡았다. 그의 재능이 명백히 드러났음에도 비평가들은 그가 그 역을 하기에는 너무 젊다고 생각했었다. 1940년 길구드는 또다시 올드빅 극장에 서게 되었고, 두 번째로 리어 역을 맡을 기회를 얻었다. 초기 근대 유럽을 배경으로 했던 이 공연은 초반 리허설을 감독하고 길구드를 지도했던 그랜빌 바커의 생각에 기초했다. 1963년 글에서 길구드는 바커가 극단과 함께했던 열흘은 "내가 무대 위에서 보낸 모든 세월 중 가장 충만한 경험을 했던"[12] 기간이었다고 말했다. 이 공연은 성공이었다. 유명 비평가인 제임스 어게이트는 길구드의 공연에 대해 "최고의 아름다움, 상상력, 민감함, 이해, 경영의 묘미, 통제력을 갖춘 것이어서 '이건 리어 왕이 아냐'라고 말하는 것은 잘못이다. 이 길구드의 공연은 한 가지를 빼곤 빈틈없이 철두철미한 리어라고 말하는 것이 옳을 것이다"[13]라고 결론 내렸다.

1936년 연출가이자 디자이너인 테오도르 코미사르제프스키가 스트랫퍼드어폰에이번의 셰익스피어 기념 극장에서 기억에 남을 만한 급진적 공연을 무대에 올렸다. 주로 웅장한 계단으로 구성된 단순하지만 효과적인 무대장치에, 장면 분위기를 나타내기 위해 색을 변화시키는 원형 조명이 비추고 있었다. 《런던 타임스》 평론은 다음과 같이 기록하고 있다.

계단과 플랫폼으로 이뤄진 이 단순한 무대 위에서 모든 동작은 날카롭고 특별했다. 조명에서 발산되는 색이 이 장면의 변화하는 인물과 보조를 맞춘다. 랜들 에어튼은 완전한 자유 속에서 리어를 연기한다.[14]

1930년대의 표현주의 디자인. 코미사르제프스키 공연의 시작 장면이다.

10년 후 로렌스 올리비에가 올드빅 극장에서 "자신의 왕국을 그저 장난으로 분할코자 하는 변덕쟁이 늙은 독재자"[15]로서의 리어를 연기했다. 그러나 이 공연에서 코딜리아가 리어의 장난을 거부하자 그 장난은 심각한 사건으로 변했다. 그의 공연은 모든 사람의 입맛에 다 맞지는 않았다. 하지만 바보 역을 맡은 앨릭 기니스는 널리 칭송받았다. 옛날 스타일의 배우 겸 프로듀서였던 도널드 울핏 경은 1947년과 1953년 사이 자신의 공연을 가지고 순회공연에 나섰다. 로널드 하우드는 울핏 경의 무대 뒤에서 의상 담당자로 일했던 경험에서 영감을 받아 《드레서》(1980)라는 극을 썼다.

길구드는 1950년 앤서니 퀘일과 공동 연출한 공연에서 세

오두막에서 리어로 분한 존 길구드(1950년 공연). 앞쪽에 바보와 불쌍한 톰이, 뒤에는 변장한 켄트가 보인다.

번째로 리어를 연기했다. 그의 공연은 많은 면에서 발전되었지만 여전히 그랜빌 바커와 함께했던 작업에서 영향을 많이 받았다. 그는 1955년 조지 드바인이 연출하고 노구치 이사무가 디자인을 담당한 공연에서 다시 한 번 리어 역을 맡았다. 이번에 길구드는 심리적 리얼리즘을 보여주고자 했으나 스타일화된 무대장치가 효력을 발휘하는 동안 무거운 의상이 문제가 되었다는 것이 일반적 의견이었다.

1956년 오슨 웰스가 뉴욕시티센터 공연에서 연출과 주연을 맡았다. 리허설 도중 넘어져서 한쪽 발목이 부러지고 다른 쪽 발목은 삐었지만 웰스는 이에 좌절하지 않고 바보가 미는 휠체어에 앉아 리어 역을 연기했다. 1959년 찰스 래프튼은 글렌바이엄 쇼가 연출한 셰익스피어 기념 극장에서의 공연에서 리어 역을 맡았다. 특히 리어 역에 관한 래프튼의 생각에 대해 비평가들은 의견이 나뉘었다. 비평가 앨런 브라이언은 래프튼이 "중간 성숙 과정을 조금도 보여주지 않은 채 소년다움에서 노망으로"[16] 나아갔다고 불만을 토로했다.

3년 후 피터 브룩은 폴 스코필드를 주연으로 획기적인 공연을 연출했다(뒤에서 자세히 논의). 그 이후 수많은 뛰어난 공연들이 줄을 이었다. 1968년에는 트레버 넌의 연출로 에릭 포터가 리어 역을 맡았고 1974년에는 버즈 굿버디가 RSC의 소규모 스튜디오 극장, 디아더플레이스를 위한 축약 공연을 연출했다. 1976년 트레버 넌은 도널드 신던을 리어로 캐스팅해 공연했으며, 1979년 피터 유스티노프는 로빈 필립스가 연출한, 캐

나다 온타리오 주 스트랫퍼드 공연에서 리어 연기를 했다. 마이클 갬본과 함께한 에이드리언 노블의 1982년 공연은 뒤에서 논의될 것이다. 1989년 조너선 밀러는 올드빅 극장에서 에릭 포터의 연기를 연출했고, 1990년에는 리처드 브리어스가 리어 역을, 에마 톰슨이 바보 역을 각각 맡고, 케네스 브래너가 연출한 르네상스 극장 공연이 있었다. 같은 해 니컬러스 하이트너가 스트랫퍼드에서 존 우드의 연기를 연출했고, 1993년 노블이 다시 스트랫퍼드에서 연출했는데, 이번에는 로버트 스티븐스에게 리어 역을 맡겼다(뒤에서 논의). 1997년 (런던) 국립 극장의 소극장 코테슬로에서 연출가 리처드 이어가 이언 홈에게 리어 역을 맡겼는데(이것은 예술감독으로서 그의 마지막 역작이었다), 이 공연은 널리 호평을 받았고 후에 텔레비전 방송용으로 녹화되었다. 같은 해 피터 홀이 올드빅 극장에서 앨런 하워드의 연기를 연출했으며, 1999년 니나가와 유키오가 RSC 공연에서 나이젤 호손의 연기를 연출했다. 2001년 줄리언 글로버가 글로브 극장에서 베리 카일의 공연에 리어로 출연했으며 그 다음 해 조너선 켄트가 알메이다 극장에서 올리버 포드데이비스의 연기를 연출했는데, 이 공연의 지적인 측면이 크게 칭찬받았다. 조너선 밀러가 다시 이 극을 연출했는데, 이번에는 온타리오 주에서 개최된 2002년 스트랫퍼드 페스티벌에 참가하기 위해서였으며 주인공으로는 크리스토퍼 플러머를 내세웠다. 2004년에 빌 알렉산더는 여러 이본(異本)을 완벽하게 합성한 텍스트를 사용하여 거의 4시간 동안 중단 없이 계속된 공연에서 코린 레드그레이브의 연기를 연출했다. 셰익스피어 전작이 공연되었던 2007년 RSC의 전작 페스티벌은 코트야드 극장에서 이언 맥켈런을 리어 왕으로 캐스팅했던 트레버 넌의 공연으로 막을 내렸다(넌과의 인터뷰 참조). 강력한 소규모 공연들에는 동양의 황제 의상과 (닥터마틴 상표의 부츠를 신고 있는 거침없는 코딜리아에서 보이는) 현대성 결합을 아주 강력하게 시도했던 카브들 극단의 순회공연(1991~1994)이 있다.

　이 극의 각색 전통은 제인 스마일리의 소설 《천 에이커》(1997)뿐만 아니라 에드워드 본드의 급진적 각색판인 《리어》(1972)와 여성극단그룹과 일레인 파인스타인의 페미니스트 극 《리어의 딸들》과 같은 번안물들과 함께 극장에서 지속적으로 이어져왔다. 영화의 경우, 미국과 이탈리아에서 만들어진 초기 무성영화들이 있다(1909~1910). 수많은 무대 공연들이 영화화되었는데, 그중에는 피터 브룩의 무대도 포함된다. 피터 브룩의 영화는 선명한 흑백 스타일로 그의 무대 공연의 실존적 음침함을 강화시켰다. 그리고리 코진체프는 러시아 농민들의 고통을 담은 아름답지만 매우 감동적인 번안 영상을 만들었다. 이것은 보리스 파스테르나크의 번역에 기초했으며 잊혀지지 않는 드미트리 쇼스타코비치의 음악을 사용했다. 구로사와 아키라의 〈란〉(1985)은 봉건 시대 일본을 배경으로 셰익스피어의 극작품을 상당 부분 다시 썼다. 즉 글로스터 이야기를 제거했지만 리어의 딸들을 리어의 결혼한 아들들로 바꿈으로써 새로운 서브플롯 자료를 포함시켰다. 이 영화는 동양의 서사적 시네마에 대한 서양의 새로운 관심을 불러일으키는 데 큰 역할을 했다.

RSC의 〈리어 왕〉
우리 시대의 리어들

> 아마도 셰익스피어 자신의 시대를 제외하면, 지금 우리의 세기는
> 그 이전의 어떤 시대보다도 리어 왕의 경험 영역 전체와 소통하고
> 응답할 자격을 갖추고 있는 듯하다.[17]

2차 세계대전 직후 영국에서 〈리어 왕〉은 이전 공연 역사 전체
를 다 합친 것보다도 더 많이 공연되었다. 이 극은 현대인의 마
음을 움직이는 특별한 힘을 지녔다. 잔혹한 사건들, 살인 사건
들, 가난, 자기 파괴적 행위들이 텔레비전에서 늘 일어나는 사
건인 양 방영되는 이 폭력적 시대에 이 극의 폭력과 인권에 대
한 관심은 특별히 시의적절해 보인다. 그러나 〈리어 왕〉은 사
회적 관심사들뿐만 아니라 신이 부재하는 세상 혹은 신앙이 인
간 행위의 부조리 앞에서 거의 아무 역할을 할 수 없는 세상에
서 인간이 된다는 것이 무엇인가에 관한 매우 근원적인 철학적
사상들을 다루고 있을 정도로 그 개념이 방대하다.

얀 코트의 영향력 있는 책《우리의 동시대인 셰익스피어》(1964)
는 20세기 후반 연출가들에게 큰 영감을 주었다. 〈리어 왕〉을
"세상의 붕괴"에 관한 극으로 보는 코트의 생각은 지금까지 이
극을 파악했던 방식 및 인물의 연기 방식을 바꾸고자 했던 피

터 브룩의 획기적인 공연을 촉발시켰다.

　1950년대에는 이 세상이 우연한 핵전쟁을 통해 자멸할 수도 있다
는 것이 분명해졌고, 새뮤얼 베케트의 극들이 국제적 명성을 얻었
다. 《고도를 기다리며》(1953)는 부조리한 세상을, 《엔드게임》(1957)
은 아무 의미 없는 세상을 보여주었다. 폴란드 비평가 얀 코트는
영향력 있는 논문 〈리어 왕 또는 엔드게임〉에서 셰익스피어를 베
케트의 안경이나 눈가리개를 통해 바라보았고, 이 극에 담긴 그로
테스크한 희비극적 요소를 강조했다.[18]

리얼리즘의 환상을 깨면서 관객을 "소외"시키려는 소망을 지녔
던 브룩은 또한 베르톨트 브레히트의 연극 이론에 상당한 영향
을 받았다. 브레히트의 영향이 특히 두드러졌던 것은 〈리어 왕〉
을 빈 무대에 올렸을 때였다. 무대 양측에 놓인 두 개의 큰 널빤
지가 내부와 외부의 공간을 만들어내기 위해 여러 각도에서 안
과 밖으로 움직였다. 세 개의 큰 녹슨 천둥 시트와 요란한 천둥
소리를 암시하기 위해 만들어진 진동 모터가 폭풍우를 만들어
냈다. 조명은 의도적으로 밝게 계속되었으며 폭풍우 장면과 글
로스터가 눈을 잃는 장면에서만 흐려졌다. 모든 것은 선명하게
보였고, 어두워질 것이라는 극적인 신호조차 없었다. 배경음악
도 없었다. 브룩은 〈리어 왕〉을 무대에 올릴 때는 아무 음악도
없어야 한다는 것을 굳게 믿고 있었다. 음악은 거의 언제나 장
면에 대한 관객의 감정적 반응을 조종하므로, 브룩은 생각 없는

자동적 관객 반응을 차단하기 위해 특별히 신경을 썼던 것이다.

J. C. 트레윈은 그 무대장치를 이렇게 묘사한다.

실제로 우리는 끔찍하게 무서운 세상, 추상적 상징들의 장소, 거칠고 원시적인 녹슨 것들이 펄럭거리는 세계로 끌려 들어간다. 무대에는 키가 크고 거친 회색빛 나는 흰색 스크린들, 해저에서 긁어모은 금속의 형상들, 녹슨 옛날 물건들이 있다. 밤이 깊어갈수록, 무대는 점점 더 휑댕그렁해지며 결국 스크린밖에는 아무것도 남지 않게 된다. 리어와 글로스터가 암울함이 무한대로 펼쳐지는 무대에 서서 대화하며 연기를 해낸다. 이건 세상의 끝에서 들리는 두 사람의 목소리이다.[19]

브룩은 이 〈리어 왕〉이 리어 시대의 〈리어 왕〉이 되기를 원했다. 그는 이 공연을 직접 디자인했고, 원시적이면서도 세련된 절대적으로 믿을 만한 사회를 창조해내고자 했다. 쿠바 미사일 위기 직후에 이 공연이 있었다는 점은 주목할 만하다. 그는 허무주의적 비전을 불러일으키고, 관객의 동정적 반응을 막고, 선과 악의 경계를 흐릿하게 만들고 싶었다. 이러한 결과, 그는 자신의 연출가적 관점을 강조하느라 셰익스피어 비극을 왜곡시켰다는 비난을 받았다.

브룩의 해석은 〈리어 왕〉의 공연들이 이 공연 이후 똑같을 수 없다는 것을 의미했다. 사실, 어떤 면에서 그 이후 선두에 섰던 그의 뒤를 따르지 않았던 공연은 거의 없었다. 각 공연의

"뭐야, 미친 거야? 눈이 없어도 세상 돌아가는 꼴은 알 수 있는 거야." 이것이 바로
리어로 분한 폴 스코필드(왼쪽)와 눈먼 글로스터로 분한 앨런 웹과 함께했던 피터
브룩의 1962년 공연이 전달하는 음침함이다.

초점이 정치적이건, 형이상학적이건, 가정적이건 상관없이 거의 다 그를 따랐다.

> 좌파 비평가들과 연출가들은 재빠르게 지배계층 사람들이 "가난한 자들이 느끼는 걸 느껴봐라 / 넘고 넘치는 것을 털어내서 가난한 자들에게 나눠주"기 위해 자신들을 내놓아야 한다는 리어의 요청과 "서로 나눠 가지면 지나치게 많은 것이 없어져서 / 각자가 넉넉하게 갖게 될 것"이라는 글로스터의 희망에서 이 극이 가진 기존 정치 구조 비판의 근거를 찾았다. 최근 많은 비평가들은 〈리어왕〉을 17세기 잉글랜드를 분열시켰던 이데올로기적 관심사를 반영하는 정치 드라마로 논의해왔다.[20]

최근 비평의 이러한 경향은 공연에 반영되었다. 1차 세계대전 직전을 배경으로 한 1976년 RSC 공연은 전쟁으로 권리를 빼앗긴 자들의 삶의 조건을 언급했다. 공연 프로그램 한쪽은 수백 명의 구빈원 어린이들의 얼굴들을 담고 있으며 다른 쪽은 거의 작물 생산이 불가능한 땅을 일구고 있는 듯 추정되는 두 인물의 암울한 풍경을 멀리 뒤편에 담았다. 이 공연에서 칭송받았던 도널드 신던의 리어 연기는,

> 고통이 자기 연민과 자기 사랑을 외부로 이끌어 빼앗긴 자들에 대한 연민과 사랑으로 변화시키는 과정을 기록한다. 실제로 이것은 리어가 가난한 자들과, 압정에 시달리는 자들, 즉 이 공연의 19세

기적 인간 군상인 밋밋하고 마맛자국이 있는 자들과 멀리 떨어져 있지 않은 계층 사람들과 동질감을 느끼는 방법을 배웠다는 것을 의미한다. 사실, 트레버 넌, 존 바튼, 베리 카일 세 명으로 구성된 연출 위원회는…… 이들은 우리의 관심을 시대의 극심한 가난으로 돌리기 위해 할 수 있는 모든 일을 다 했다. 불필요하게 장면 사이사이에 무대 위를 종종거리며 뛰어다니는 부랑아 극단을 소개하고, 마이클 윌리엄의 바보를 대머리 까진 타락한 구시대적 인물, 즉 초라한 차림으로 괴상하게 노래 부르고 춤추는, 〈황폐한 집〉에서 뒤뚱거리며 걸어 나올 법한 남자로 변모시켰다. …… 〈리어 왕〉은 자연 요소를 다룬 극일뿐만 아니라 사회적인 극임을 강조하기로 단호히 결정했던 것이다.[21]

빌 알렉산더가 연출한 2004년 공연의 무대배경은 온 나라가 끊임없이 변화하여 불안정하고, 느낌으로는 분명히 현대지만 특정 시점에 대한 언급이 없는 전후 세계였다.

이 〈리어 왕〉의 무대는 때로 무너져버릴 것 같은 정신병동인 듯하다. 공사장의 임시 가설물과 반쯤 부서진 벽돌담이 톰 파이퍼식의 음산한 무대배경이다. 이 장면이 보여주는 것은 이러하다. 세계 종말 이후인 듯 핵폭탄이 이미 리어의 왕국에 떨어졌으며 대재앙 이후 생존자들은 자신들이 누구이며 무슨 일이 일어났으며 무엇보다도 다음 단계에 가기로 되어 있는 곳이 어떤 지옥일까를 생각하며 어슬렁거리고 있다. …… 여기엔 기이하게도 시간이 존재하지 않는다. 그래서인지 노왕이 1차 세계대전에서 도망친 미친 탈영자 차림으로 후기 빅토리아의 세상에 나타나도 관객들은 놀라지 않는다. 그저 이 극이 보여주는 광기와 정체성 위기에 대한 수많은 통찰들에 대하여 알렉산더와 그의 배우들이 또 다른 충격적 생각을 제공했다는 것을 느낄 뿐이다.[22]

무대배경에 대하여, 디자이너 톰 파이퍼는 다음과 같이 설명한다.

빌 [알렉산더]는 이 극의 무대배경을 어느 특정 장소로 설정할 수 없다는 것을 매우 강하게 느꼈다. 이 무대는 인위적으로 만들어진 세계여야 했으므로 병렬적인 세계를 창조하는 것을 목표로 삼았다. 즉 이상한 테크놀로지 조각들과 결합한 빅토리아 시대를 창조하고자 했다. …… 나는 쇠퇴 일로에 있는 세계 혹은 산업화의 끝자락에 있는 세계의 느낌을 전달하고자, 파괴된 구성물을 포함시키고 싶었다.[23]

뛰어난 연기 지도자군의 한 사람일 뿐만 아니라 알려진 좌파 정치운동가인 코린 레드그레이브가 이 공연에서 리어 역을 맡았다. 그에 따르면 이 극은 "현대적이며, 시사적이며, 시의적절"한데, 이는 "이 극이 충분히 가진 자들과 갖지 못한 자들 사이에 존재하는 거의 넘을 수 없는 경계 때문에 분열된 나라를 너무도 생생하게 그려내고 있기 때문이다. 인간으로서의 리어, 통치자로서의 리어에 대한 개념 구축을 위해 내가 했던 그 어떤 시도도 이 생각의 영향을 매우 강하게 받고 있다."[24]

배우들은 공개적으로 정치적인 면에 초점을 두지 않았지만 에이드리언 노블의 1993년 공연은 다시 한 번 리어의 결정에 깃든 정치적 암시의 입김을 무대배경에 불어넣었다.

이 공연에서는 종이 지도가 마룻바닥에 펼쳐졌다. 이 종이 바닥 위에 (유난히 두드러진 광폭함을 강조하기 위해 재갈을 문) 바보가 빨간 페인트로 경계선을 표시했다. 그런 후 이 지도는 점점 넝마조각으로 쪼그라들었다. 그러자 커다란 핏빛 공단으로 덮여 있던 마루 밑 땅이 완전히 드러났다.[25]

〈리어 왕〉은 별, 신, 운명에 대해 수없이 언급한다. 비기독교 시대를 극의 배경으로 삼음으로써 이 극은 각색 가능한 형이상학적 입장을 얻었고, 이것이 국제적 호응을 이끌어냈다. 1999년 일본 사이노쿠니 셰익스피어 극단의 연출가 니나가와 유키오가 RSC와 합동 공연을 시도했다. 이 공연은 이 극의 자연 원소, 즉 리어의 잘못된 판단이 자아낸 공허에서 흘러나온 자연의 어두운 힘에 초점을 맞추었다.

이 공연은 뇌리에 오래 기억되는 잔인할 정도로 아름다운 공연이다. 호리오 유키오의 무대장치에서 가장 두드러지는 것은 관객 쪽으로 완만하게 기울어져서는 거대한 플랫폼 쪽으로 뻗어가는 검은색 거대한 나무 통로이다. 뒤에서 통로는 깜깜한 어둠 속으로 사라져버리는 듯하다. 이때 배우들은 실제이면서도 동떨어져 보이는 신화적 인물처럼 등장한다. 이 모든 것들이 일본의 고전 악극 노[能] 무대의 구조를 암시한다. 노 극에서는 커튼이 쳐진 입구 또한 막연한 어떤 곳, 즉 아무런 도덕적 비밀을 갖지 않은 원시적 어둠의 세계로 향한다. …… 이것이 도덕적 질서의 위로나 안내 없는 세상에 대한 불편한 셰익스피어의 세계관을 강화한다.[26]

폭풍우 장면을 다루는 방식이 특별히 논쟁거리였다. 리어가 폭풍에 맞서 고함을 지르며 화를 낼 때 다양한 크기의 바위들이 무대 위로 떨어지도록 연출된다. 대부분의 관객들과 평론가들은 "마법으로 대자연의 큰 틀이 갈라져버린 세계를 불러낸"[27] 연출가의 세계관보다는 배우들의 안전에 더 관심을 기울였다.

물론 가족 관계의 붕괴가 〈리어 왕〉의 핵심이다. 현대 연출가들은 자주 이것을 공연에서 다루기에 무리가 없는 구심점으로 여겨왔다. 처음에 학교 순회공연으로 연출된 1974년 버즈 굿버디의 적은 수의 배우들을 위한 실내극장용 〈리어 왕〉은

아홉 명의 배우와 징, 트럼펫, 작은북, 큰북을 연주하는 한 명의 음악가에 의해 공연되었다. 여러 역할을 만능으로 맡는 하인이 한 명 더 추가된 반면, 서브플롯 하나는 삭제되었다(이리하여 앨버니, 콘월, 오즈월드, 프랑스 왕은 나오지 않게 되었다). …… 리어가 나타날 때 펼쳐지는 깔개와 깃발 같은 몇 가지 소도구들을 제외하곤, 배우가 연기하는 구역은 텅 비었다. 장면의 무대들은 소도구들을

이용하고 폭풍우의 경우엔 음악과 조명을 곁들여서 단순하게 만들어졌다. 이런 것들이 공연의 주요 순간에 연출가의 핵심 포인트를 강조할 수 있었다. …… 〈리어 왕〉은 넓은 공간에서 굉장히 많은 배우들로 붐비는 거대한 군중 장면을 보여준다는 의미의 서사극으로 제시되지 않았다. …… 나이 차이뿐만 아니라 개인별 차이가 일반적으로 알려진 것보다 훨씬 중요한 역할을 하고 있는 두 가족에 초점을 두었다.[28]

이 강력한 사적 범주의 공연에서, "전반적으로 극은 두 가족의 개인적 슬픔에 대한 치열한 연구가 되었다. 여기서 켄트와 바보는 무서워 떨며 아무 힘 없이 지켜만 보는 방관자로 그 역할이 축소되었다."[29]

비평가 어빙 워들에 의해 "가정사라는 너무나 익숙한 이야기"[30]라고 묘사된 니컬러스 하이트너의 1990년 공연 또한 〈리어 왕〉을 제대로 기능하지 않는 가족의 신경증적 이야기로 바꾸어놓았다. 그는 자신의 이지적인 작품 이해를 데이비드 필딩의 무대 디자인으로 표현했다. 즉 그는 정육면체 모양의 〈리어 왕〉 무대에 둘레를 친 공간을 만들었다.

무거운 강철같이 보이도록 칠해진 외벽인 한 면을 열어두고, 정육면체가 그저 연속적으로 내부와 외부를 보여주기 위해 회전하다가 멈춘다. 때때로 모서리를 관객 쪽으로 돌려 멈춘다. 이렇게 되면 셰익스피어식의 엿듣기가 무대에서 벌어지더라도 배우들은 서로 보지 못한 채 서 있을 수 있다. 폭풍우 장면에서 정육면체는 계속 회전하는데, 이는 (리어의 정신세계뿐만 아니라) 이 극에 그려진 세계에 대한 은유인 정육면체가 통제를 벗어나 회전한다는 개념을 반영한다.[31]

정육면체는 이 극의 규모를 축소하는 효과를 가져왔는데, 이것은 연출가의 해석에서 현저하게 의도된 측면이었다. 정신적이며 가정적인 리어의 세계는 정신병동과 리어의 정신세계 내부, 즉 무관심과 판단 오류로 광기에 이를 수 있는 통제된 문명화된 공간 둘 다이다. 존 우드의 매우 인간적이고 신경증적인 리어는 육체적 고통과 정신적 깨달음이라는 내적이면서 외적인 여행을 떠났다. "우리는 도덕적일 뿐 아니라 의학적인 해석과도 마주합니다. 노인병동이 정신병동 부속건물과 함께 싸웁니다. 한편에서는 자만심에 대해 다른 한편에서는 농축된 악의 존재에 대해 거의 의식하지 않습니다."[32] 가정에 그 원인이 있는 리어의 진짜 광기는 이 극의 보다 넓은 세계와 브리튼이라는 국가를 반영했다. 마이클 빌링턴은 이 무대를 "신들이 정당하면서도 멋대로 잔인한 세상, 대자연이 죄를 씻어주면서도 파괴적인 세상의 미친 모순들을 탐구한 것"[33]이라고 묘사했다.

바보들과 미친 사람들
〈리어 왕〉 플롯에서 진짜 광기와 가장한 광기는 중요한 역할을 한다. 《신비로운 베들램: 17세기 영국의 광기, 불안, 치유》

(1983)라 불리는 역사 연구서의 저자 마이클 맥도널드가 쓴 프로그램 해설은 아래와 같은 제안을 통해 1993년 에이드리언 노블 공연의 배경을 설명하고 있다. 관객들은

세 가지 종류의 광기를 보게 된다. 리어 자신의 진짜 광기, 톰/에드거의 가장된 광기, 그리고 바보의 직업적 광기가 그 세 가지이다. 대체로 교육받지 못했으며, 간질, 신들림, 돈을 노리는 거지의 교묘한 술책의 차이를 구별할 수 없었던 대중들인 이 극 최초의 관객들에게, 날씨에 대해 푸념하고 악마들에 대해 횡설수설하는 노인과 반은 알몸인 인물이 등장하는 광경은 특별히 이상하지 않았을 것이다. 실업자들과 시골을 가득 채웠던 다른 부랑자들처럼, 그들도 피할 수 없는 삶의 일부였다.[34]

리어가 오직 그에게 가해진 잔인한 행위들 때문에 미친 것으로 공연된 적은 거의 없다. 오히려 그는 처음부터 위험할 정도로 불안정한 자로 그려지는 경우가 잦았다. 니컬러스 하이트너의 공연에서,

초기 가족 장면들은…… 리어의 머릿속을 들여다볼 수 있는 미세한 장면들로 가득 차 있다. 리어의 사랑에 대한 갈구, 강한 남성 역할에 대한 욕구, 짧은 주의집중 시간, 앞뒤 분간 못 하고 속절없이 분노로 치닫는 성정을 그의 머릿속에서 찾을 수 있다. 이런 것들은 궁정에 당혹감을 안겨주고, 딸들에게 노인을 행복하게 해주기 위

해서라면 어떤 말이든 해야만 한다는 충분한 구실을 제공한다. 딸들이 선을 그으려고 할 때에야 비로소 딸들이 참고 받아들이기 위해 감당해야만 했던 것이 무엇인지 알게 된다. 리어가 몇 명의 기사들을 버려야 한다는 제안을 받는 순간, 앨버니의 식당은 순식간에 아수라장이 된다. 리어는 천장을 향해 총을 당기고, 고너릴을 엉엉 우는 아이 다루듯 밀쳐 바닥에 주저앉히고, 바보를 옷걸이에 매다는 만행을 저지르기 위해 공간을 치워버린다. 마침내 리어는, 외로이 자신들만의 식사를 위해 긴 탁자 앞에서 얼굴을 마주 보며 떨고 있는 앨버니 부부를 남겨둔 채 어둠 속으로 사라진다.[35]

감정을 전혀 통제할 수 없는 남자인 것이 분명한 존 우드의 리어는 딸들에게 의도적으로 감정적 상처를 입히는 자이기도 했다. 그의 영향은 딸들의 박식한 행동에서도 감지될 수 있었다.

버즈 굿버디의 1974년 공연에서, 잔인한 세상에서 정신이 온전한 사람이 된다는 것은 그 잔인성의 일부가 되는 것을 의미했다. 리어의 광기는 잔인성에서 인간성으로의 이행 과정이 되었다.

토니 처치는 고도의 연기를 보여주는 연기자로서 리어를 연기하지 않았다. 세상에 뿌리를 내린 왕, 즉 사냥에서 쾌감을 얻는 가부장으로서 연기했다. 그가 추운 곳으로 나간 것은 현재의 그 자신, 즉 사람들의 신임을 잃은 강력한 군주가 아니라, 죽음의 문턱에서 그 자신과 자신의 삶을 마주하는 노인으로서의 자신 때문이었다. ……

"정신이 온전할" 때의 그는 제멋대로이고 공격적인 이 세상을 대표한다. "미쳤을" 때에만 그는 인간적 가치들을 구현해낸다.[36]

에이드리언 노블의 1982년 공연의 시작을 알렸던 놀랍도록 멋진 시각적 시퀀스에서, 미친 짓은 미덕으로 인도될 뿐만 아니라 바보와 코딜리아 같은 인물들을 통해 그 미덕과 연결되었다.

리어의 왕좌에 그록*과 비슷한 바보와 코딜리아가 각자의 목을 팽팽한 고삐(올가미 비슷하게 생겼다) 반대편 끝에 놓고 서로 마주 보고 앉아 있다. 마치 미친 짓과 미덕이 분리될 수 없는 것처럼……. 이어지는 것은 혼미한 상태에서 벌어지는 소극과 비극이 탯줄로 연결된 원시적 세계로의 하강이다.[37]

안토니 쉐는 바보 역을 "리어의 또 다른 자아, 리어의 광기에 대한 시각적 징표"로 연기했다. "그가 복화술자의 인형처럼 주인 무릎 위에 앉아서 내는 주인의 목소리는 왕의 양심이었다."[38] 《유대교 크로니클》 평론가의 말을 빌리면, "이 위대한 희극적 상대역의 연기를 보는 일은 정신 차리려고 애쓰는 정신분열증 환자를 바라보고 있는 것과 같은데, 이와 비슷하게 빨간 코 광대로 분한 안토니 쉐와 격정적 노인으로 분한 마이클 갬본이 한 정신세계 안에서 싸우는 두 부분 같다는 생각이 강하게 든다."[39]

*스위스의 유명한 희극배우. 피아노와 바이올린을 사용하는 연기로 유명했다.(옮긴이)

시인이자 비평가인 제임스 펜턴은 런던 《선데이 타임스》에서
이 점을 더 밀고 나갔다.

> 마이클 갬본의 리어는 왕 역할을 온 힘을 다해 벗어던지고 싶어 하
> 는 남자이며, 그와 바보와의 관계는 이러한 불편함을 강조한다.
> 리어의 바보스러움과 바보에 대한 사랑은 이 해석의 출발점이 된
> 다. 그가 아무리 광기와 분노에 휩싸이고, 고통 속에 있다 해도 우
> 리는 이 사실을 잊지 않는다. 실로, 나는 리어가 이렇게 열정적으
> 로 바보짓을 한 적이 그전에 있었는지 궁금하다.
> 왕권 수호라는 선고를 받았지만 자신이 해오던 희극배우 역을 명
> 백히 좋아하는 왕과, 농담을 멈출 수는 없지만 비극에 대한 올바른
> 인식에서 비롯된 공포로 얼어붙은 바보가 등장하는 공연을 상상해
> 보라. 이것이 바로 에이드리언 노블이 연출했던 각색본이다. 이것
> 은 비평가들의 바보도 아니며 대입 준비 시험의 "바보의 의의 평
> 가"식의 바보도 아니다. 이것은 진정한 전문직 배우로서의 바보이
> 다. 공포에 질린 남자의 내면에 이 극의 카산드라*가 살고 있다. 바
> 보가 광란 속에서 퍼붓는 예언은 예언자 그 자신조차 공포에 떨게
> 만든다.**40)**

쉐는 리허설을 거치면서 베들램의 톰이 도착한 후 바보가 사라

---

*그리스 신화 속의 인물. 아폴론에게서 미래를 예견하는 능력을 받았지만 그 예언
을 아무도 믿지 않는 저주 또한 받았다.(옮긴이)

지는 것에 대한 해결책을 마련하게 된 경위를 설명했다.[41] 모의
재판 장면에서 바보가 리건 역할을 재현하기 위해 베개를 들었
다. "그녀를 해부하라"는 말을 하며 리어는 제정신을 잃고 광란
속에서 베개를 찌른다. 분노의 광란 속에서 그는 우연히 바보
를 찔러 그에게 치명상을 입히고 만다. 오두막을 떠나는 리어
에게만 온통 관심을 기울였던 다른 사람들은 무슨 일이 일어났
는지 깨닫지 못한다. 바보는 푹 쓰러지고 자신이 서 있던 통 속
에 빠져 죽는다.

쉐의 훌륭한 연기와 더불어 바보를 강조한 이 공연은(프로그
램 해설의 표지에는 리어와 바보의 합성처럼 보이는 빨간 코의
바보 얼굴을 담았다), 많은 비평가들이 바보가 살해된 후인 마
지막 장면들이 추동력을 잃고 균형을 잃었다고 느끼도록 했다.

오두막 장면 끝에서 에드거는 바보를 대신하여 리어의 정신
적 조언자로서의 역할을 맡게 된다. 리어는 한쪽에서 에드거를
떠나보낸다. 이때 바보는 다른 쪽으로 퇴장한다. 연출가 에이
드리언 노블에 따르면,

이 일은 우연히 발생한다. 그는 이 일을 계획하지 않았다. …… 어
떤 이유 때문에 그는 다른 사람들의 죄를 떠안기로 결정한다. ……
순례자나 수도승이나 수녀와 정확히 똑같은 방식으로…… 이들은
다른 사람들이 보다 정신적으로 풍요로운 삶을 누릴 수 있게 하는
특유의 방식으로 자신들의 삶을 헌신한다. 이것은 신에게 바치는
인간의 선물이다. 에드거도 이와 정확히 똑같은 일을 한다.[42]

리어가 바보가 되어가는 여정은 그로 하여금 궁정이라는 갇힌 심리적 공간 밖으로 나와 세계와 인간의 비밀들 속으로, 또 사회에서 그가 차지하는 지위 때문에 그에게는 거부되고 숨겨졌던 감정들 속으로 들어가도록 이끈다. 바보와 불쌍한 톰의 도움에 의한 이 자각은 인생은 변하고 세상도 변할 수 있다는 정치적이며 정신적인 깨달음으로 연결된다. 많은 연출가들은 (이들의 프로그램 해설에 자주 인용되는) 다음 구절들을 이 극의 핵심으로 생각해왔다.

> 불쌍하고 헐벗은 가난뱅이들, 지금 너희가 어디 있건
> 억수같이 쏟아지는 이 무자비한 폭풍우를 견디고 있구나.
> 너희는 머리 둘 집도 없이, 먹지 못해 앙상한 몸으로
> 창문처럼 구멍 숭숭 뚫린 누더기 걸친 채, 어떻게
> 이런 날씨를 참아내는 것이냐? 아, 내가 이런 일에
> 너무도 무관심했었다! 영화로운 자들아, 치료를 받아라.
> 이 폭풍우 맞으면서 가난한 자들이 느끼는 걸 느껴봐라.
> 넘고 넘치는 것을 털어내서 가난한 자들에게 나눠주고
> 하늘이 더 공정하다는 것을 입증해 보여라.

〈리어 왕〉의 정치적 국면에 대한 가장 분명한 증거는 왕과 미친 거지 에드거 사이의 상호 교류이다. 에드거가 버려진 아들이자 리어의 잉글랜드에서는 잊혀진 시민 불쌍한 톰이라는 점은 그가 가정과 국가 양쪽에서 도외시되었음을 구체적으로 알려준

다. 베들램의 거지로 에드거가 변장한 것 또한 리어의 정신적 여정에서 중요하다. 1993년 노블의 RSC 두 번째 공연에서,

[리어가] "아무것도 걸치지 않은 사람"이라는 상징에 점차 사로잡히게 된 것이 바보를 쫓아내는 원인이 된다. …… 이것은 글로스터가 무대를 가로질러 끌고 가는 인간 사슬 끝 불쌍한 톰의 손에 처량하게 매달려 있는 이언 휴스의 이미지 속에 훌륭하게 시각화되었다.[43]

시각적으로 에드거는 칼리반 타입의 인물, 즉 음담패설을 지껄이지만 세상 사람들의 동정을 사는 맨발의 불쌍한 동물로서, 세상의 죄를 위해 피 흘리고 고통 받으며 가시관을 쓰고 있는 예수와 유사한 사람으로서, 또는 반대로 악마로서 다양하게 등장해왔다. 악마로서의 모습은 1982년 RSC 공연에서 "리어의 '바보들만 있는 이 거대한 무대'에 태어난 어떤 지옥의 악마처럼, 진짜로 발가벗은 불쌍한 톰으로서 조녀선 하이드의 에드거가 갈라진 마룻바닥에서 툭 튀어나왔을 때"[44] 볼 수 있었다. "그것은 지옥 구덩이에서 나온 악마의 등장을 현대적으로 극화한 것이었다. 몸이 떨릴 정도로 페이소스를 느끼면서도 배우들이 매우 자주 그리워하는 톰의 악마적 측면은 이렇게 단번에 만들어졌다."[45]

가족에 의해 황야에 던져진 에드거는 "벌레"에서 잠재적 왕으로 진화한다. 그의 고통은 신들 중 가장 엄격한 신에 의해 고

안된 원시적인 통과의례로 나타난다. 이것은 이 극에서 펼쳐지는 사악한 세상에 걸맞은 잔인함이 주는 시련이다.

인간성 부재

〈리어 왕〉은 사악한 동물 이미지가 풍부한 극인데, 이 이미지들 모두 남녀의 야만적 가능성을 상징한다. 예를 들어 고너릴은 "늑대 같은 얼굴"을 가진 것으로 묘사되었다. 에드워드 톱셀의 《네발 달린 짐승들의 역사》(1607)는 동물과 신화적 생물체에 대한 과학적 사실, 설화, 고전의 암시를 혼합함으로써 동물과 생물체에 종종 이국적이며 환상적인 속성을 부가했다. 이 책은 구전으로 내려오는 동물 설화에서 늑대와 연관된 관습적 특성으로 배반, 속임수, 위선, 탐욕, 잔인성을 든다. 이와 같은 연관성은 셰익스피어의 관객들에게 고너릴의 성격과 뒤이은 그녀의 행위들에 대한 정확한 개념을 제공했다. 그러나 현대 연출가들이 "직면해야 하는 또 다른 해석상의 결정은······ 리어 딸들 사이의 도덕적 양극화를 이 극의 사실로 받아들이느냐 아니면 이들의 행동에 현실적으로 그럴 만한 이유들을 제시해야 하느냐에 놓여 있다."[46]

최근 어떤 형태로든 가부장적 억압과 아동 학대가 자주 아동에게 내재된 악의 결정적 원인으로 간주되어왔다. 이에 따라 리어는 신체적으로나 정신적으로 누군가를 학대하거나 방치하는, 또 계속 무엇인가를 요구하는 심술궂은 사람, 즉 약자를 괴롭히는 사람으로 그려져왔다. 그래서 비방하지 않고 감정을 분출할 수 있는 기회를 얻었을 때, 즉 힘을 가지게 되었을 때, 억눌린 감정이 저절로 폭발할 만큼 두 큰딸의 마음속에 상당히 많은 분노가 쌓이게 되었다.

강한 영향력을 지녔던 1962년 공연에서 피터 브룩은 리어의 기사들을 소란스럽고 파괴적으로, 이린 워스가 분한 고너릴을 불평할 만한 이유를 가진 사람이며 신중한 어조로 리어에게 항의하는 독립적이며 냉정한 사람으로 그렸다. 몇몇 비평가들은 이와 같이 다루는 것이 텍스트를 왜곡하는 것이라 생각했지만 대다수의 현대 연출가들은 어느 정도까지 이러한 해석을 따라왔다. 그런데 이런 해석은 고너릴을 인간적으로 만드는 데 도움을 주지만, 사실 고너릴이 점차 사악해지는 과정을 제대로 그려내지 못한다.

1993년 그 역할을 맡았던 재닛 데일은 다음과 같이 토로했다. "나는 그녀를 양심 있는 사람으로 연기하고자 노력하지만, 대사가 이것을 지지해주지 않을 것만 같다." 또한 데일은 고너릴을 노골적으로 사악한 여성이라기보다 "도덕적 타락이 가능한"[47] 여성으로 그려내고 싶어 했다.

이러한 극단적으로 제 기능을 하지 못하는 가정의 심리에 초점을 맞춤으로써, 니컬러스 하이트너의 1990년 공연에서 폭력은 설명 가능한 방식으로 극화되었다.

이 공연은 이해할 수 없는 감정 때문에 파괴되거나, 엄청나게 실수를 많이 하는 우드의 리어처럼, 새로운 실수들로 안간힘을 쓰는 혼란스러워하는 사람들에 관한 것이다. …… 오랜 학대를 받아왔다는 증거가 그의 딸들에게서 분명하게 드러난다. 알렉스 킹스턴의 코딜리아는 점점 더 반항적이며 피비린내 나는 생각을 하며, 급기야는 리어가 그녀를 거부하는 것보다 더욱더 강하게 리어를 거부하게 된다. 에스텔 코흘러의 고너릴과 샐리 덱스터의 리건은 여전히 이 늙고, 불가능한 남자의 사랑을 원하는 것처럼 보인다. …… 요즘 "나쁜" 딸들의 관점에서 이 극을 보는 것이 유행인데, 여기서만큼 이 관점이 강렬한 경우는 그리 많지 않다. 두 딸들은 신경안정제나 정신치료, 아니면 둘 다가 간절히 필요하다. 그들은 밧줄의 끝에 묶인 채 좌절하고 지쳐 있다. 그런데 이 밧줄이 마침내 끊어지고 분노를 억눌렀던 터질 것 같은 광기를 가까스로 막았던 모든 것들이 해방되었다. 두 딸들의 악행이 늘어난다. 그러나 이것들은, 고너릴과 리건이 그렇듯이, 궁극적으로 리어의 잘못이다.[48]

극이 시작되면서 혼돈이 펼쳐진다. 그리고 이와 똑같은 양식이 변덕스러운 인간의 행동에서도 발견된다. 불임이 되라고 고너릴에게 저주했던 리어가 뛰어가 그녀를 포옹한다. 놀랍게도, 리건이 글로스터의 눈을 뽑는 음모를 꾸미고 나서는, 상처를 입은 그녀의 남편이 아니라 글로스터에게 "어떠신가요, 백작님?"이라고 부드럽게 묻는다. 하이트너는 뒤죽박죽의 도덕적 혼돈 세계, 인간 내면의 선과 악이 종종 동거하는 세계로 우리를 안내한다.[49]

리건과 고너릴이 한 일이 사악하고 비정상적이라는 사실을 피해 갈 수는 없다. 콘월의 역할을 없앴던 버즈 굿버디의 1974년 공연에서 "리건은 어떤 누구의 도움도 받지 않고 브로치로 글로스터의 눈을 빼냈다."[50] 눈을 빼내는 장면을 무대에 올렸던 현대 공연들은 거의 언제나 글로스터를 불구로 만들 때 리건을 이 일에 적극적으로 참여하게 했다. 2004년 고너릴 역할을 했던 에밀리 레이먼드는, 고너릴과 리건이 "신체적 폭력과 정신적 학대에 시달렸다는 흔적으로 미루어 짐작할 수 있는 잔혹한 교육을 받았다"고 느꼈다. 레이먼드는 계속 다음과 같이 말한다. "나는 리어가 자신의 딸들을 교수형장으로 데리고 가서 반역자들을 다루는 잔혹한 방식을 가르쳐주었을 것이라고 생각한다. '그자들에게 교수형을 선고하지 않을 것이면, 그자들의 눈을 빼내어 다른 사람들에게 제지 효과를 갖게 해라'라고 말했을 것이다."[51]

〈리어 왕〉의 폭력과 악을 형이상학적인 것 대신 심리적인 것으로 변화시키면 어떤 충격 효과가 있을까? 이 폭력과 악이 공격적이며 무관심한 교육 방식의 "자연스러운" 결과는 아닐까 생각해보는 일이 이 극의 서사적 특성과 자매들의 극악무도한 행위의 엄청난 충격 범위를 감소시킬까? 리어의 세계는 리어가 적합한 아버지이자 왕이 될 수 없었기에 혼돈으로 치닫게 된 세계이다. 제임스 1세는 자신의 《자유로운 군주들의 진실한 법》에서 왕권신수설을 주장했을 뿐만 아니라, 아버지가 자신의 자식들에게 하듯이 모든 군주들이 신하들을 다뤄야 한다며 군주의 의무를 강조했다. 리어가 왕의 역할을 사물의 자연스러운 질서 내의 확고한 지점으로 잘못 생각한 것과 사회에서 그가 차지하는 위치에 맞는 책임감을 보여주지 못한 것이 부자연스러운 혼돈을 불러일으켰던 것이다.

1993년 에이드리언 노블은 추상적이지만 상징적인 무대장치를 사용하여 이 극에 팽배한 우주의 폭력적 기운을 강조했다.

최상의 연기를 보여주었던 데이비드 브래들리의 글로스터가 눈을 도륙당한 채, 사이먼 도먼디가 분한 냉담한 정신병 환자 콘월 곁을 떠나 휘청거리며 그 잔혹한 장면에서 걸어 나갈 때, 마침내 조명의 초점이 사라진다. 노블은 이절판을 사용했기 때문에 글로스터가 눈이 먼 후 하인들이 그를 돕는 장면도 삭제했다. 시력을 잃은 브래들리가, 무대 위에 고정된 푸르고 흰 지구본 모형 쪽을 응시한다. 그가 노려보자 지구본 표면 전체에 금이 가고 시간이라는 모래가 그 안에서 쏟아지기 시작한다. 리어 왕의 사회는 전쟁과 비인간적인 잔혹성 속에서 붕괴된 가정의 삶과 함께 모든 문명화된 인간의 삶이 파멸되어 종말을 향하고 있다는 불길함을 전한다.[52]

이와 같은 음산한 상상의 장면에,

노블이 가하는 일격 중 가장 독창적인 것은 리어의 어리석음이 불러일으킨 잔인함이 심지어는 관례적으로 착하다고 여겨지는 인물들에게까지 확장된다고 제안한 일이다. 최고 수혜자는 사이먼 러셀 빌이 연기하는 비범한 에드거인데, 그는 처음에는 도덕군자인

척했지만 자신이 목격해온 무서운 행동들로 말미암아 복수의 화신으로 변모하는 인물이다. 이 공연에서 그는 오즈월드를 죽이지 않는다. 그는 자기 아버지의 눈을 멀게 한 것에 복수하듯이 부러진 나뭇가지로 오즈월드의 얼굴을 때린다. 셰익스피어 작품에서 가장 연기하기 힘든 중요한 역할이었던 에드거가 갑자기 특정 정체성을 얻게 된다. 즉 폭력의 전염으로 말미암아 영원히 더럽혀진 남자가 된다.[53]

에드먼드와의 마지막 결투에서, 에드거 역을 맡은 러셀 빌은 "복수심에 싸여, 죽어가는 에드먼드의 눈을 빼내려고"[54] 애쓴다. 유사하게, 빌 알렉산더의 2004년 공연도 "새롭게 세계의 원시성을 보도록 일깨우는 냉담한 손길을 포함시킨다. 예를 들면, 에드먼드와 에드거 사이의 클라이맥스 대결에서, '눈에는 눈'이라는 정확하게 원시적인 정의로부터 고결한 형의 칼을 멈추게 하는 것은 오직 우연일 뿐이다."[55] "강제로 에드먼드에게 무기를 떨어뜨리게 하기 위해, [에드거]는 에드먼드의 양쪽 뺨을 잡고 엄지손가락을 에드먼드의 눈에 밀어 넣는다. 글로스터의 눈 뽑힘을 이런 식으로 언급하는 것은 무시무시하게 깊은 울림을 갖는다."[56]

에드거에 대한 우리의 견해는 우리가 이 극의 결말을 어떻게 볼 것인지를 결정할 것이다. 리어의 여정을 반복하는 에드거의 정신적 여정은 그에게 독특한 방식으로 인간성과 삶의 귀중함을 이해하게 해준다. 그러나 또한 그는 세상을 바로잡고 미래에 대한 희망을 던져줄 정말 인간적인 복수자이다. 에드거란 인물에 의도적으로 악의적이며 폭력적인 행동을 부과하여 균형을 깨뜨리는 일은 잃어버린 원시적 세상을 구원한다는 확신을 제거하고, 이로써 이 극의 허무주의적 세계관을 조장한다. 1982년 에이드리언 노블은 이 구원될 수 없는 잔혹성 요소를 강조한다. 《가디언》의 비평가 마이클 빌링턴은 다음과 같이 설명한다.

에드거는 오즈월드의 등을 막대기로 갈라지게 때려서 죽이고, 에드거와 에드먼드 사이의 형제간 대결은 상반신을 벗고 피 흘리는 기사답지 않은 전투로, 에드먼드가 머리를 물속에 박고 쓰러져 죽으면서 끝이 난다. 마지막에서조차 두 인물들은 비관적이며 불확실한 관점에서 미래를 바라본다.[57]

피터 브룩이 그린 이 극의 그림에서 혼돈은 자연 질서의 일부였다. 그의 공연은 리어를 완전히 파멸에 이르게 했던 세력의 비인간성과 사심 없는 객관성을 강조했다. 문명의 표면 아래에는 그 어떤 도덕적 체계도 없었다. "어느 곳을 보든, 우리는 세상의 앞면과 외적인 표상들만 본다. 그런데 인물들이 갑자기 시력을 얻게 되자, 역설적이게도 그 시력은 그들로 하여금 오로지 텅 빈 공간만을 들여다볼 수 있게 한다."[58]

브룩은 구원의 순간이나 인간성이 드러나는 주요한 순간을 제거했다. 즉 글로스터의 눈이 뽑힌 후 하인들은 글로스터를 돌보는 대신 그저 무대를 깨끗이 치우는데, 이때 글로스터는 아무렇지도 않은 듯 쿵 부딪혀 넘어진다. 자신을 구원하고 코딜리아를 죽이라는 명령을 중지시키려는 에드먼드의 노력도 삭제했다. "거길 봐"라는 마지막 말과 함께 죽어가는 리어는 허공을 뚫어지게 바라본다. 리어와 코딜리아를 애도하는 생존자들이라는 흔한 광경은 없다. 리어와 코딜리아의 시체를 끌어내기 위한 배우 한 사람이 남아 있지만, 에드거와 죽은 에드먼드를 무대 위에 홀로 둔 채 떠난다. 에드거는 무대 중앙 자신의 동생에게 다가가, 동생의 시신을 무대 뒤편으로 끌고 나간다. 이때 멀리서 천둥 치는 소리가 배경 음향으로 들리고, 이 소리는 앞으로 더 좋지 않은 일이 다가올 것이라는 인상을 관객에게 남긴다. "우리 젊은이들은 결코 / 그만큼 많이 보지도, 그만큼 오래 살지도 못할 것입니다"라는 대사는 진정으로 종말론적인 의미를 전달한다. 이것은 이 세상의 "예언된 종말"의 공포를 알리는 이미지이다.

브룩의 공연이 성공할 수 있었던 것은 관객들이 인간성 때문에, 아니 더 구체적으로 말해서 인간성 부재 때문에 슬퍼할 수 있게 만들었기 때문이었다. 이 공연은 이 시대에 어울리는 설명인 듯했으며, 여전히 오늘의 우리를 감동시키는 설명이다. 오두막집에서 있었던 리어의 연설은 브룩 비전의 핵심을 전달한다. 그가 이 공연의 세계 순회공연용 프로그램 해설에 "몸을 던져, 가난한 자들이 느끼는 걸 직접 느껴봐라"라는 인용문을 사용한 것은 우연이 아니었다. 2004년에 리어 역을 맡았던 코린 레드그레이브도 이 구절을 채택했다.

이 극은 죽어가는 혹은 쇠퇴해가는 세상에서 우리가 어떻게 하면 더 잘살 수 있으며 서로에게 더 잘할 수 있는지를 탐구한다. 이 극은 이 질문에 대해 어떤 결론도 내릴 수 없다. 우리가 보고 있는 세상이 죽어가고 있는 것처럼 셰익스피어가 자신의 시대에 보았던 세상도 죽어가고 있었기 때문이리라. 셰익스피어는 그 자신 마차를 타고 지옥으로 가고 있다고 생각하는 세상에서 글을 쓰고 있었으며, 만약의 경우 그 세상이 혹시 회복될 경우를 대비해 한 권의 교과서를 쓰고 있었다. 그래서 이것은 극 중에서도 가장 음산한 극이다. 그러나 가장 유익한 극이며, 가장 필요한 극이다. …… 〈리어 왕〉을 잃게 된다면 우리는 우리의 품격을 크게 떨어뜨리게 될 것이다. **59)**

연출가의 작업: 에이드리언 노블, 데버러 워너, 트레버 넌과의 인터뷰
에이드리언 노블 1950년 태어나, 브리스톨의 올드빅 극장을 거쳐 RSC로 왔다. 올드빅에서 촉망받는 몇몇 스타 배우들과 함께 여러 고전 작품을 연출했다. 스트랫퍼드 RSC 본무대에서 연출했던 그의 첫 공연이, 여기서 언급되고 있는 그 칭송받았던 1982년 〈리어 왕〉이었다. 마이클 갬본에게 왕 역을, 안토니 쉐에게 바보 역을 맡겼는데 바보를 특별히 영향력 있는 인물로 연출했다. 2년 후 그의 〈헨리 5세〉는 케네스 브래너 영화의 발판이 되었다. 지난 20년 동안 RSC에서 있었던 그의 다른 주요 공

연으로는 다시 한 번 브래너를 주연으로 발탁했던 〈햄릿〉, 〈헨리 6세〉와 〈리처드 3세〉 4부작에 기초한 〈플랜태저넷 왕가〉, 로버트 스티븐스에게 폴스태프 역을 맡긴 〈헨리 4세 2부〉가 있다. 스티븐스는 1993년 이 극의 두 번째 공연에서 리어 역을 맡기 위해 돌아왔다. 이 공연도 여기서 논의된다. 노블의 1994년 〈한여름 밤의 꿈〉은 영화로 만들어졌다. 그는 1991년부터 2003년까지 예술감독이었고, 그 이후에는 프리랜서 연출가로 활동했다. 그의 연출 스타일의 특징으로, 색과 사물의 과감함 사용(예를 들면 우산)과 유동적인 장면 구조를 들 수 있다.

데버러 워너 1959년 태어나, 런던 대학의 드라마 학교(The Central School of Speech and Drama)에서 무대 연출을 공부했다. 21세 때 자신의 "주변" 극단인 킥 시어터를 만들어, 에든버러 축제에서 〈리어 왕〉(여기서 논의된 1985년 공연)을 포함한 고전들을 불필요한 것을 모두 뺀 상징적 공연으로 무대화했다. 1987년 극도로 단순하지만 깊은 감동을 주는 〈타이터스 앤드로니커스〉로 RSC 데뷔 공연을 가졌다. 브라이언 콕스가 주연을 맡았던 이 공연은 스트랫퍼드의 스완 극장과 런던 바비컨 센터의 피트 극장 같은 아늑하고 익숙한 공간에서 막을 올렸다. 다음 해 〈존 왕〉이 비슷한 스타일로 공연되었고 1990년 다시 브라이언 콕스와 함께 런던 국립 극장의 프로시니엄 무대를 갖춘 리틀턴 극장에서 〈리어 왕〉을 무대에 올렸다(여기서 논의됨). 그녀는 이후 새뮤얼 베케트와 오페라 전문가로 일해왔는데, 국립 극장에서 올린 〈리처드 2세〉를 가지고 셰익스피어로 돌아왔다. 이때 그는 바비컨에서 있었던 대규모 공연 〈줄리어스 시저〉에서 남자로 복장 전환을 했던 공동 작업자 피오나 쇼에게 남장으로 리처드 2세 역할을 맡도록 했다.

트레버 넌 경(卿) 현대 영국 연극계에서 가장 성공하고 존경받는 연출가 중 한 사람이다. 1940년 태어나, 케임브리지 대학의 명석한 학생으로서 F. R. 리비스의 '문학 작품 꼼꼼히 읽기'의 영향을 크게 받았다. 불과 스물여덟의 나이에 RSC의 예술감독 피터 홀의 후계자가 되었다. 이후 1978년까지 RSC에 머물렀다. 그는 이 극단의 작품 폭을 크게 확장했을 뿐 아니라 공연장과 순회공연의 관점에서 극단의 야심을 크게 키웠다. 또한 뮤지컬 극장에서도 엄청난 성공을 거두었고 이어서 런던 국립극장 예술감독이 되었다. 그의 공연들은 언제나 텍스트에 대한 통찰력으로 가득 차 있었고, 간결하고 우아한 디자인을 추구했다. 그의 작품 중 가장 칭송받는 셰익스피어 작품은 이언 맥켈런을 주연으로 했던 일련의 비극, 즉 〈맥베스〉(1976, 디아더플레이스라는 어둡고 친밀한 공간에서 주디 덴치와 함께), 〈오셀로〉(1989, 이아고 역에 맥켈런, 데스데모나 역에 이모겐 스텁스), 〈리어 왕〉(2007, 스트랫퍼드 전작 축제 참가로 세계 순회공연, 이어서 런던 공연)을 들 수 있다.

〈리어 왕〉에 대해 우리가 늘 궁금해하는 첫 번째 질문 중 하나는 '이 극의 무대배경을 무엇으로 결정하셨습니까?'라는 질문입니다. 우리는 스톤헨지 비슷한 세계로부터 일본 사무라이를 거쳐 동시대적 세계까지 모든 것을 다 경험해왔습니다. 그렇다면 선생님들께선 무대 디자인 전문가와 함께 어떤 종류의 세계를 창조하고자 하셨습니까?

노블　무대장치와 관련해 두세 가지 중요한 요소가 있습니다. 그중 첫 번째는 이 극의 역학관계가 결정적인 결함을 가진 가족으로부터 유래하기 때문에 일련의 믿을 만한 가족 단위를 창조할 필요가 있다는 것입니다. 특히 리어와 글로스터의 가정이라는 두 개의 병렬적 가정이 필요합니다. 그래서 가정생활을 창조할 수 있어야만 하고 두 가족 세계를 평행선에 놓고 비교할 수 있어야 합니다. 두 번째 꼭 탐구할 필요가 있는 것은 서사적 속성입니다. 제가 말하는 서사적 속성이란 리어의 머릿속 현실이 부서지고 파편화되듯이, 우리가 살고 있는 현실도 부서지고 파편화된다는 사실을 의미합니다. 셰익스피어는 매우 의도적으로 인간 내부에서 일어나고 있는 공포와 광기를 그 육체적 구현을 통해 표현합니다.

　저는 두 번의 공연에서 모든 것이 산산이 부서져 그 조각들이 각각 독자적으로 행동하기 시작하는 무대장치와 세계를 창조하고자 했습니다. 두 공연에서 벽은 갈라지기 시작했고 거의 터져버릴 지경이 됩니다. 1993년 리어로 분한 로버트 스티븐스와 함께 저는 1막의 맨 끝에 꽤 인상적이라 느껴지는 이미지를 찾았습니다. 바로 피 흘리듯 모래를 흘리기 시작하는 달의 이미지입니다. 제게 이것은 달과 눈 사이의 매우 강력한 연관 관계 때문에 절묘하게 우리의 마음을 아프게 하는 이미지로 느껴졌습니다. 동정심은 완전히 사라져버렸습니다.

저는 완벽하게 현대적이며, 동시대적인 세계의 무대화를 피하고자 했던 제 자신을 발견했습니다. 왜냐하면 현대란 어디로 가야 할지를 모르는 고속도로와 같아서 정말 재빠르게 돌변하곤 하니까요. 비슷한 방식으로 고대 스톤헨지 판의 공연도 피했습니다. 왜냐하면 스톤헨지를 무대로 하는 것은 와핑 지역*을 무대로 하는 것만큼이나 바보 같은 일인 듯싶었습니다. 그래서 우리는 외투를 입었고, 아직은 사냥을 했으며 아직은 자동차가 우리 세상을 넘겨받지 못했던 약 150여 년 전의 유럽과 연관되었을 세계를 찾아냈습니다. 저뿐만 아니라 첫 번째 공연을 디자인했던 밥 크로울리나 두 번째 공연을 디자인했던 앤서니 워드도 이 극의 무대를 특정일을 기점으로 한 50년 전후의 세월로 잡을 수 있다고 생각하지 않았을 것입니다.

워너 두 번의 공연에서 제 관심은 언어와 인물 간의 관계를 통해 인물들을 널리 알리는 일이었습니다. 이 극의 역할은 관객으로 하여금 그들 자신의 내면으로 들어가게 하는 것입니다. 이 극은 인간 정신의 황량함을 보여주는 거울이지요. 그 거울은 인

---

*런던 템스 강가 부둣가 지역으로 어부와 배와 관련된 사람들이 살던 곳이자 전통적인 처형 장소였다.(옮긴이)

간 정신이 얼마나 상실되었고, 우리가 가정 내에서 얼마나 깊이 추락해 있으며, 개인의 변화를 이끌어낼 수 있는 상황들을 찾아 내기가 얼마나 어려운지를 보여줍니다. 이것이 바로 그 어떤 특정 공연의 무대배경도 이 극의 여러 장과 막을 열어주는 열쇠와 거의 연관관계를 맺을 수 없는 이유입니다. 이 극은 우리의 상상력을 통과한 후에 머물러야 합니다. 제가 무대를 비워놓는 축소 미학을 적용했던 것은 바로 그 일이 벌어지도록 하기 위함이었습니다. 모든 위대한 극들의 공연이 그렇지만, 각각의 위대한 극은 각각의 특수 상황에 알맞은 방식을 취해야 합니다. 1985년 킥 시어터와 함께할 때 우리는 에든버러의 교회당에 있었는데, 황야 장면을 재현하기 위해서 세 개의 사다리와 물이 담긴 양동이 하나만을 준비했습니다. 국립 극단과 함께할 때는 리틀 턴 극장의 넓은 야외무대에 있었습니다. 여기서는 공연을 시작하기 전에 다양한 미학적 선택을 해야 할 필요가 있었습니다. 힐데가르트 베흐틀러의 무대장치는 시적이고 아름다웠지만 빈 무대였으며, 그곳의 "세계"는 그 무대장치 때문에 정확히 이름 지을 수 없었습니다. 그것은 "석기 시대의 〈리어 왕〉"도 "제3 제국의 〈리어 왕〉"도 아니었습니다. 그것은 브라이언 콕스, 데이비드 브래들리, 이언 맥켈런, 수지 엥겔, 클레어 히긴스의 〈리어 왕〉이었습니다. 그것은 배우가 주도하고 배우가 영감을 불러일으키는 극이었습니다. 저는 아직도 그렇게 하는 것이 셰익스피어를 다루는 가장 좋은 방법이라고 믿습니다. 중요한 것은 배우들과 그들이 공동으로 창조한 세계입니다.

넌 셰익스피어는 리어 왕이 고대 브리튼의 왕이라고 말합니다. 그러나 다른 한편으로 셰익스피어는 칼을 가지고 결투하는 장면들을 포함시키며, 귀품 있는 궁정과 거의 몸을 따뜻하게 해주지 않는 아주 화려한 의상을 입고 있는 여성들에 대하여 여러 번 언급합니다. 또한 글로스터가 안경을 쓰고 있다는 말까지 전합니다. 셰익스피어는 자신이 역사적 정확성을 지켜야 한다는 규칙을 위반하는 것에 신경 쓰지 않는다는 점을 명확히 밝히고 있습니다. 〈리어 왕〉은 글로브 극장 아니면 궁정 공연에서 공연되었을 가능성이 큽니다. 그는 배우들에게 당대의 엘리자베스와 제임스 시대의 의상과 그 이전 시대의 망토와 옷 등의 몇 가지 추가적 장식 의상을 섞어 입고 나오게 했습니다.

역사극이란 날카롭고 정확하게 '관객'이 현재 살고 있는 시대에 적용되어야 한다는 생각에 관심을 가졌던 셰익스피어는 역사적 시대와 당대 양쪽에 모두 적용되는 역사극 창조에 유난히 신경을 썼다고 생각합니다. 저는 스톤헨지를 배경으로 한 〈리어 왕〉 공연을 본 적이 있습니다. 그때 저는 리어가 평소 살고 있는 집이 자연에 노출된 야외에 있었을 것으로 추정되는 그 시대에, 황야에서 폭풍우를 맞는 리어 때문에 야단법석을 떠는 것이 솔직히 이상하다고 생각했습니다. 정말 그랬습니다.

셰익스피어는 인간적인 관점에서 인간이 신에 가장 가깝다고 믿어왔던 인간과 "인간이 저자 꼴밖에 안 되는" 거지와 같다고 인지하게 된 인간 사이에는 엄청난 간극이 있다는 것을 보여줍니다. 리어는 신의 전달자이며 완전히 독재적인 권위를 가지고 있습니다. 그가 아주 작게 속삭이는 소리도 법이 되고, 켄트를 포함한 어느 누구도 그에게 의문을 제기할 수 없습니다. 그래서 이 공연에서 저는 이 극의 배경으로 러시아의 차르 절대군주제, 그리고/또는 오스트리아 프란츠 요제프의 독재의 여운을 띤 19세기처럼 보이는 무대 환경을 채택했습니다. 정치와 사회 분야의 각종 일을 다루는 리어의 권력이 차르나 황제와 같이 절대적이고 독재적이라는 것, 그리고 리어의 대화 상대인 신으로부터 그 권력이 유래한다는 사실을 의도적으로 강조했습니다. 이렇게 해야 이 극의 사회 구조가 필요로 하는 여러 요건들이 포함되고, 더 나아가 시대 착오를 이해할 수 있다고 생각합니다. 리어의 여정은 그로 하여금 이 독재 권력으로부터 벗어나 폭풍우를 만나고 처음으로 자신에게 질문을 던지게 이끕니다. 리어는 "불쌍한 가난뱅이들이 어떻게 이런 날씨를 견뎌내는 것이냐? 딱히 입을 옷이 없어서 몸을 따뜻하게 할 수도 없는데"라고 묻습니다. 그런 후, 그 집 없는 상황을 받아들이려는 간절한 마음을 지닌 채 베들램의 톰(우연하게도 똑같은 위기를 거친 남자, 편안하게 사는 데 익숙했지만 이제는 살아남기 위해 미친 거지가 되어버린 또 다른 사람)을 만납니다. 거지가 알몸으로 비바람을 견디는 것을 보면서, 리어는 자신도 그 상황에 처하고 싶은 마음이 간절해집니다. 그래서 그도 "두 발짐승"이 되는 경험을 하고 싶은 것입니다.

　오랜 기간 셰익스피어는 왕이 거지처럼 모진 고통과 쓰라림을 겪으며 인생 여정을 걸을 수 있다는 철학 사상에 매료되어 있었습니다. 그는 이전에도 수없이 많이 왕이 거지가 된다는 생각을 차용해왔었는데, 〈리어 왕〉에서 그 생각을 극한까지 밀고 나갔습니다. 저는 〈리처드 2세〉가 거의 〈리어 왕〉의 밑그림이라고 생각합니다. 〈리처드 2세〉에서도 마지막에 눈물 흘리는 신과 같은 왕이 "난 당신과 같은 보통 사람이라오. 나도 친구가 필요하오. 나를 어떻게 왕이라 칭할 수 있겠소?"라고 말합니다. 셰익스피어는 이 왕을 작은 감옥 안으로 데리고 갔습니다. 거기서 혼자, 무(無)의 주군이 된 그는 엄청난 깨달음을 얻게 됩니다. 그러나 〈리어 왕〉에서 왕의 여정은 훨씬 더 극단적인 종착지를 향합니다.

왜 리어는 코딜리아가 사랑을 수량화하여 말로 표현하는 게임(혹은 '만약 제가 결혼하면, 아버지께서 제 사랑의 절반을, 제 남편이 제 사랑의 나머지 절반을 가져갈 것입니다'라는, 그녀의 사랑 전부를 지나칠 정도로 글자 그대로 수량화하는 게임)에 참여하기를 거부한 것에 그토록 극단적인 반응을 보였습니까?

노블 얼마간 여러분은 그 장면에서 한 발자국 뒤로 물러나 왜 리어가 다른 두 딸보다 코딜리아를 훨씬 더 사랑했는지에 대해 질문을 던져보아야 합니다. 그럴 만한 여러 이유들이 있습니다. 대부분의 가정은 그 나름대로 한 자녀가 다른 자녀보다 더 사랑받거나 받는 것처럼 보일 만한 이유를 가지고 있다고 생각합니다. 문제의 인물이 리어처럼 망상에 빠진 자라면 그 문제는 위험해질 소지가 있습니다. 자신의 어린 딸이 자라서 자신을 공공연하게 반대하는데, 그는 그 문제를 전혀 처리할 수 없습니다. 그는 은퇴 문제도 처리할 수 없으며, 늙어가는 것도 처리할 수 없고, 자신이 더 이상 통제 상태에 있지 않다는 것도 처리할 수 없습니다. 이런 모든 일들로 인해 그는 불쌍한 코딜리아에게 호통을 치게 됩니다. 그러나 그는 이 일을 거의 곧바로 후회합니다. 하루 만에, 아니 몇 시간 만에 후회합니다.

워너 제 리어는 제멋대로인 리어, 허영심이 강한 리어입니다. 즉 자신이 듣고 싶은 것을 듣고자 하는 사람입니다. 어리석을 정도로 지나친 그의 자신감은 그의 욕구, 즉 공공연하게 애정을 표현하고자 하는 욕망을 파티의 놀이로 포장하고 위장하게 만듭니다. 리어는 자신에게 매우 무겁고 중요한 일을 경시합니다. 그렇기 때문에 아무도 그가 겉모습과 달리 상처받을 수 있는 사람이라는 것을 의심하지 못합니다. 그는 딸들에게 공식 석상에서 개인적인 것을 연기하라고 요구합니다. 그는 포상금이 크고 굉장하기 때문에 이런 일이 옳다고 주장합니다. 그러나 그 "놀이"는 조작된 것이기 때문에 그는 누가 어떤 상을 탈지 압니다. 왕과 궁정은 이미 구획된 땅이 누구의 땅인지 정해 놓고, 서명을 하고, 인장까지 찍었습니다. 화려하기 그지없는 이 모든 행동은 그의 허영심을 채우고, 그가 늙었음에도 계속해서 중심을 차지하고 있다고 느끼게 해주기 위해 고안된 것입니다. 우리는 자아가 공적인 것을 만나 기괴하게 표현되는 것

트레버 넌의 2007년 공연에서 리어로 분한 이언 맥켈런. 군복처럼 보이는 리투아 니아풍의 제왕 복장을 한 시작 장면이다.

을 목격하고 있습니다. 리어는 그가 원하는 것을 얻는 데 익숙한 남자입니다. 하지만 그는 형편없이 당했습니다. 그는 사랑이 상품이 아니라는 것, 거침없이 사랑을 베풀어야 한다는 것을 발견합니다. 이 극이 시작되기 오래전에 그는 사랑이 무엇인지를 알 수 있는 안목을 잃었던 것 같습니다. (작품 후반부 두 딸의 행위를 근거로 판단할 때) 그가 잘 대해주지 않았던 딸들로부터 그는 두 번에 걸쳐 자신이 원하는 답을 얻습니다. 리어는 사랑하는 딸인 코딜리아의 성격에 대해서는 거의 알지 못하는 듯합니다. 그렇기에 코딜리아의 반응이 그에게 엄청난 충격으로 느껴집니다. 이 알 수 없는 남자에 대해 우리가 모르는 것이 상당이 많습니다. 그러나 그의 근시안적 안목이 이 극이 시작되는 탁자 위에서 드러납니다. 여기 개인적 통찰력이라는 선물을 얻기 시작하려면 아직도 가야 할 길이 먼 한 사람이 있습니다. 그의 친구 글로스터는 실제로 눈이 멀었습니다. 두 사람이 모두 눈이 멀게 된 셈입니다.

그리고 선생님의 코딜리아는 왜 자신의 사랑을 말로 표현하지 않는 것입니까? 아니 표현할 수 없는 것입니까?

노블 이 질문은 대답하기가 훨씬 더 어렵습니다. 그것은 한 젊은 친구의 신조이고, 그 신조에 의하면 말로 표현된 진실이 엄마 아빠를 행복하게 해주는 것보다 훨씬 중요합니다. 그것은 집을 떠나는 시점이기도 합니다. 가정 내 심리적 세부 사항들이 이 극에서 아주 꼼꼼하게 다뤄집니다. 리어 가정의 경우, 코딜리아는 막 집을 떠나 결혼할 시점에 놓여 있습니다. 인지하지 못하는 경우가 꽤 자주 있지만 이것은 어느 가정이나 엄청나게 중요한 순간입니다. 어떤 딸들은 집을 떠나지 못합니다. 그들은 부모님들이 일흔이 될 때까지 부모님의 속박을 받으며 계속 함께 삽니다. 코딜리아는 집을 떠날 것이고, 리어는 이 사실을 처리할 수 없습니다. 그러나 그녀는 어떻게 처리해야 할지를 압니다. 특히 그와 같은 아버지를 어떻게 다루어야 하는지 잘 압니다.

워너 코딜리아는 이와 같이 지나치게 사치스러운 가당치 않은 놀이는 하고 싶지 않습니다. 그녀는 어리고, 수줍고, 막 결혼할 참입니다. 어쩌면 토지를 분할하는 이 진지한 일이 공적인 속성까지 지녔다는 것이 그녀에게는 감당키 어려운 일일 것입니다. 어쨌든, 사치스러운 파티의 놀이이건 아니건 이 시점은 코딜리아가 아버지에게 자신의 사랑을 말하는 시점으로는 잘못됐습니다. 그녀는 이런 문제들을 공개 석상에서 말하고 싶지 않습니다. 대본에 맞춰 말하는 언니들의 준비된 태도에 그녀는 간담이 서늘해질 정도입니다. 언니들이 부정직하다는 것을 알기 때문에 특별히 더 놀랍니다. 코딜리아는 자신만의 진실을 고수하고자 합니다. 주변에서 일어나고 있는 일에 질렸기 때문에 그 놀이를 그만두고 싶습니다. 이게 바로 그녀가 한 일일 뿐입니다. 코딜리아는 연기할 수 없기 때문에, 또 의도했건 의

도치 않았건 공적인 장소에서 아버지에게 모욕을 가했기 때문에 이로 인해 끔찍한 일이 벌어지게 됩니다. 그녀는 어리고 단호하며, 명확하게 정직, 진실, 사랑이라는 미덕들을 믿고 있습니다. 그녀는 진지합니다. 어떤 이들은 이 맥락에서 그녀가 지나치게 진지하다고 말할 수도 있을 것입니다. 그렇기에 그녀는 핵폭발을 초래하게 됩니다.

리어는 왕이면서 아버지입니다. 이것이 자주 연출가와 배우들이 선택해야 하는 사항인 듯합니다. 왕관을 포기하고 떠나는 리어의 여행과, 리어의 가족 관계, 이 둘 중 선생님들께서 더 강조하려는 것은 무엇입니까? 아니면 왕과 아버지라는 두 상황이 불가분하게 서로 뒤얽혀 있다는 점이 이 극의

데버러 워너의 1990년 공연 시작 장면. 리어가 궁정에서 벌이는 놀이는 끔찍하게 잘못되어간다. 리어로 분한 브라이언 콕스가 휠체어를 타고 종이 왕관을 쓰고 있다.

노블 의심할 여지없이 이 두 가지는 서로 엉켜 있습니다. 저는 그것이 선택이라고 보지 않았습니다.

워너 아버지 관계가 가장 흥미롭습니다. 그는 어쩌다 왕이 된 아버지입니다. 그러나 그때는 모든 아버지들이 왕이었기 때문에, 모든 것이 뒤엉켜 있다고 볼 수 있습니다. 그에 대해, 그의 통치에 대해 우리가 알지 못하는 것들이 많이 있습니다. 그러나 우리는 그가 왕국의 땅을 소유하고 있으며 은퇴 후 자신을 가장 편안하게 만들 수 있는 유용한 방식에 의거해 땅을 분할하기로 마음먹었다는 것을 압니다. 그는 모든 가정과 모든 군주제에서 위험한 시기라 할 수 있는 은퇴 시기를 앞둔 왕이자 아버지입니다.

넌 "세 번째" 대안이 이 공연이 지향하는 방향이라고 해도 놀랍지 않은 일입니다. 셰익스피어는 "가정 파괴"를 다루는 데에 무서울 정도로 뛰어납니다. 예를 들면, 그는 이 일을 〈햄릿〉에서 대단히 훌륭하게 해냈습니다. 저는 그가 〈베니스의 상인〉에서도 이 일을 〈햄릿〉에서와 똑같이 충격적으로 다루었으며, 〈맥베스〉에서는 이음새가 풀리고 있는 결혼을 목격한다고 말하고 싶습니다. 〈리어 왕〉은 여러 사건과 여러 사고방식에 떠밀려 왕의 가족이 어떻게 해체되는지를 탐구할 작은 통찰 지점들을 보여줍니다. 리어는 여든 살입니다. 그에게는 세 딸이 있지만 부인이 없습니다. 큰딸들은 권력자들과 결혼해 각자의 성에서 살고 있습니다. 막내딸은 이제 겨우 결혼할 나이가 되었습니다. 이 극 뒤에 숨어 있는 이야기로서, 왕이 두 명의 부인과 결혼한 왕이라는 이야기가 가능하지 않을까요? 첫째 부인이 (흔히 현대의 복잡한 가족사에서 볼 수 있듯이) 두 딸, 고너릴과 리건을 낳았는데 첫 부인 사후에 두 번째 결혼으로 리어는 아이를 얻습니다. 그 아이는 (아버지의 관점에선) 늦둥이로서 이후 아버지의 사랑을 독차지해옵니다. 가정 내의 질투와 균열이 이와 같은 배경에서 유래했다고 제안하는 것은 충분한 근거가 있습니다.

그러나 저는 가족 갈등에 대한 탐구가 셰익스피어가 멈추고 싶었던 문제 지점이라고는 생각하지 않습니다. 그 문제에 셰익스피어가 초점을 둔 것은 아닙니다. 일반적으로 셰익스피어 작품 하나가 리허설을 시작할 때 우리는 먼저 그 극의 '주제'를 밝혀내야 한다고 저는 말합니다. 만약 연출가라면, 그 극에 엑스레이를 투시해 그 뼈대 구조가 무엇이며 필수 기관들은 어디에 있는지를 밝혀내야 합니다. 어떤 공연도 외부로부터 접근되어서는 안 됩니다. 공연은 반드시 그 내부 구조가 무엇인지를 알아가는 일부터 시작되어야 합니다. 그럼으로써, 그 극에 포함된 모든 것들이 그 주제 구조와 연관되어 있기 때문에 어떻게 의미를 갖게 되는지에 대해 찾아가야 합니다.

〈리어 왕〉은 셰익스피어가 성숙기에 쓴 위대한 극 중 하나이기 때문에 그 탐구 과정이 쉽지는 않을 것이고 또한 그 원천이 표면에 드러나 있지는 않을 것입니다. 〈리어 왕〉을 셰익스피어의 대자연 연구라는 관점에서 글을 써왔던 사람들은 어딘가 그 지점 가까이에 와 있다는 것이 제 생각입니다. 셰익스피어는 분명히 〈리어 왕〉에서 '인간' 본성에 대해 탐구하고 있을 뿐 아니라 인간 행위와 그 내재된 모순을 포괄할 때 자주 "자연"이란 용어를 쓰고 있습니다. 그러나 조금만 더 멀리서 주제가 정의하는 바를 살펴봅시다. 저는 셰익스피어가 인간을 숭고하면서도 우스꽝스러운 존재로 바라보길 원한다고 말하고자 합니다. 저는 셰익스피어가 "인간 조건이란 무엇인가?"를 묻는다고 생각합니다. 왜 인간들은 영적이고 신적인 특징들을 추구하면서 스스로를 천사에 가깝다고 말하는 것일까요? 그러면서도 인간들은 왜 행동할 때는 많은 경우 동물처럼 행동하는 것일까요? 인류학적으로 보자면, 왜 인간은 인간의 종이 없앨 수 없어 보이는 동물적인 본능을 가지고 있는 것일까요?

저는 이 극에서 셰익스피어가 신 혹은 신들이 누구인지에 대해 정확하게 정의하지 않은 것이 놀랄 만한 일은 아니라고 생각합니다. 아폴로나 주피터는 그림자 같은 존재로 등장하며, 태양은 신성시됩니다. 하지만 인간이 반드시 믿어야 할 그런 종류로서 대략적인 익명의 신들이 언급됩니다. 그래서 어쨌든 인간은 자신들의 행위가 신에 의해 미리 정해진 것이거나 천상과 인간을 넘어선 곳의 힘에 의해 지배된다고 느낄 수 있습니다. 모든 것은 신의 통제 아래 있거나 신의 의지에 지배받습니다.

그러나 그때, 이 극의 중심 가까이에서 "자연이여, 그대는 나의 여신이다. 나는 그대의 법칙을 / 따를 작정이다"라고 말하는 젊은이가 있습니다. "나는 천상의 신을 믿지 않는다. 내가 영향을 받는 것은 인간 본성이다"라고 말하는 것 같은 젊은이가 있는 것입니다. 이 첫 번째 독백 끝부분에서 에드먼드는 제가 느끼기엔 거의 조롱조로 "신들이시여, 제발 힘을 써서 서자들을 보호해주소서"라고 말합니다. 에드먼드는 "그래, 너희 '신들은' 모든 사람들을 지지하는 것으로 알려졌잖아. 이제 서자들이 무언가를 이루게끔 도와줄 적절한 때가 되었어"라고 말합니다. 이것은 희극적 연출법 중에서도 아주 위험한 부분입니다. 그러나 자신의 세계에 대혼란을 창조해내는 무신론적 에드먼드는, 신들에게 간섭해달라고 진정으로 때로는 거의 병적으로 과도하게 애걸하는 대다수의 사람들과 현저한 대조를 이룹니다. 그리고 저는 "신들이" 간섭하지 않는다는 점을 셰익스피어가 분명히 하고 있다고 생각합니다. 신들은 귀가 멀었거나 냉담하거나 존재하지 않는 것으로 반복적으로 그려집니다. 신들은 아무 일도 하지 않습니다. 악한 것에 반대되는 "선한 것들"을 긍정하는 일에조차 신들은 간섭하려 들지 않습니다. 신들은 말하지 않습니다. 그들은 미동도 하지 않습니다. 천상의 세계는 비어 있을까요?

　리어 역을 연기한 배우는 그 역할의 가장 어려운 점이 얼마나 많은 욕설을 어느 정도 빨리 하는가를 정하는 일이라고 말해왔습니다. 만약 배우가 전반부에서 분노를 표출하는 데 너무 많은 에너지를 쓰면 후반부에 너무 지쳐서 광기를 연기할 수 없을 것이지만, 만약 지나친 통제 속에서 극을 시작하면, 광기로의 전환이 너무 갑작스럽고 극단적이어서 관객이 그 광기를 믿을 수 없게 됩니다. 이 어려움을 알고 계시는지요? 그리고 연출가로서 선생님의 리어가 이 일을 겪는 것을 어떻게 도우시겠습니까?

노블 그건 사실이라고 생각합니다. 제가 이야기를 나누어보았던 많은 리어들은 전반부보다 후반부가 훨씬 쉬웠다고 말합니다. 왜냐하면 전반부가 딱 그 정도만큼의 에너지와 배우의 자원을 통제하는 고도의 기술을 필요로 했기 때문이라고 합니다. 사실인즉, 리어 역할은 거의 연기할 수 없는 것입니다. 고통은 너무도 크고, 목소리는 너무 많은 것을 요구합니다. 저는 그런 연기에서 벗어나서 그 역을 아주 조용하게 해보겠다고 말하는 사람들을 줄곧 보아왔는데, 사실상 그 말은 완전한 거짓말이었습니다. 배우들은 그 역을 팔고 있으며 관객은 오래 있지 않습니다. 이 역할은 배우의 실수를 극대화시키므로, 실제로 배우에게 많은 것을 내려놓도록 합니다. 연출가에게도 똑같은 말이 적용될 수 있습니다. 이것은 에베레스트 산과 같습니다. 용서하지 않는 산이지요. 사람들은 그 산을 올라가는 도중에 죽거나 심하게 다칩니다. 바그너의 음악을 노래하는 것과 같습니다. 모두가 다 바그너의 곡을 노래할 수는 없습니다.

워너 마치 〈트리스탄〉, 〈보탄〉, 〈지크프리트〉를 노래하는 오페

라 가수에게 에너지와 투지가 필요한 것처럼, 리어를 연기하는
배우에게도 최대한 다 쏟아부을 에너지와 투지가 필요합니다.
이 역은 너무 나이 들어 맡지 않는 것이 좋습니다. 브라이언 콕
스가 제 공연에서 리어 역을 했을 때가 마흔넷이었습니다. 첫
장면부터 배우는 몇 분 지나지 않아 강하게 소리치고 분노에
휩싸여야 합니다. 시작 후 막이 이어지는 동안 이 분노는 더 크
게 표현됩니다. 마침내 분노의 총알이 발사되고 극이 절정으
로 치닫게 될 때까지 말이지요. 이 역을 잘해내려면 피로를 감
수해내야만 합니다. 이 극은 결코 주연배우에게 친절하지 않습
니다. 하지만 셰익스피어는 주인공이 공연의 짐을 다른 배우들
과 나눌 수 있게 할 만큼 명석하고 친절합니다. 후반부 시작 지
점에 그 유명한 주인공의 휴식 시간도 있어 그는 분장실에서
잠시 쉴 수 있습니다. 셰익스피어는 항상 연출가들에게 도움이
되는 조력자가 되어주고, 배우들을 지원합니다. 배우들의 공연
무대를 선과 원으로 그려 정리해주면서요. 배우들은 건강한 몸
상태를 유지하기 위해선 셰익스피어를 따라야지만, 셰익스피
어가 요청하는 것도 반드시 따라야 합니다. 진짜 분노, 진짜 광
기…… 그게 없으면 연극이 아닙니다.

선생님들께서는 공연에서의 바보 역할과, 장면 중간쯤 그가 사라지는 것을
어떻게 처리하셨습니까?

노블 마이클 갬본과 안토니 쉐와 함께했던 1982년 첫 공연에

"최고의 연장자가 가장 많이 견뎠습니다." 리어로 분한 로버트 스티븐스(오른쪽)와 글로스터로 분한 데이비드 브래들리. 두 사람은 몹시 괴로워하지만 그 안에서 인간적 유대감을 찾는다. 에이드리언 노블의 1993년 공연.

서 바보 역이 꽤 유명해졌습니다. 우리는 리허설에서 즉흥극을 했었습니다. 저는 그것을 아주 잠깐만 더 길게 해보라고 했고, 그렇게 해서 얻은 최종 결론은 리어 왕이 바보를 뜻하지 않게 찌르는 것이었습니다. 그리고 그는 죽었습니다. "그 부분은 셰익스피어가 쓴 게 아니라고 프로그램 해설에 꼭 써야 합니다!"라고 말하는 사람들도 있었습니다. 그렇게 하는 것이 전적으로 타당하니까요. 이 장면 바로 직전에 "강아지들까지도 모두, 봐라, 트레이, 블랜치, 스위트하트, 모두 날 보고 짖는다" "여기 누워서 잠깐 쉬시지요" "커튼을 쳐"와 같은 대사들이 있습니다. 그래서 우리는 바보에게 쿠션을 사용토록 했고, 리어가 바보를 뒤쫓게 했습니다. 쿠션을 찌르면서 리어는 뜻하지 않게 바보를 찌릅니다. 그런 후 쿠션에서 나온 잔깃털들이 개들이 됩니다. 이것은 아주 아름다울 뿐만 아니라 충분히 개연성이 있는 것이었지요.

살아 있는 동안 바보의 역할은 전적으로 왕과 연관되어 있습니다. 그의 역할은 장교의 당번병과 같아서 상사가 죽거나 미치게 되면 그가 존재할 하등의 이유가 없습니다.

워너 국립 극장 공연에서의 저의 바보(데이비드 브래들리)는 중간 휴식 시간에 죽었는데, 그것은 피로와 추위 때문이었습니다. 그는 오두막 어두운 내부 어딘가에 놓여 있는 손수레 안으로 잠을 자러 들어갔다가 다시 깨어나지 못했습니다. 실제로 눈에 띄지 않는 슬프고 고요한 죽음입니다. 저의 킥 시어터 공연에서 여배우 힐러리 타운리가 코딜리아와 바보 역을 이중으로 맡아 공연했습니다. (저는 이런 이중배역을 셰익스피어가 의도했다고 믿고 있는데) 이 이중배역이 여러 문제들을 아주 손쉽게 해결했습니다. 예를 들면, 이렇게 배역을 맡겼을 경우 "내 불쌍한 바보가 목 졸려 죽었어"의 대사가 아무런 노력 없이 가슴을 찢는 고통을 전달할 수 있습니다.

옛 익명의 극 〈레이어 왕〉을 셰익스피어가 재구성했을 때 가장 눈에 띄는 특징은 그가 기독교적 기준 틀을 제거했다는 것입니다. (이것이 톨스토이가 옛 극이 더 좋았다고 심술궂게 말했던 이유들 중 하나였습니다!) 인물들은 항상 신들에게 간청하지만 그들이 원하는 답변을 듣지 못합니다. 그런 후 에드먼드는 자신의 여신 "자연"에게 호소합니다. 선생님들께선 이 극의 종교에 대해 어떤 생각을 하고 계십니까?

노블 처음 이 공연을 연출했을 때 저는 의도적으로 신이 없는 세상을 추구했습니다. 저는 브레히트와 베케트의 영향을 상당히 많이 받았습니다. 신 없는 세상과 전적으로 복수에 불타고 독기 품은 세상을 추구했지요. 이 사실을 강조하기 위해 저는 이 극의 결말 부분을 꽤 많이 삭제했습니다. 두 번째 공연에서는 신이 없는 것이 아니라 신이 돌아앉아 간섭하길 거부하는 세상을 상상해보았습니다. 글쓰기가 연출가나 해설자와 관계

에이드리언 노블의 1982년 공연에서 리어로 분한 마이클 갬본과 가면을 쓰고 바보로 분한 안토니 쉐.

된 것만큼 이 선택도 연출가나 해설자와 관계되어 있습니다.

워너 기독교적 틀을 유지하는 것을 모두 제거하면 이 텍스트는 한층 더 현재의 우리에게 적용 가능해집니다. 우리 모두가 몸부림치며 살듯이, 이 극의 인물들도 몸부림치며 살고 있고, 수세기 동안 그렇게 살아왔습니다. 17세기부터 21세기까지 셰익스피어는 우리에게 간단한 답을 허용하지 않습니다. 그리고 그것이 바로 공연들이 연출될 때 조심해야 하는 이유입니다.

넌 옛 〈레이어 왕〉 극에서 왕은 왕좌로 돌아오고 코딜리아는 살아납니다. 결말을 바꿈으로써 셰익스피어는 의도적으로 겉으로 드러나는 드라마의 기본 규칙, 즉 극은 시행착오와 변화의 우여곡절과 관계없이 결국엔 반드시 선(善)이 승리할 것임을 보여줘야 하며, 이 때문에 관객에게 도덕적 혹은 경고성 영향력을 행사해야 한다는 규칙을 위반합니다. 〈리어 왕〉에서 우리가 분명히 기대하는 것은 바로 그 규칙이 실행되는 일입니다. 그러나 셰익스피어는 이런 일이 벌어지는 것을 허용하지 않습니다. 이것은 셰익스피어의 의도가 옛 극의 의도와 아주 다르다는 것을 알려주는 명백한 증거입니다. 인간의 극단적 행동들과 인간이라는 종의 본성에 대한 셰익스피어의 탐구는 그를 삶이 도덕극과 같지 않다는 결론으로 이끕니다. 우리 종교문화사의 모든 것들이 우리로 하여금 궁극적으로 신들이 끼어들어 선의 편을 들 것이라고 믿도록 요구할 때, 셰익스피어는 그렇지 않다고 강조해서 말합니다. 이것은 그의 극이 기독교적이 아니라는 결론 그 이상을 뜻합니다. 이것은 그가 적어도 무신론적 결론을 향하고 있음을 말해줍니다.

이 비극에 신의 정의감이 결여되었다는 것은 핵심 주요 사안입니다. 엘리자베스 시대에 그 어떤 다른 작가가 감히 천상의 세계가 비었는지 아닌지에 대해 의문을 제기할 수 있었을까요? 제가 말했듯이 초반부 장면에서 셰익스피어는 인간의 행동이 신들의 감독을 받는다는 근본적인 믿음을 인물들의 마음에 장착해놓습니다. 리어는 자신처럼 신들도 노인이며, 또 신들은 뛰어난 지력을 지녔으며 우리를 지켜보고 있다고 믿는 듯합니다. 분명히 자신이 신과 특권적 관계를 맺고 있다고 생각합니다. 그러나 극이 진행됨에 따라, 셰익스피어는 여러 사람들이 신들에게 개입해달라고 기도하지만 아무 소용이 없다는 것을 우리에게 보여줍니다. 이야기의 절정에서 벌어진 전투는 '선'이 승리할 것인지의 여부를 결정할 것입니다. 에드거는 글로스터에게 "정당한 쪽이 이기도록 기도해"달라고 부탁합니다. 글로스터는 기도합니다. 그러나 정당한 것이 승리하지 않습니다. 마지막에, 리어와 코딜리아에게 사형선고가 내려졌다는 것을 알게 되었을 때, 군사들이 감옥으로 달려가자 앨버니는 존재하는 모든 것을 마지막 기도에 바쳐, "신들이시여, 코딜리아를 보호해주소서!"라고 기도합니다. 그런데 다음 행의 첫 단어는 "울부짖어라!"입니다. 코딜리아는 죽었습니다. 신의 개입은 없었습니다. 신들은 다시 언급되지 않습니다.

맞습니다. 그래서 저는 에드먼드가 고독하고, 위험한, 무신론적 지성인의 증거로서 우리 앞에 일찍이 나타났다고 생각합니다. 그 후 리어의 여정은 점차적으로 신들의 행위에 도전하는 쪽으로 향하고, 결국 그는 "아무것도 걸치지 않은 사람" 연설에서 깨달음에 이릅니다. 이때 그의 보다 근원적인 질문들이 시작됩니다. "천둥의 원인은 무엇이오?" "자연은 이런 돌같이 단단한 심장을 만들어내는 이유라도 있는 것일까?" 이제 그의 질문들은 신의 설명을 구하기보다는 다윈의 설명을 향해 가는 것처럼 보이며, 신에 대한 그의 믿음은 사라지기 시작합니다.

에드거는 어떻습니까? 다양한 목소리로 연기한다는 점에서 상당한 배우라고 생각지 않으십니까? 그는 불쌍한 톰이었지만, 나중에, 절벽 자살 장면 이후에는 바닷가 행인이 되었다가 그 이후에는 오즈월드를 죽이는 시골 농부로 변신합니다. 왜 에드거는 이런 다른 언어와 목소리로 다른 역할들을 연기하는 것일까요? 그냥 "여기 좀 보세요, 아빠, 죄송해요. 아빠한테 나쁜 아들이 있는 건 안된 일이에요, 하지만 전 착한 아들이에요. 아빠 눈이 멀었어요, 저예요……"라고 말해도 되는데, 왜 더 일찍 말하지 않았을까요? 아버지에게 진실을 말하게 될 때까지 그는 참으로 다양한 역할들을 했고 말할 기회도 참으로 많았었습니다. 그가 너무 늦게 진실을 말했기에 글로스터가 할 수 있는 일이라곤 심장마비로 죽는 일밖에 없었습니다.

노블 저는 그가 자신을 구원하기 위해서 다른 사람들의 죄, 특히 아버지의 죄를 스스로 떠맡았다고 생각합니다. 에드거가 가야 하는 길은 아주 깊은, 종교적이며 영적인 여정입니다. 그래서 그는 자신에게 아주 엄격한 규율을 부과했습니다. 위장, 채찍질, 그리고 고통의 벌을 가하는 것, 이것들이 모두 규율 부과의 일부입니다. 극이 진행되는 동안 그는 자신을 정죄합니다. 그는 조지 허버트의 시에서 튀어나온 인물과 같습니다.

넌 이 극의 중요한 순간에, 마침내 베들램의 톰 역할을 그만둘 수 있을 때 에드거는 "가장을 할 수가 없구나"라고 말합니다. 그런 후 바로 다음 순간 "그래도 그렇게 해야 해"라고 말합니다. 이 공연에서 우리는 정신의 변화에 대한 뭔가 특별한 것을 확인하고자 했습니다. 나라 전체를 샅샅이 뒤져서 에드거를 찾아 죽이라는 글로스터의 명을 받은 사람들이 있습니다. 이 지점에서 한 무리의 병사들이 등장합니다. 그래서 에드거의 "그래도 그렇게 해야 해"는 자기 보호, 그리고 이와 연관되어 아버지 보호를 위한 말로 분명히 정당화될 수 있습니다.

그러나 자살할 마음을 먹은 글로스터를 상상의 절벽 끝으로 안내할 때 에드거 자신이 제안했던 깊이 있는 설명이 더 설득력이 있습니다. 아래로 떨어져 죽기 바로 직전에 에드거는 관객에게 방백으로 "내가 아버님의 절망으로 이런 연극을 하는 이유는 / 그 절망을 치료해드리기 위함이야"라고 말합니다. 이것이 핵심적으로 에드거의 여정을 설명해줍니다. 그는 자신의 아버지의 마음이 분노와 세상에 대한 증오, 믿을 만한 가치가 있는 것이 아무것도 없다는 믿음으로만 가득 차 있다는 것을 봅니다. 신의 정의에 대한 믿음을 여전히 꽉 붙잡고 있는 에드거는 잘못 판단하고 잘못된 곳으로 가고 있는 아버지가 잘못된 죽음이나 구원받지 못할 죽음을 맞이하는 것을 허락할 수 없습니다. 그래서 그는 아버지가 자살 충동에서 벗어나 이와는 다른, 화해를 꾀하는 일련의 태도를 받아들이게 하는 일을 자신의 과업으로 삼습니다. 신들은 이 화해를 지지할 의향이 없어 보이고 계속 공포의 비를 내리고 있습니다. 이런 가운데 에드거가 자신의 정체 변화를 시도한 것은 전적으로 아버지를 좀 더 영적인 곳으로 안내하기 위함입니다.

이 극에 동화적 요소 같은 것이 있지 않은가요? 고너릴과 리건은 흉악한 자매들로, 코딜리아는 불행한 결말을 지닌 신데렐라로 그려졌습니다. 하지만 특히 피터 브룩의 유명한 공연과 영화 이후, 리어의 비이성적인 분노와 그의 소란 피우는 기사들의 혼돈을 강조하고 그의 딸들(특히 고너릴)이 철두철미한 악한이 아니라는 사실을 부각시키는 접근법도 있었습니다.

노블 사실 이 극의 인물을 실제로 존경하기는 어려울 겁니다. 그들 모두를 상당히 좋아할 수 있고, 그들의 상황을 공감할 수 있습니다만, 존경하기는 거의 어렵습니다. 어쩌면 글로스터는 존경할 수도 있고 혹은 에드거의 도덕성을 존경할 수도 있겠습니다. 자매들에 관해서는, 셰익스피어는 빙산의 몇 조각을 보여준다는 것이 의미가 없다고 생각했기에 언제나 꼭 필요한 것만 씁니다. 이런 일이 여성 인물들의 경우 자주 일어나며, 이로 인해 특히 여자 배우들은 굉장한 좌절감을 겪을 수 있습니다. 셰익스피어는 다 보여주는 일이 정말 쓸데없이 장면을 허비하는 것이라 생각합니다. 조각만 드러내는 것이 그 조각이 속한 세계를 완전히 보여주지 못한다는 것을 의미하지는 않습니다. 정확히 똑같은 일이 거트루드와 맥베스 부인에게 적용됩니다. 맥베스 부인과 거트루드의 역할이 추진력이나 중요한 요소를 갖지 못할 때 셰익스피어는 바로 멈춥니다. 배우들은 빠진 혹은 잃어버린 장면이 분명 있을 것이라고 생각하는 경향이 있습니다만, 그렇지 않습니다. 이 극 후반부의 바보처럼, 있을 필요가 없기 때문에 없을 뿐입니다. 이 말은 완벽하게 실제처럼 연기할 수 없다는 것을 의미하지 않습니다. 이것은 영화처럼 연기하는 것이 아니라 셰익스피어 시대의 관점에서 그 역을 바라보아야만 한다는 것을 의미합니다. 배우는 배경이 되는 이야기를 가지고 있을 수 있지만, 그 역을 맡은 배우는 그만큼만 보여주면 됩니다. 더 이상은 필요하지 않습니다.

넌 이 극의 초반에 고너릴과 리건을 사악한 성향을 지닌 인물로 보는 일은 전적으로 잘못됐다고 생각합니다. 그러나 그들의 행동에는 어느 정도의 야심이 드러납니다. 또한 그 둘 사이에는 어느 정도의 경쟁심이 있습니다. 그리고 그들보다 훨씬 어린 여동생이 늙은 아버지의 총애를 받게 된 경위에 대한 분노도 숨겨져 있을 수 있습니다.

전통적으로, 19세기 후반과 20세기 초반의 〈리어 왕〉 판본들은 리어 자신이 언제나 친절하고 온화하며 흰머리에 노쇠한 것으로 그려지는 해석을 아주 강하게 지지했던 것이 사실입니다. 그래서 두 사악한 자매들에 의해 참을 수 없을 정도로 괴롭힘을 당한 유쾌한 노인이 탄생하게 되었습니다. 피터 브룩이 1962년 공연을 올렸을 때 엄청난 혁명이 벌어졌다고 생각했습니다. 왜냐하면, 절대적으로 정직하게 텍스트를 바라보았던 브룩이 "리어는 전적으로 정의롭지 못하게 행동하고 있다. 지금 그는 섬뜩하게 행동하고 있고, 그의 행동은 그 어떤 아버지도 넘어갈 수 없는 한계를 완전히 넘어선다"고 말했기 때문입니다. 이것은 분명하게 자매들이 무죄임을 밝히려고 했던 공연이었습니다. 제 기억으론 리어의 행동을 흔히 용납될 수 없는 행동으로 제시했던 그 충격적 공연이 정곡을 확실하게 찔렀다고 봅니다. 물론 오늘날에는 어떤 공연이든 리어를 산타 할아버지의 가까운 친척으로 표현한다면 무대에서 조롱거리가 될 것입니다. 브룩의 견해가 일반적인 견해가 되어버린 것입니다.

그러나 우리는 여전히 고너릴과 리건이 어떻게 해서 이 극의 후반부에 놀랄 정도로 무자비한 인물들로 변모하게 되었는지를 설명해야만 합니다. 제가 말하고자 하는 것은, 특히 누구든 이전에 이 극을 본 적이 없다면, 리어가 고너릴을 저주하는 순간과 특히 그가 고너릴의 자궁에 관하여 저주하는 순간—제 생각으론, 관객 중 그 어떤 숙녀분도 일생 동안 들어보았던 저주 중 가장 끔찍한 저주를 퍼붓는 순간—을 지켜보는 일입니다. 우리 모두는 격하게 화가 난 상태에서 끔찍한 것들을 토해

내면, 그 말들을 다시 주워 담을 수 없다는 것을 압니다. 이것이 바로 이 극의 주요한 전환점이며 고너릴이 결과를 개의치 않는 복수심에 불타게 되었던 이유입니다.

글로스터의 눈을 뽑아 눈을 멀게 한 일은 어쩌면 셰익스피어 작품 전체를 통틀어 가장 끔찍한 순간일 수 있습니다. 이것을 어떻게 무대에 올렸으며 이 장면은 선생님들께 어떤 동시대적 반향을 일으킵니까? 2007년 트레버 넌 선생님의 공연에서 리건은 잔인하게 가해하며 공포 비슷한 기쁨을 얻는 것 같았습니다. 이 장면은 제게 이라크의 아부그라이브 교도소 미군들을 떠올리게 했습니다. 전쟁 시의 고문은 그냥 사라질 수 없는 무엇인 듯합니다…….

노블 그렇습니다, 이 장면은 우리에게 인간이 인간에게 할 수 있는 가장 끔찍한 일들을 직면케 한다는 의미에서 공명의 힘을 지닙니다. 그러나 저는 동시대적 사건은 거의 언급하지 않습니다. 왜냐하면 그건 더는 갈 곳이 없는 장면이기 때문이지요. 이런 장면들은 직접적으로 관객과, 그들의 영혼과 감정에 말을 겁니다. 굳이 사람들에게 플라스크 모양의 상의를 입히고 이라크인 옷차림을 한 사람들을 등장시킬 필요가 없습니다.

굉장히 많은 이유들 때문에 위험한 장면이기도 합니다. 노인의 눈을 뽑아 앞을 못 보게 하기 때문에 위험하며, 콘월과 리건 사이의 지나치게 위험한 성관계에 이 극의 코드가 꽂혀 있기 때문에 위험합니다. 이 장면의 코드는 또한 질서의 붕괴와 혼란의 시초를 보여준다는 측면에서 이 극의 설계 구도에 꽂혀 있습니다. 이 장면은 거칠고, 아주, 아주 불쾌한 장면입니다.

워너 극장은 터부와 포르노그래피를 탐구할 수 있는 매우 안전한 장소입니다. 이 안전한 탐구의 장소가 바로 극장의 핵심일 수도 있습니다. 연극의 연출가로서, 눈을 멀게 하는 일을 보여주려면, 될 수 있는 한 엽기적으로 그런 일을 해야 합니다. 그렇게 되면 관객은 그날 저녁의 안전한 극장 안에서 그 일을 경험할 것이며, 실황 공연에 몰입한 관객은 틀림없이 동시대에 있었던 이와 유사한 사건을 찾게 될 것입니다. 모든 위대한 극들은 이런 일을 할 수 있는 힘을 지니며 공연이 훌륭할수록 동시대와의 연결을 촉발시키는 힘도 커집니다. 이것은 우리의 상상력을 통과한 이런 극들에 대해 제가 전에 말했던 것을 상기시킵니다. 아부그라이브의 공포 비슷한 것을 직접 경험하는 사람은 거의 없을 것입니다. 그러나 극장은 우리에게 그와 같은 현실을 상상하고, 그 현실을 다루고, 모든 각도에서 그에 관하여 질문을 던지도록 허용합니다. 그리스의 극장은 관객이 원시적인 것에 대한 자신들의 반응을 시험하고, 법적 제도와 새로운 민주주의 건설을 문제 삼아보는 공적인 토론장이었습니다. 셰익스피어의 극장은 이 논쟁을 17세기라는 새로 만들어진 세계 속으로 끌고 들어가 인간 감정 하나하나를 무대 위에 올려놓습니다. 그래서 우리는 우리에 대해 논의할 수 있는 장소를 가지게 된 것입니다. 때로 우리는 셰익스피어의 유산을 인

간 감정에 관한 완벽한 백과사전으로 볼 수도 있습니다. 각각
의 모든 인간 경험을 연구하는 장소, 극장의 안전망 안에서 우
리 자신의 지도를 그려보는 곳입니다.

넌 아시다시피, "우리는 여기 21세기 중동 지역에 있습니다"
라고 말하려는 것은 공연이 아닙니다. 그러나 현재 우리 경험
의 일부인 모든 것들이 이 극을 관람하고 받아들이는 동시대의
관객에게 전달될 것이라고 기대합니다.
　셰익스피어의 극은 처음 공연했을 때 심한 검열을 받았을
것이 거의 확실합니다. 아마도 궁정에서 처음 공연되었을 것인
데, 왕의 귀에 거슬리는 진술들뿐만 아니라 어느 누구도 들어
서는 안 될지도 모르는 말들이 있었기 때문에 텍스트의 상당
부분이 삭제되었을 가능성이 있습니다. 리어는 인간 제도에 대
해 굉장히 많은 말을 합니다. "정의"("어느 쪽이 재판관이고 어
느 쪽이 도둑인지 가려내겠어?"), 그리고 행동 기준에 의해서
가 아니라 이름이나 제복에서 힘을 얻는 "권위"("개라도 지위만
있으면 사람이 복종하니까"), 즉 경찰이나 정부의 권위를 말할
때의 권위에 대해서 리어는 말합니다. 리어는 "정치가들"에 대
해서도 말합니다. "유리 눈이라도 해 박지그래. / 그러고는 비
열한 모사꾼처럼 / 보이지 않는 것도 보이는 척하는 거야." 리
어는 새로운 제도들과, 우리에게도 알려진 당대 제도들을 실명
으로 언급하며, 그중 많은 것들이 부패했고 그렇기에 무가치하
다고 말합니다. 그러나 셰익스피어는 검열관에게 응답할 완벽

한 답을 가지고 있었습니다. 이렇게 끔찍한 말을 하는 사람이 미친 것입니다. 만약 그가 이 방어벽을 가지지 않았었더라면, 누가 알겠습니까? 셰익스피어가 감옥에 갇히게 되었을지.

이전 여러 세대를 거치면서 눈 뽑는 장면은 삭제되거나 그저 어둠 속에서 일어난 어떤 일로 "암시되어" 왔습니다. 셰익스피어 극을 이렇게 삭제했던 것은 이러한 일이 점잖은 사람들이 보거나 듣기에 적절치 못하다는 판단에 근거합니다. 20세기에 이르러, 셰익스피어가 (이 극에 상당한 영향을 받았음이 너무도 분명한) 새뮤얼 베케트와 매우 비슷해야 한다고 믿게 되면서 눈 뽑는 장면이 점차적으로 중요한 부분이 되었습니다.

셰익스피어는 관객에게 "인간은 서로에게 말할 수 없을 정도의 동물적 행동을 할 수 있다는 사실을 직면하라"고 말합니다. 요즈음 우리는 고문이나 아이들에게 터지는 자살 폭탄의 냉혹함에 관한 기사를 읽으며, 질문을 던집니다. 한 무리의 사람들이 다른 무리의 사람들에게 이같이 끔찍한 일들을 저지르는데, 이와 같은 행동들이 무엇이든 어떤 이유로 정당화될 수 있다고 어떻게 말할 수 있을까? 그러나 셰익스피어는 이런 동물적 행동들이 우리 안에 있다고 말합니다. 우리 인간들이 그런 일을 합니다. 우리 인간이라는 종이 그런 일을 합니다. 비인간적이 되는 것이 인간 본성에 내재되어 있다는 사실을 우리는 직면해야 합니다.

학술계는 사절판과 이절판 텍스트 사이의 변형들에 대해 매우 염려했습니다. 리어는 각각의 판에서 각기 다른 임종의 말을 남겼으며, 각 판의 마지막에 각기 다른 사람이 피비린내 나는 왕국을 물려받습니다(앨버니는 사절판에서, 에드거는 이절판에서 마지막 말을 합니다), 두 텍스트 사이에는 그 밖에도 차이가 나는 부분들이 여러 군데 있습니다. 이와 같은 텍스트 상의 문제들에 선생님들께서는 관심이 있으십니까? 아니면 연출가가 자유롭게 이 극에 대한 자신 고유의 판을 선택하고, 섞고, 자르고, 붙일 수 있다고 생각하십니까?

노블 저는 연출가가 자신이 원하는 것을 자유롭게 해야 한다고 생각하지만, 연출가는 자신이 하고 있는 일에 대해 답변할 수 있어야 합니다. 저는 텍스트 상의 변형에 크게 관심을 가져본 적이 한 번도 없었습니다. 제가 했던 일은, 특히 첫 번째 공연에서 했던 일은 마지막 300에서 400행을 떼어내는 일이었습니다. 저는 그 부분을 정말로 악랄하게 제거했습니다. 그 제거를 후회하는 바로 그 순간 너무 늦었다는 점을 알 정도로 그것은 큰 효과가 있었습니다. 무대 위의 사람들이 계속 수다를 떨고, 이야기를 하고 있었기 때문에 리어와 코딜리아를 살릴 시간적 여유도 없었습니다. 이 제거는 이 세상에 신이 없다는 사실과 매우 긴밀하게 연결되어 있습니다. 이 두 경우에 사실 저는 모든 판본들이 논리적으로 타당하게 여길 세상을 창조했습니다. 저는 제가 만든 것에 책임을 질 것이고 그 결을 변함없이 지킬 것입니다.

년 1968년 제가 이 극을 처음 연출했을 시절엔 어느 누구도 "사절판과 이절판은 두 개의 별다른 극"이라고 말하지 않았던 것 같습니다. 저는 그때 존 바턴에게 자문을 구해서 "두 개의 세계 중 최고"의 것만 융합시킨 텍스트를 만들어냈다고 기억합니다. 그것은 제가 1976년 도널드 신던과 함께 사용했던 텍스트의 기초가 되었습니다. 그러나 그 후 이번에 제가 이언 맥켈런과 다시 시작했을 때, 사절판과 이절판 중 반드시 '선택해야 한다'고 말하는 수많은 학자들의 글을 읽게 되었습니다. 또한 저는 그 어느 판에서든 풍요롭고 좋은 생각을 떠올리는 자료들이 있다면 잃고 싶지 않은 제 자신을 발견했습니다. 그래서 저는 약간 다른 혼합본으로 작업을 했습니다. 아주 약간만 혼합했지만 어쨌든 혼합본이었지요. 제가 처음 이 극을 연출한 이래 가장 중요한 변화는 학술적 발견이 아니라, 제가 30년이나 더 늙었다는 단순한 사실이었습니다. 도덕성에 관한 궁극적 질문들에 대한 셰익스피어의 관심, 즉 우리가 우리의 도덕성을 설명하거나 받아들이기 위해 우리 자신에게 무엇을 만들어내는가라는 질문이 현재의 저에게 더 강력하게 말을 걸고 있습니다. 제가 말해온 바와 같이, 이 극은 모든 종류의 사회 조직과 제도를 상당히 가차 없이 다룹니다. 리어와 글로스터는 믿을 만한 것을 거의 남겨두지 않은 채 자신들의 죽음을 견뎌내야 했습니다. 에드거가 이 극의 끝을 마무리 짓습니다. 저는 그 결말은 의도적이며, 실제로 이것은 아무것도 할 말이 없는 자의 마무리라고 생각합니다. 에드거는 그 어떤 긍정적인 것도,

믿음도, 더 나은 미래로의 여정도 제안하지 않습니다. 그는 그때까지 무대에 남아 서 있는 거의 유일한 인물입니다. 모든 셰익스피어의 결말 중 가장 음산한 분위기에서, 에드거는 우리가 결정할 수 있는 유일한 것은 "참는" 일밖에 없다는 것을 알고 있는 듯합니다.

초기

윌리엄 셰익스피어는 영국 중부지방의 평범한 상업도시에서 태어나 세상을 떠난, 대단히 명민한 사람이었다. 1564년 4월에 존 셰익스피어의 장남으로 태어난 그는, 파란만장한 시대에 평탄한 삶을 살았다. 장갑 제조업자였던 존 셰익스피어는 재정적인 어려움에 빠져들기 전까지는 시의회에서 중요한 인물이었다. 어린 윌리엄은 워릭셔의 스트랫퍼드어폰에이번에 있는 지방 문법학교에서 교육을 받았으며 이곳에서 라틴어, 수사법, 고전 시에 대한 탄탄한 기초 지식을 얻었다. 앤 해서웨이와 결혼하여 당시로서는 이례적으로 이른 나이인 스물한 번째 생일이 되기 전에 세 아이(수잔나, 쌍둥이인 햄넷과 주디스)를 두었다. 1580년대 중반에 그가 어떻게 가족을 부양했는지에 대해서는 알려진 바가 없다.

많은 영리한 시골 청년들처럼 그도 출세하기 위해 도시로 갔고, 많은 창조적인 사람들처럼 연예계에서 직업을 찾았다. 수입을 시장에 의존하는 대중 극장과 전문 직업 극단이 셰익스피어의 유년기에 생겨났던 것이다. 1580년대 후반 무렵, 그가 성인이 되어 런던에 도착했을 때에는 새로운 현상, 즉 배우가 너무도 성공적이어서 "스타"가 되는 그런 현상이 생겨나고 있었다. 현대적인 의미에서의 그 단어는 존재하지 않았지만, 그 경향은 눈에 띌 정도였다. 관객들은 특정한 연극을 보기 위해서라기보다는 희극배우 리처드 탈턴이나 연극배우 에드워드 앨린을 보기 위해 극장에 갔다.

셰익스피어는 작가이기 이전에 배우였다. 그런데 자신이 위대한 희극배우 탈턴이나 비극배우 앨린처럼 될 수 없으리라는 것을 깨닫는 데에는 그리 오랜 시간이 걸리지 않았던 것으로 보인다. 대신, 그는 오래된 극을 땜질해서 고치고, 진부한 고정 공연 작품에 새 생명을 불어넣고, 새로이 예상 밖의 극적 전환을 집어넣는 사람으로서 극단 내에서 새 역할을 찾아냈다. 그는 대학 교육을 받은 극작가들의 작품에 큰 관심을 보였다. 그들은 대중 극장에서 공연할, 이전의 어떤 것보다 더 야심차고 총체적이며 시적으로 웅장한 스타일의 역사극과 비극을 쓰던 사람들이었다. 그러나 그는 또한, 친구이자 경쟁자였던 벤 존슨의 표현에 따르면 "말로의 힘찬 시행(詩行)"이라고 불리는 것이 가끔 희극 양식에서는 힘을 발휘하지 못한다는 사실도 알아차렸을지 모른다. 크리스토퍼 말로가 그랬듯이 대학을 다니는 것은 수사적 정교성과 고전적 인유의 기술을 연마하는 데에는 도움이 되었으나, 이는 대중성의 상실로 이어질 수 있었다. 대중 극장의 대다수 잠재적 관객에게 가까이 머물러 있기 위해서는 왕뿐 아니라 촌부를 위해서도 글을 써야 했고, 고양된 시구에 선술집과 화장실, 사창가의 유머를 흩뿌려놓을 필요가 있었다. 셰익스피어는 자신의 극작 경력 초기에 비극, 희극, 사극에서 모두 거장으로 자리매김한 첫 번째 작가였다. 그는 방대한 역사서를 읽을 여력이 있는 엘리트들보다 더 폭넓은 관객들에게 극장이 국가의 과거를 알려주는 수단이 될 수 있음을 알고 있었다. 그의 특징을 잘 보여주는 초기작에는 고전적 비극인 〈타이터스 앤드러니커스〉뿐 아니라, 장미전쟁에 관한 영국 역사극 연작도 포함된다.

또한 그는 자신이 맡을 새로운 역할을 만들어냈는데, 바로 극단의 전임 극작가로서의 역할이었다. 동료와 선배들이 극단 경영자에게 자신들의 작품을 팔고 작업량 기준으로 빈약한 보수를 받았던 반면, 셰익스피어는 흥행 수입의 일정 비율을 받았다. 체임벌린 극단은 1594년에 주식회사로 설립되었는데, 주주로 투자한 핵심 배우들이 이윤을 나누었다. 셰익스피어도 직접 연기를 했다. 그는 자신의 작품집 앞에 나오는 출연배우 명단뿐 아니라 벤 존슨 작품 몇 편의 출연배우 명단에도 등장한다. 그러나 그의 주된 역할은 극단을 위해 매년 두세 작품을 집필하는 것이었다. 지분을 보유함으로써 사실상 그는 자신의 작품에 대한 저작권료를 벌어들이는 셈이었는데, 이는 그때까지 영국에서 어떤 작가도 하지 못한 일이었다. 체임벌린 극단이 1594년 크리스마스 시즌에 궁정에서 했던 공연의 수고비를 수령할 때 세 사람이 함께 왕실 재무관에게 갔는데, 거기에는 비극배우 리처드 버비지와 광대 윌 켐프뿐 아니라 극작가 셰익스피어도 포함되어 있었다. 그것은 새로운 일이었다.

1596년에 열한 살 된 외아들 햄넷의 사망으로 그늘이 드리우기도 했지만, 그 후 4년은 셰익스피어의 경력에서 황금기였다. 30대 초반에 이미 시와 연극 매체를 모두 완벽히 구사한 그는 희극의 극작술을 완성시켰으며, 또한 비극과 역사극을 새로운 방식으로 발전시키고 있었다. 1598년에는 케임브리지 대학 졸업생인 프랜시스 미어스가 런던 문학계의 맥박을 짚어보고는 장르를 뛰어넘는 셰익스피어의 우수함에 대해 다음과 같은 찬사를 보냈다.

라틴 사람들 중에는 플라우투스와 세네카가 희극과 비극에서 최고로 간주되듯이, 영국인들 중에는 셰익스피어가 두 분야에서 모두 가장 뛰어나다. 희극으로는 《베로나의 두 신사》, 《실수 연발》, 《사랑의 헛수고》, 《사랑의 노고의 승리》, 《한여름 밤의 꿈》, 《베니스의 상인》을 보라. 비극으로는 《리처드 2세》, 《리처드 3세》, 《헨리 4세》, 《존 왕》, 《타이터스 앤드러니커스》, 《로미오와 줄리엣》을 보라.

흑사병으로 인해 극장이 폐쇄되었던 1593년과 1594년 사이에 썼던 설화시 〈비너스와 아도니스〉와 〈루크리스의 능욕〉의 "꿀

이 흐르는 혈관"에 많은 작가들이 찬사를 보냈던 것처럼, 미어스 역시 셰익스피어의 언어 구사력과 우아한 시구를 다듬어내는 재능에 주목하며 그를 가장 훌륭한 시인으로 평가했다.

공연장

엘리자베스 시대의 공연장은 "돌출 무대" 혹은 "단일 공간"으로 이루어진 극장이었다. 셰익스피어가 극장에서 보낸 본래의 생활을 이해하기 위해서는, 각 막이 시작될 때 열리고 끝날 때 닫히는 커튼과 프로시니엄 아치*가 있는 후대의 실내 극장에 관해서는 잊어야 한다. 프로시니엄 아치 극장에서 무대와 객석은 효율적으로 분리된 두 개의 공간이다. 즉 관객은 프로시니엄 아치로 틀이 짜인 가상의 "제4의 벽"을 통해서 지켜보듯이, 한 세상에서 다른 세상을 들여다본다. 정교한 무대효과와 그 뒤의 배경과 더불어 액자 무대는 그 자체로 독립된 세상이라는 환상을 만들어냈다. 특히 19세기에 인공조명을 조절하는 기술이 발전하게 되자 객석을 어둡게 할 수 있었고, 관객들은 불이 켜진 무대에 집중할 수 있게 되었다. 이와는 대조적으로 셰익스피어는 관객이 주위에 둘러서 있고 한낮의 햇빛이 가득한 마당의 텅 빈 단상을 무대로 작품을 썼다. 관객들은 항상 자신과 주변 관객들을 의식하고 있었고, 이들은 배우들과 같은 "공간"을 사용했다. 바로 곁에 존재한다는 느낌과 관객들과의 동질감

---

*객석을 구분하는 액자 모양의 건축 구조.(옮긴이)

형성은 무척 중요했다. 배우는 자신이 닫힌 세계에 있고, 어둠 속에서 관객들이 말없이 자신을 열심히 지켜보고 있다는 상상을 할 여지가 없었다.

셰익스피어의 연극 경력은 서더크에 있는 로즈 극장에서 시작되었다. 무대는 넓고 얕았으며, 마름모 모양 사탕처럼 사다리꼴이었다. 이런 무대 디자인에서는 영화의 분할 스크린 효과와 동일한 것을 연극에서 구현할 수 있었다. 즉 한 무리의 등장인물들이 무대 뒤의 분장실 벽 한쪽 끝에 있는 문에서 등장하고, 다른 무리는 다른 쪽 끝에 있는 문으로 등장하게 함으로써 두 라이벌이 대치하는 장면을 만들 수 있는 것이다. 로즈 극장에서 초연되었던, 싸움 장면의 비중이 높고 패거리들이 많이 나오는 연극에 바로 이런 식의 장면이 들어 있다.

로즈 극장 무대의 뒤쪽에는 널찍한 출구가 세 개 있었는데, 각각 너비가 3미터 이상이었다. 1989년에 글로브 극장 터가 일부 매우 제한적으로 발굴되었지만, 불행히도 무대에 관해서는 아무것도 드러나지 않았다. 최초의 글로브 극장은 1599년에 세워졌는데, 또 다른 극장인 포춘 극장과 유사한 비율로 건설되었다. 전자는 다각형이어서 원형으로 보인 반면, 후자는 직사각형이었다. 현존하는 포춘 극장의 건축 계약서를 통해, 글로브 극장 무대는 깊이보다 폭이 상당히 넓었으리라고 추측할 수 있다(아마 폭 13미터에 깊이는 8.2미터였을 것이다). 글로브 극장은 로즈 극장처럼 앞부분에서 점점 좁아졌을 것이다.

글로브 극장의 수용 인원은 상당했던 것으로 알려져 있는

데, 아마 3천 명을 넘었을 것으로 보인다. 약 8백 명 정도가 마당에 서 있고, 2천 명 정도는 지붕이 덮인 3단으로 된 관람석에 있었을 것으로 추측된다. 다른 대중 극장들도 수용 인원수가 컸다. 그런데 수도원의 식당을 개조해 1608년부터 셰익스피어 극단이 사용하기 시작한 실내 극장 블랙프라이어스는, 전체 실내 면적이 가로 14, 세로 18.3미터 정도에 불과했다. 수용 인원수가 약 6백 명에 불과했을 이 극장에서는, 훨씬 친밀한 관극 체험을 할 수 있었다. 일인당 최소한 6펜스를 지불했을 것이므로 블랙프라이어스 극장은 상류층 혹은 "사적인" 관객을 끌어들였을 것이다. 분위기는 화이트홀 궁의 왕과 조신들 앞에서 한 공연이나 리치몬드에서의 실내 공연에 더 가까웠을 것이다. 셰익스피어가 항상 대중 극장에서의 실외 공연뿐 아니라 궁궐에서 행해지는 실내 공연을 위해서도 작품을 썼다는 사실을 감안하면, 일부 학자들이 추측한 것처럼, 블랙프라이어스 극장의 근접성이 제공하는 기회가 후기극에서 "실내" 양식을 향한 중요한 변화로 이어졌다고 추론을 하는 데에 신중해야 한다. 후기극들은 글로브 극장과 블랙프라이어스 극장에서 모두 공연되었기 때문이다. 블랙프라이어스 극장에 자리 잡은 이후, 5막 구조는 셰익스피어에게 더욱 중요해졌다. 그것은 바로 인공조명 때문이었다. 막 사이에는 막간 간주가 있었고, 그동안 초를 손질하고 바꾸었던 것이다. 그가 극작가로 활동하는 내내 행해졌던 궁궐에서의 실내 공연을 위해서도 뭔가 유사한 방식이 필요했음이 분명하다.

극장 앞에는 관객들로부터 돈을 걷는 "입장료 수금원"이 있었는데, 옥외 마당의 입석은 1페니를, 지붕이 설치된 자리는 1페니를 더 받았고, 무대의 측면에 돌출해 있는 "귀빈석"은 6펜스를 받았다. 실내 "사설" 극장에서는 관객들 중에서 스스로 구경거리가 되기를 원하는 한량들이 무대 가장자리에 있는 걸상에 앉았다. 글로브 극장 같은 대중 극장에서 이런 일이 얼마나 흔했는지에 관해서는 학자들 사이에 논란이 있다. 일단 관객들이 자리를 잡고 입장료 수입 계산이 끝나면, 입장료 수금원들을 공연의 보조출연자로 활용할 수 있었다. 그것이 셰익스피어 극에서 전투와 군중 장면이 초반이 아닌 후반에 자주 등장하는 한 가지 이유였다. 여성들의 공연 참여에 대한 공식적인 금지는 없었으며, 입장료 수금원 중에 여성이 있었던 것도 분명했으므로, 여성 군중 역할을 여성이 담당했을 가능성이 전혀 없는 것은 아니다.

공연은 오후 2시에 시작했고, 5시에는 극장을 비워야 했다. 본 공연이 끝난 후에는 춤판이 벌어졌다. 춤뿐만 아니라 시끌 벅적한 희극으로 이루어진 행사였는데, 이것이 18세기 극장에서의 소극(笑劇)적인 막후 촌극의 기원이다. 그래서 셰익스피어의 작품에 쓸 수 있는 시간은 두 시간 반 정도였다. 이는 〈로미오와 줄리엣〉의 프롤로그에 언급된 "두 시간 분량"과 보먼트와 플레처의 1647년 작품집 서문에 언급된 "세 시간의 구경거리" 중간 어디쯤에 해당했다. 토머스 미들턴의 작품에 대한 프롤로그에서는 천 행을 "한 시간 분량의 단어들"로 언급하고 있으므로 공연 원고는 2천 5백 행에서 최대 3천 행 정도로 이루어졌을 가능성이 높다. 사실 셰익스피어의 희극 대부분은 길이가 이 정도였다. 한편 그의 많은 비극과 역사극은 훨씬 더 길었다. 이는 공연 대본이 심하게 잘릴 것을 충분히 알고 있었던 그가 최종적으로 출판될 것을 염두에 두고 완전한 대본을 썼을 가능성을 암시한다. 셰익스피어 생전에 출판된 짧은 사절판은 "불량 사절판"이라 불려왔는데, 어떤 종류의 편집이 행해졌을지에 대해 흥미로운 증거를 제시한다. 예를 들면, 《햄릿》 제1사절판은 햄릿의 말을 몰래 엿듣는 두 개의 사건인 "생선 장수" 장면과 "수녀원" 장면을 깔끔하게 결합시키고 있다.

관객의 사회적 신분 구성은 뒤섞여 있었다. 시인 존 데이비스 경은 대중 극장에 "함께 몰려든" "수많은 시민들과 신사들과 창녀들 / 짐꾼들과 하인들"에 관해 쓴 적이 있다. 도덕주의자들은 여성들이 극장에 출입하는 것을 간통이나 성매매와 연관시키긴 했지만, 상당히 지체 높은 많은 시민의 아내들도 정기적으로 극장에 갔다. 일부는 분명 현대의 극성팬들과 비슷했다. 별도의 두 가지 출전에서 확인된 한 이야기에서, 어떤 시민의 아내는 리처드 버비지와 공연이 끝난 후에 밀회를 약속했지만 결국 셰익스피어와 잠자리에 드는 것으로 끝났다. 아마 이 일화에서 셰익스피어는 리처드 3세보다 정복왕 윌리엄이 먼저 왔다는 명언을 했던 것으로 보인다. 연극을 옹호하는 사람들은 무대 위에서 악한들이 인과응보를 받는 것을 목격함으로써 관객들이 자신들의 잘못을 참회한다고 말하고 싶어 하지만, 실제로는 당시의 사람들 대부분이 지금과 마찬가지로 도덕적 교화보다 여흥을 위해 극장에 갔다. 더군다나 관객들이 모두 동일한 방식으로 행동했으리라 생각하는 것은 어리석은 일이다. 1630년대의 팸플릿에 의하면, 두 사람이 〈페리클레스〉를 보러 갔는데, 한 사람은 웃고 다른 사람은 울었다고 한다. 존 홀 주교는 사람들이 극장에 가는 것과 같은 이유로, 즉 "사교를 위해, 관례상, 여흥을 위해…… 눈과 귀를 즐겁게 하기 위해…… 또는 아마도 잠을 자기 위해" 교회에 간다고 불만을 터뜨리기도 했다.

한량들과 영리한 젊은 변호사들은 연극을 보기 위해서뿐 아니라 자신을 보여주기 위해서 극장에 갔다. 〈셰익스피어 인 러브〉와 로렌스 올리비에의 영화 〈헨리 5세〉의 시작 장면 때문에 요즘 사람들에게 널리 퍼지게 된 착각이 하나 있는데, 페니를 지불한 입석 관객들은 마당에서 배우를 향해 욕을 하거나 격려를 하고, 개암이나 오렌지 껍질을 던지고, 지붕이 덮인 좌석의 세련된 관객들은 셰익스피어의 고양된 시구를 감상한다는 것이다. 그러나 사실은 아마 정반대였을 것이다. "입석 관객"은 일종의 물고기였는데, 그 별명이 암시하듯 페니를 지불한 관객들은 무대 높이보다 낮은 곳에서, 머리 위에서 벌어지는 장관에 놀라 조용히 입을 벌린 채 응시하고 있었을 것이다. 공연에 대해 재치 있는 말로 계속해서 논평을 하고 때때로 배우들과 말싸움을 하는 좀 더 까다로운 관객들은 바로 한량들이었다. 현대의 할리우드 영화처럼 엘리자베스 시대와 제임스 시대의

공연 중인 엘리자베스 시대 극장 내부의 가상적인 재구성.

연극은 젊은이들의 패션과 행동에 강력한 영향을 미쳤다. 존 마스턴은 여성에게 구애하는 변호사들 입에서는 "순전히 줄리엣과 로미오"라는 말이 흘러나올 뿐이라고 비웃은 적이 있다.

공연장에서의 앙상블

타자기와 복사기가 없었으므로 극단 단원들이 새로운 희곡을 알게 되는 방법은 큰 소리로 읽어주는 것이었다. 모여 있는 극단 단원들에게 극작가가 자신이 만든 완전한 대본을 읽어주는 전통은 여러 세대 동안 지속되었다. 대본 한 부는 공연 허가를 받기 위해 연회 책임자에게 가져갔을 것이다. 극장의 대본 담당 혹은 프롬프터는 배우들에게 나누어줄 부분을 필사하곤 했을 것이다. 파트북은 각 배우의 대사로 이루어져 있었는데, 대사에 앞서 소위 "큐 신호"인 이전 대사 서너 단어가 먼저 제시되었다. 파트북은 가져가서 익히거나 "암기"했을 것이다. 이렇게 역할 대본을 익히는 동안, 어떤 배우는 극작가나 예전에 같은 역할을 맡았던 중견 배우로부터, 수습 배우의 경우에는 숙련 배우로부터 일대일 교육을 받았을 수도 있다. 데스데모나의 대사 중 높은 비율은 오셀로, 맥베스 부인의 대사는 맥베스, 클레오파트라의 대사는 안토니, 볼럼니아의 대사는 코리올레이너스와의 대화에서 나온다. 대개 버비지가 담당했던 주연 배우가 대부분의 "큐 신호"를 말했으므로, 그런 역할은 주연 배우의 수습 배우가 맡았을 것이 거의 확실하다. 그러한 수습 배우들이 숙련 배우와 함께 기거했다면, 개인 교습을 받을 기회가 상당히 많았을 것이며, 이로 인해 젊은 나이에도 그토록 부담스러운 역할을 연기할 수 있었을 것이다.

본인이 맡은 역할을 익히고 난 후, 첫 번째 공연 전까지는 단 한 차례의 리허설밖에 할 수 없었을 것이다. 매주 각기 다른 여섯 개의 작품을 무대에 올려야 했으므로 더 이상의 시간은 없었다. 그래서 배우들은 작품 전체를 매우 제한적으로 파악한 채 공연에 돌입했을 것이다. 배우들로서는 작품을 파악하는 과정이기도 한 단체 연습 개념은 전적으로 현대의 것이고 셰익스피어와 그의 원래 극단은 알지도 못했을 것이다. 배우 한 명이 기억하고 있어야 했던 역할의 수를 감안하면, 대사를 잊어버리는 것은 현대의 공연에 비해 훨씬 빈번했을 것이다. 그래서 대본 담당은 대사를 알려주기 위해 준비하고 있었다.

무대 뒤에 있는 단원으로는 소품 담당, 의상을 관리했던 의상 담당, 호출 담당, 안내원, 그리고 주 무대, 위쪽 관람석, 분장실 등에서 다양한 때에 연주했던 악사들이 포함되어 있었다. 대본 작가들은 이따금 무대 뒤에서 성가신 존재가 되기도 했다. 극단이 대본을 구입한 자유계약 작가와 극단 사이에는 종종 긴장 관계가 빚어지기도 했다. 셰익스피어와 체임벌린 극단의 입장에서는 집필 과정을 극단 내로 끌어들인 것이 현명한 처사였다.

가끔 꽃밭, 침대, 지옥 입구 등 무대 도구가 도입되기도 했지만, 무대장치는 제한되어 있었다. 무대 밑의 뚜껑 문, 위쪽의 갤러리 무대, 그리고 무대 뒤쪽의 커튼이 쳐진 숨겨놓은 공간으로 인해 귀신과 환영의 등장, 신들의 하강, 창가에 있는 인물과 지상에 있는 사람과의 대화, 체스를 하는 한 쌍의 연인이나 동상이 드러나게 하는 등의 특수 효과를 배치할 수 있었다. 〈한여름 밤의 꿈〉에서의 당나귀 머리처럼 소품을 기발하게 사용하기도 했다. 일상생활의 자질구레한 물품들이 산만하게 무대를 어지럽히지 않는 극장에서는, 샤일록이 한 손에 저울, 다른 한 손에 칼을 들고 있음으로써 전통적으로 칼과 저울을 지닌 정의의 여신의 모습을 패러디할 때처럼, 소품들이 강력한 상징적 중요성을 지닐 수 있다. 셰익스피어 극단의 소품 보관 벽장에 있는 더욱 의미 있는 물품 중에는 옥좌, 조립식 의자, 책, 병,

동전, 지갑, 편지(전체 작품에서 무대 위로 가져오고, 읽거나 언급되는 것이 대략 80차례 정도 된다), 지도, 장갑, 차꼬(〈리어 왕〉에서 켄트에게 채우는), 반지, 양날 칼, 단검, 날이 넓은 칼, 말뚝, 피스톨, 가면과 복면, 수급(首級)과 해골, 낮 동안의 무대 위에서 밤 장면임을 알려주는 횃불과 촛불과 등불, 사슴 머리, 당나귀 머리, 동물 의상 등이 있었을 것이다. 살아 있는 짐승들도 등장했는데, 〈베로나의 두 신사〉에서는 '크랩'이라는 개가 등장한 것이 확실하고, 〈겨울 이야기〉에서는 어린 북극곰이 등장했을 가능성이 있다.

극의 시각적 차원에서 가장 중요한 것은 의상이었다. 극작가들은 대본당 2파운드에서 6파운드를 받았던 반면, 앨린은 "온통 금과 은으로 수놓은 검정색 벨벳 외투"에 20파운드를 지불하기를 꺼려하지 않았다. 작품의 시대가 언제이건, 배우들은 항상 동시대의 의상을 입었다. 관객들이 열광했던 것은 역사적 정확성에 감명받았기 때문은 전혀 아니었고, 화려한 의상, 그리고 아마도 실생활에서는 반드시 자신들의 사회적 지위에 어울리는 옷을 입어야 하는 엄격한 사치 규제의 법을 사실상 무시한 채, 그들과 같은 평민들이 이곳에서 궁정인의 의상을 입고 거들먹거리며 걷고 있음을 알 때 생기는 일탈적인 흥분 때문이었다.

의상은 소품보다 훨씬 더 큰 상징적 중요성을 지닐 수 있었다. 인종적 특징을 제시할 수도 있었다. 흉갑과 투구로 로마 병사를, 터번으로 오스만인을, 긴 예복으로 무어인 같은 이국적 특성을,

개버딘으로는 유대인을 나타냈다. 〈겨울 이야기〉에서처럼 시간
으로 나오는 인물은 모래시계, 낫, 날개로 표현되었다. 〈헨리 4
세 2부〉의 프롤로그를 말하는 '루머'는 천 개의 혀로 장식된 의
상을 입었다. 글로브 극장의 분장실 옷장에는 경쟁 관계였던 로
즈 극장의 경영자 필립 헨슬로가 보유하고 있던 것이 대부분 들
어 있었을 것이다. 무법자와 삼림관리원이 입었을 초록색 가운,
〈끝이 좋으면 모두 좋다〉에서의 백작 부인처럼 애도하는 사람
들과 자크처럼 슬픔에 잠긴 사람들이 입었을 검은색 옷(〈햄릿〉
의 시작 부분에서 다른 사람들은 새로운 왕의 결혼식을 위해 모
두 축제 의상을 입고 있지만 왕자는 여전히 애도를 뜻하는 검은
색 옷을 입고 있다), 가톨릭 수사(혹은 〈자에는 자로〉에서의 공
작처럼 가짜 수사)를 위한 가운과 후드, 경쟁 관계에 있는 패거
리의 추종자들을 구별하기 위한 푸른색 코트와 황갈색 옷, 목
수를 나타내기 위한 가죽 앞치마와 자(〈줄리어스 시저〉의 시작
장면에 나온다. 그리고 〈한여름 밤의 꿈〉에서는 피터 퀸스가 목
수라는 것을 알려주는 유일한 표시이다), 청교도나 순례자를
나타내기 위한 주름진 모자와 지팡이 그리고 샌들 한 켤레(〈끝
이 좋으면 모두 좋다〉에서 헬렌은 이렇게 변장했다), 소녀처럼
차려입어야 하는 소년들을 나타내기 위해 밑에 속버팀틀과 함
께 입는 가운과 보디스 등이 그것이다. 로잘린드나 제시카의
경우처럼 성별 바꾸기는 50행 내지 80행 사이의 대사에서 이
루어지는 것처럼 보인다. 그러나 〈십이야〉에서 바이올라는 다
시 "처녀의 옷"을 입지 않고, 끝까지 소년 의상을 입은 채로 남

아 있는데, 절정으로 치닫는 바로 그 순간에 옷을 바꿔 입으면 액션이 지연될 것이기 때문이었다. 헨슬로의 목록에는 "보이지 않게 하기 위해 입는 옷"도 포함되어 있었다. 오베론, 퍽, 에이리얼도 비슷한 것을 입었을 게 분명하다.

의상이 눈에 호소하였듯이 귀를 위해서는 음악이 있었다. 희극에는 노래가 많이 포함되어 있었다. 추후에 원고에 덧붙인 것으로 보이는 데스데모나의 버드나무 노래는 비극에서는 드물었기에 특별히 애절한 예라 할 수 있다. 트럼펫과 팡파르는 격식을 갖춘 등장을 위해 불었고, 드럼은 군대의 행군을 나타냈다. 〈십이야〉의 시작 부분, 〈베니스의 상인〉의 끝이 임박했을 무렵 연인들의 대화 도중에, 〈겨울 이야기〉에서 동상이 살아나는 것처럼 보일 때, 페리클레스와 리어가 되살아날 때(이절판에는 없지만, 사절판에는 있다)처럼 배경 음악은 분위기를 만들어냈다. 헤라클레스 신이 마크 안토니를 저버린다고 상상할 때처럼 계속해서 들려오는 오보에 소리는 인간 세상을 넘어선 영역을 상징한다. 비록 기쁨과 슬픔이 뒤섞인 셰익스피어 세계에서는 대개 누군가가 그 무리에서 벗어나 있긴 하지만 춤은 희극의 결말에서 조화를 상징한다.

물론 가장 중요한 수단은 배우 자신이다. 그들에게는 많은 기술이 필요했는데, 동시대의 한 평론가에 따르면 "춤, 움직임, 음악, 노래, 웅변술, 신체 능력, 기억력, 무기 사용술, 풍부한 기지" 등이 그것이었다. 그들의 몸은 목소리만큼이나 중요했다. 햄릿은 배우들에게 "연기는 대사에, 대사는 연기에 맞추어야 한다"고 말한다. "열정"이라고 알려진 강렬한 감정의 순간들은 목소리의 조절뿐 아니라 일련의 극적인 몸짓에 의존하는 것이다. 타이터스 앤드러니커스가 손을 잘렸을 때, 그는 "몸짓으로 옮길 손이 없으니 / 어떻게 내 말을 아름답게 꾸미겠소?"라고 묻는다. 극작가 존 웹스터가 글로 묘사한 "뛰어난 배우의 모습"이라는 초상화는 셰익스피어 극의 주인공인 리처드 버비지에게서 받은 인상에 기반을 두고 있음이 거의 분명하다. "온전히 의미 있는 몸동작으로 그는 우리의 주의를 사로잡는다. 객석이 가득 찬 극장에 앉으면, 수많은 귀로 이루어진 원주에서 이끌어낸 수많은 선이 보인다고 생각하리라. 한편 중심은 바로 그 배우이다……."

비록 다른 모든 배우들보다 버비지가 찬사를 받았지만, 여성의 역할에 어울렸던 알토 목소리를 지닌 수습 배우들도 칭찬을 받았다. 1610년 옥스퍼드에서 한 관객은 데스데모나의 죽음에 대한 연민으로 관객들이 어떻게 눈물을 흘리게 됐는지를 기록하고 있다. 성인 남성이 무대 위의 십대 소년에게 키스를 하는 모습이 남색을 조장한다거나, 복장도착이 성서에서 금지하는 것이라며 노발대발했던 청교도들은 소수에 불과했다. 그러나 셰익스피어 극단에서 활동했던 주요 수습 배우들의 특징에 관해서는 알려진 것이 거의 없다. 아마도 한 사람이 다른 사람에 비해서 훨씬 키가 컸으리라고 짐작할 수는 있을 것이다. 셰익스피어는 종종 한 사람은 키가 크고 피부가 희고, 다른 사람은 작고 까무잡잡한 한 쌍의 여성 친구들에 관해 썼기 때문이다(헬레나와 허미아, 로잘린드와 실리아, 베아트리체와 히어로).

셰익스피어 자신이 연기했던 역할에 대해서도 거의 알 길이 없다. 초창기에 에둘러 암시된 바에 따르면 그는 종종 왕 역할을 맡았던 것으로 짐작되며, 오래된 전통에 따라 〈좋으실 대로〉에서의 노인 아담과 선왕 햄릿의 유령 역을 맡았을 것이다. 버비지의 주연 역할과 광대라는 일반적 역할을 제외하면 그러한 배역은 모두 그저 추측에 불과할 뿐이다. 심지어 원래 폴스태프 역할을 맡았던 배우가 윌 켐프인지 아니면, 희극적 역할을 전문으로 맡았던 토머스 포프였는지도 정확히 알 길이 없다.

켐프는 1599년 초반에 극단을 떠났다. 일설에 의하면 지나친 즉흥연기 문제로 셰익스피어와 불화가 있었다고 한다. 그를 대체한 사람은 광대라기보다는 지적인 재사에 가까웠던 로버트 아민이었다. 이는 켐프를 위해 썼던 랜슬릿 고보와 도그베리 역, 그리고 아민을 위해 쓴 훨씬 언어적으로 현학적인 페스티와 리어의 광대 바보 역 사이의 차이를 설명해준다.

현존하는 "플롯"이나 그 시기 희곡의 스토리보드로부터 분명히 알 수 있는 것은 어느 정도의 겹치기 출연이 필요했을 것이라는 점이다. 〈헨리 6세 2부〉는 대사가 있는 역할이 60개가 넘지만 등장인물의 절반 이상은 한 장면에만 등장할 뿐이고, 대부분의 장면에서 화자는 여섯에서 여덟 명에 불과하다. 전체적으로 그 극은 열세 명의 배우만 있으면 공연할 수 있다. 토머스 플래터가 1599년에 글로브 극장에서 〈줄리어스 시저〉를 보앉을 때, 대략 열다섯 명 정도가 있었다고 기록하고 있다. 〈로미오와 줄리엣〉에서 왜 파리스가 캐퓰렛가의 무도회에 가지 않았을까? 아마 그가 무도회에 참석하는 머큐시오와 1인 2역을 맡고 있었기 때문일 것이다. 〈겨울 이야기〉에서 마밀리어스는 퍼디타 역으로 돌아왔을 것이며, 카밀로와 동일한 인물이 안티고너스 역을 맡음으로써 마지막 부분에서 폴리나와 동료 관계를 맺는 것이 무척 자연스러운 마무리가 되었을 것이다. 티타니아와 오베론은 종종 히폴리타와 테세우스 역을 맡은 같은 배우들에 의해 연기됨으로써 밤의 세계와 낮의 세계의 통치자들을 일치시키는 상징적 효과를 가져왔다. 그러나 의상을 갈아입는 데 필요한 시간이 충분했을지는 의문이다. 너무도 흔한 일이지만, 이것은 감질나는 추측의 영역에 남아 있다.

국왕 극단

잉글랜드의 새로운 왕 제임스 1세는(어릴 때는 스코틀랜드의 왕으로서 제임스 6세로 불렸다) 즉시 체임벌린 극단을 자신의 직접적인 후원 하에 두었다. 그때부터 그들은 국왕 극단이 되었으며 셰익스피어의 남은 활동 기간 내내 어느 경쟁자들보다 훨씬 많은 궁정 공연을 하는 혜택을 누렸다. 심지어 즉위 초기에는 셰익스피어와 버비지에게 기사 작위 수여를 고려하고 있다는 소문이 있었을 정도였는데, 이는 순수 배우들에게는 전례가 없는 일이었다. 결국 빅토리아 여왕 재위 기간에 탁월한 셰익스피어 배우였던 헨리 어빙에게 그 작위가 수여될 때까지, 그

직업에 속한 사람에게는 거의 3백 년가량 작위가 수여되지 않았다.

셰익스피어의 창작 속도는 제임스 1세 시대에 더뎌졌는데, 이는 나이나 어떤 개인적인 트라우마 때문이 아니라, 역병이 자주 발생해서 오랜 기간 극장이 폐쇄되었기 때문이었다. 국왕 극단은 몇 개월간이나 순회공연을 다니지 않을 수 없었다. 1603년 11월과 1608년 사이에 극단은 남부와 중부의 여러 도시에 나타났지만, 그때쯤 셰익스피어는 그들과 함께 순회공연을 다니지는 않은 것으로 보인다. 그는 스트랫퍼드에 있는 고향에 큰 집을 샀고, 다른 부동산도 모으고 있었다. 사실 그는 새 왕이 즉위한 후 곧 연기를 그만두었을지도 모른다. 런던의 극장들이 그 시기에 상당히 오랫동안 폐쇄되었고 많은 공연 작품을 비축하고 있었기에, 셰익스피어는 궁정에서 요구가 있을 시에 공연할 수 있는 길고 복잡한 비극 몇 편을 쓰는 데 자신의 에너지를 집중하고 있었을 것으로 보인다. 《오셀로》, 《리어 왕》, 《안토니와 클레오파트라》, 《코리올레이너스》, 그리고 《심벌린》 등은 그의 가장 길고 시적으로 웅장한 희곡들에 속한다. 《맥베스》만이 유일하게 짧은 원고로 남아 있는데, 셰익스피어의 사후에 개작된 흔적을 보여준다. 토머스 미들턴과 공동 집필한 것이 분명하며 흥행에는 실패했을, 통렬하게 풍자적인 《아테네의 티몬》도 이 시기의 작품이다. 희극에서도 그는 엘리자베스 시대에 썼던 것보다도 더 길고 도덕적으로는 더 암울한 작품을 썼고, 《자에는 자로》와 《끝이 좋으면 모두 좋다》에서 희극 형식의 경계를 넓혔다.

1608년 이후 국왕 극단이 실내 극장인 블랙프라이어스를 사용하게 되면서(겨울 극장으로 사용했다는 것은 여름에는 실외 극장인 글로브만 이용했다는 뜻일까?), 셰익스피어는 더욱 낭만적인 스타일로 바뀌었다. 그의 극단은 오래된 목가극인 〈뮤세도러스〉의 재공연 개작 판본으로 큰 성공을 거두었다. 심지어 곰을 출연시키기도 했다. 한편, 가끔 프랜시스 보먼트와 공동 집필했던 좀 더 젊은 극작가인 존 플레처는 계략과 목가적 여행이 가미된 희비극이라는, 로맨스와 왕당주의가 혼합된 새로운 스타일을 개척하고 있었다. 셰익스피어는《심벌린》에서 이 표현 양식에 관해 실험을 했고, 결국 플레처는 셰익스피어의 축복을 받으며 국왕 극단의 작가 자리를 물려받았을 것이다. 두 작가는 1612년과 1614년 사이에 세 작품을 공동 집필한 것이 분명해 보인다.《카르데니오》라 불리는 잃어버린 로맨스(세르반테스의《돈키호테》에 등장하는 인물의 상사병에 기반을 둔 작품),《헨리 8세》(원래 "모든 것이 사실"이라는 제목으로 공연되었다), 초서의 〈기사 이야기〉를 극화한《두 귀족 친척》이 그것이다. 이 작품들은 셰익스피어가 마지막으로 단독 집필했던 희곡 두 편《겨울 이야기》와《템페스트》이후에 쓰여졌다.《겨울 이야기》는 자신의 오랜 적인 로버트 그린의 목가적 로맨스를 극화한 옛날 방식의 자의식적인 작품이며,《템페스트》는 다양한 극적 전통, 다양한 독서와 신세계로 가는 도중에 난파당한 배의 운명에 관한 동시대의 관심을 한꺼번에 합쳐놓은 작품이었다.

19세기 낭만주의 비평가들이 《템페스트》에서 프로스페로의 에필로그를 극작에 대한 셰익스피어의 개인적 작별 인사로 읽고 갑작스럽게 은퇴했다고 추측했던 것과는 달리, 플레처와의 공동 저작은 셰익스피어의 경력이 서서히 바래가며 끝났음을 암시한다. 삶의 마지막 몇 년간 셰익스피어는 분명 스트랫퍼드에서 많은 시간을 보냈으며, 거기서 부동산 거래와 송사에 깊이 연루되기도 했다. 그러나 그의 런던 생활 또한 계속되었다. 1613년에 그는 처음으로 런던에 꽤 큰 규모의 부동산을 구입했다. 극단의 실내 극장과 가까이 있는 블랙프라이어스 지역에 있는 종신 보유 주택이었다. 《두 귀족 친척》은 1614년에 이르러서야 쓰여졌을 것이며, 셰익스피어는 1616년 아마도 그의 52세 생일날 스트랫퍼드에 있는 집에서 알려지지 않은 원인으로 사망하기 전에 사업차 런던에 1년을 좀 넘게 머무르기도 했다.

그의 작품 중 절반 정도는 그의 생전에 다양한 품질의 텍스트로 출판되었다. 그가 사망하고 몇 년이 지난 후, 그의 동료 배우들은 그의 《희극, 역사극 그리고 비극》 전집의 공인 판본을 취합했다. 그것은 1623년에 대형 "이절판"의 형태로 등장했다. 36편을 모은 이 희곡집은 셰익스피어에게 불후의 명성을 안겨주었다. 이절판의 권두에 두 편의 찬양시를 기고한 그의 동료 극작가인 벤 존슨의 시구 속에서 그의 작품 자체는 "무덤 없는 기념비"를 그에게 만들어주었다.

그대의 책이 살아 있는 동안 예술은 여전히 살아 있고,

우리에겐 읽을 지혜와 바칠 수 있는 찬사가 있으니……

그는 한 시대가 아닌 모든 시대의 시인이도다!

1589~1591 《패버셤의 아든(Arden of Faversham)》(일부 집필 가능
성 있음)

1589~1592 《말괄량이 길들이기(The Taming of the Shrew)》
《에드워드 3세(Edward the Third)》(일부 집필 가능성
있음)

1591 《헨리 6세 2부(The Second Part of Henry the Sixth)》, 원래
제목은 《두 명문가인 요크가와 랭커스터가의 분
쟁 1부》였음(공저 가능성 있음)
《헨리 6세 3부(The Third Part of Henry the Sixth)》, 원래
제목은 《요크 공 리처드의 비극》이었음(공저 가
능성 있음)

1591~1592 《베로나의 두 신사(The Two Gentlemen of Verona)》
《타이터스 앤드러니커스(The Lamentable Tragedy of

Titus Andronicus)》(조지 필과 공동 집필 혹은 조지 필의 예전 판본 개작, 1594년 개작되었을 수 있음)

1592	《헨리 6세 1부(The First Part of Henry the Sixth)》(토머스 내시를 비롯한 다른 작가들과 공동 집필)
1592/1594	《리처드 3세(King Richard the Third)》
1593	〈비너스와 아도니스(Venus and Adonis)〉(시)
1593~1594	〈루크리스의 능욕(The Rape of Lucrece)〉(시)
1593~1608	《소네트(Sonnets)》(154편, 저자 논란이 있는 〈연인의 불평(A Lover's Complaint)〉과 함께 1609년 출판됨)
1592~1594/ 1600~1603	《토머스 모어 경(Sir Thomas More)》(앤서니 먼데이 원작의 희곡을 위해 한 장면 집필, 헨리 체틀, 토머스 데커, 토머스 헤이우드가 개작한 것으로 알려져 있음)
1594	《실수 연발(The Comedy of Errors)》
1595	《사랑의 헛수고(Love's Labour's Lost)》
1595~1597	《사랑의 노고의 승리(Love's Labour's Won)》(다른 희극의 원래 제목이 아니라면 소실된 작품임)
1595~1596	《한여름 밤의 꿈(A Midsummer Night's Dream)》 《로미오와 줄리엣(The Tragedy of Romeo and Juliet)》 《리처드 2세(King Richard the Second)》
1595~1597	《존 왕(The Life and Death of King John)》(이전에 집필했을 가능성 있음) 《베니스의 상인(The Merchant of Venice)》

《헨리 4세 1부(The First Part of Henry the Fourth)》

1595~1598 《헨리 4세 2부(The Second Part of Henry the Fourth)》

1598 《헛소동(Much Ado About Nothing)》

1598~1599 《열정적인 순례자(The Passionate Pilgrim)》(20편의 시, 일부는 셰익스피어의 작품이 아님)

1599 《헨리 5세(The Life of Henry the Fifth)》

〈여왕 폐하에게(To the Queen)〉(궁정 공연의 에필로그)

《좋으실 대로(As You Like It)》

《줄리어스 시저(The Tragedy of Julius Caesar)》

1600~1601 《햄릿(The Tragedy of Hamlet, Prince of Denmark)》(예전 판본의 개작으로 보임)

《윈저의 즐거운 아낙네들(The Merry Wives of Windsor)》 (1597~1599년 판본의 개작으로 보임)

1601 〈목소리 큰 새가 노래하게 하라(Let the Bird of Loudest Lay)〉(1807년 이후 〈불사조와 거북〉으로 알려져 있음)

《십이야(Twelfth Night, or What You Will)》

1601~1602 《트로일러스와 크레시다(The Tragedy of Troilus and Cressida)》

1604 《오셀로(The Tragedy of Othello, the Moor of Venice)》

《자에는 자로(Measure for Measure)》

1605 《끝이 좋으면 모두 좋다(All's Well That Ends Well)》

《아테네의 티몬(The Life of Timon of Athens)》, 토머스

미들턴과 공저

1605~1606 《리어 왕(The Tragedy of King Lear)》

1605~1608 《4편의 희곡 모음집》에 기여(대부분 토머스 미들
턴이 집필한《요크셔 비극》외에는 소실되었음)

1606 《맥베스(The Tragedy of Macbeth)》(현존하는 텍스트에
는 토머스 미들턴이 추가한 장면이 포함되어 있음)

1606~1607 《안토니와 클레오파트라(Antony and Cleopatra)》

1608 《코리올레이너스(The Tragedy of Coriolanus)》
《페리클레스(Pericles, Prince of Tyre)》, 조지 윌킨스와
공저

1610 《심벌린(The Tragedy of Cymbeline)》

1611 《겨울 이야기(The Winter's Tale)》
《템페스트(The Tempest)》

1612~1613 《카르데니오(Cardenio)》, 존 플레처와 공저(루이스
시어볼드의 《이중기만(Double Falsehood)》이라는 제
목으로 나중에 개작된 판본으로만 남아 있음)

1613 《헨리 8세(Henry VIII: All Is True)》, 존 플레처와 공저

1613~1614 《두 귀족 친척(The Two Noble Kinsmen)》, 존 플레처와
공저

참고 문헌

1) Gamini Salgado, *Eyewitnesses of Shakespeare: First Hand Accounts of Performances 1590-1890*(1975), p. 38.

2) James Boswell, in a diary entry on 12 May 1763, in *Boswell's London Journals: 1762-1763*, ed. Frederick A. Pottle (1950), pp. 256-7.

3) George Stevens, review dated 16-18 February 1773, quoted in *Shakespeare, The Critical Heritage*, ed. Brian Vickers, vol. 5, 1765-1774 (1979), pp. 501-2.

4) Leigh Hunt in an originally unsigned review of *King Lear* in *The Examiner*, No. 21, 22 May 1808, pp. 331-3.

5) *The Times*, review of *King Lear*, 25 April 1820.

6) William Hazlitt, in a *London Magazine* review of June 1820.

7) William Hazlitt, in a *London Magazine* review of May 1820.

8) John Forster, "The Restoration of Shakespeare's Lear to the Stage." *The Examiner*, No. 1566, 4 February 1838, pp. 69-70.

9) "Review of *King Lear*," *The Athenaeum*, No. 1066.1 April 1848, p. 346.

10) William Winter, "The Art of Edwin Booth: King Lear." in his *Life and Art of Edwin Booth*(1893), pp. 177-85.

11) Henry James, "Tommaso Salvini," *The Atlantic Monthly*, Vol. LI, No. CCCV, March 1883, pp. 377-86.

12) John Gielgud, "Granville Barker Rehearses *King Lear*," in his *Stage Directions*(1963, repr. 1979), pp. 51-5.

13) James Agate, review of *King Lear* in *Brief Chronicles: A Survey of the Plays of Shakespeare and the Elizabethans in Actual Performance*(1943, repr. 1971), pp. 201-3.

14) *The Times*, review of *King Lear*, 21 April 1936.

15) W. A. Darlington, "Old Vic at Home," *New York Times*, 13 October 1946.

16) Alan Brien, "Simulation in the Fields." *The Spectator*, vol. 203, No. 6843, 21 August 1959, pp. 223-4.

17) Maynard Mack, *King Lear in Our Time*(1966).

18) James Ogden, "Introduction," in *Lear from Study to Stage: Essays in Criticism*, ed.

James Ogden and Arthur H. Scouten(1997).

19) *Illustrated London News*, Vol. 241, No. 6433, 17 November 1962.

20) Stephen J. Philips, "Akira Kurosawa's *Ran*," in *Lear from Study to Stage*, p. 102.

21) Benedict Nightingale, *New Statesman*, 3 December 1976.

22) Sheridan Morley, *Daily Express*, 2 July 2004.

23) Tom Piper, *King Lear*, RSC Online Playguide, 2004.

24) Corin Redgrave, *King Lear*, RSC Online Playguide, 2004.

25) Benedict Nightingale, "Some Recent Productions," in *Lear from Study to Stage*, p. 236.

26) John Peter, *Sunday Times*, 31 October 1999.

27) Michael Billington, *Guardian*, 30 October 1999.

28) Colin Chambers, *Other Spaces: New Theatre and the RSC*(1980), p. 71.

29) Nightingale, "Some Recent Productions," p. 232.

30) Irving Wardle, *Independent*, 15 July 1990.

31) David Fielding, designer of the 1990 production, in interview with Lynne Truss, *Independent*, 8 July 1990.

32) John Gross, *Sunday Telegraph*, 15 July 1990.

33) Michael Billington, *Guardian*, 13 July 1990.

34) Note in *King Lear*, RSC program, 1993.

35) Irving, *Independent*, 15 July 1990.

36) Chambers, *Other Spaces*, p. 69.

37) Michael Billington, *Guardian*, 30 June 1982.

38) Billington, *Guardian*, 30 June 1982.

39) David Nathan, *Jewish Chronicle*, 9 July 1982.

40) James Fenton, *Sunday Times*, 4 July 1982.

41) Anthony Sher, "The Fool in King Lear," in *Players of Shakespeare 2*, ed. Russell Jackson and Robert Smallwood(1988).

42) Adrian Noble, interview for *King Lear*, RSC Education Pack, 1993.

43) Robert Wilcher, "King Lear," in *Shakespeare in Performance*, ed. Keith Parsons and Pamela Mason(1995), p. 91.

44) Gordon Parsons, *Morning Star*, 5 July 1982.

45) Alexander Leggatt, *King Lear, Shakespeare in Performance*(1991), p. 55.

46) Wilcher, "King Lear," p. 93.

47) Janet Dale, in RSC Education Pack, 1993.

48) Benedict Nightingale, *The Times*, 12 July 1990.

49) Billington, *Guardian*, 13 July 1990.

50) Nightingale, "Some Recent Productions," p. 231.

51) Emily Raymond, *King Lear*, RSC Online Playguide, 2005.

52) Nicholas de Jongh, *Evening Standard*, 21 May 1993.

53) Michael Billington, *Guardian*, 22 May 1993.
54) Nightingale, "Some Recent Productions," p. 239.
55) Paul Taylor, *Independent*, 5 July 2004.
56) Peter J. Smith, in *Cahiers Élisabéthains*. No. 66(2004).
57) Billington, *Guardian*, 30 June 1982.
58) Charles Marowitz, "Lear Log," *Tulane Drama Review*, Vol. 8, No. 2(Winter 1963), pp. 103-21.
59) Redgrave, *King Lear*.

사진 출처

옮긴이 이희원

이화여자대학교 영어영문학과를 졸업하고 같은 학교에서 셰익스피어의《안토니와 클레오파트라》와《코리올레이너스》연구로 석사학위를 받았다. 미국 아이오와 대학교에서《사랑의 헛수고》와《리어 왕》에 나타난 셰익스피어의 자의식적 언어관에 대한 연구로 석사학위를 다시 받고, 텍사스 A&M 대학교에서 셰익스피어 문제 희극과 후기 희극에 대한 페미니즘 분석으로 박사학위를 받았다. 대표 논문으로〈디지털 시대의 셰익스피어〉《헨리 6세 삼부작》에 나타난 이름 없는 육체의 재현〉〈아리스토파네스의《리시스트라테》에 나타난 여성과 연극성〉등 다수가 있다.《리시스트라테》《M. 나비》등을 번역했으며, 저서로는《페미니즘: 차이와 사이》(공저) 등이 있다. 현재 서울과학기술대학교 영어과 교수로 재직하고 있다.

시공 RSC 셰익스피어 선집
리어 왕

초판 1쇄 발행일 2012년 10월 26일
초판 3쇄 발행일 2022년 7월 28일

지은이 윌리엄 셰익스피어
옮긴이 이희원

발행인 윤호권
사업총괄 정유한

편집 김민지 **디자인** 박지은 **마케팅** 윤아림
발행처 ㈜시공사 **주소** 서울시 성동구 상원1길 22, 6-8층(우편번호 04779)
대표전화 02-3486-6877 **팩스(주문)** 02-585-1755
홈페이지 www.sigongsa.com / www.sigongjunior.com

ISBN 978-89-527-6669-4 04840
ISBN 978-89-527-6668-7 (세트)

*시공사는 시공간을 넘는 무한한 콘텐츠 세상을 만듭니다.
*시공사는 더 나은 내일을 함께 만들 여러분의 소중한 의견을 기다립니다.
*잘못 만들어진 책은 구입하신 곳에서 바꾸어 드립니다.